有度文化

青霉素

尹学芸 著

图书在版编目（CIP）数据

青霉素 / 尹学芸著. —太原：北岳文艺出版社，2021.1
ISBN 978-7-5378-6223-3

Ⅰ. ①青… Ⅱ. ①尹… Ⅲ. ①中篇小说－小说集－中国－当代 Ⅳ. ①I247.5

中国版本图书馆CIP数据核字(2020)第097586号

青霉素

尹学芸 / 著

出品人
赵瑞

选题策划
刘文飞

责任编辑
刘文飞

书籍设计
张永文

印装监制
郭勇

出版发行：山西出版传媒集团·北岳文艺出版社
地　址：山西省太原市并州南路57号　邮编：030012
电　话：0351-5628696（发行部）　　0351-5628688（总编室）
传　真：0351-5628680
网　址：http://www.bywy.com　　E-mail：bywycbs@163.com
销　商：新华书店
装　订：山西人民印刷有限责任公司
开　本：787mm×1092mm　1/32
字　数：242千字
印　张：9.375
版　次：2021年1月第1版
印　次：2025年1月山西第2次印刷
书　号：ISBN 978-7-5378-6223-3
定　价：59.80元

本书版权为本社独家所有，未经本社同意不得转载、摘编或复制

目 录

青霉素　　　　　　／ 001
东山印　　　　　　／ 061
灰鸽子　　　　　　／ 117
四月很美　　　　　／175
补血草　　　　　　／ 227

一表三千里（代后记）／ 288

青霉素 |

1

老街有两座四合院，其中一座住了四户人家，比如我们和老石家就住东西厢房，夏天他们热，冬天我们冷。所谓"冬不暖、夏不凉，有钱不住东西厢房"，就是指这种居住模式。正房和倒房住了另外姓氏的两户人家，因为与本文无关，暂且不论。但正坤哥家住了一栋独门独院。正房高大，东西厢房也够格局，若没有正房比照，一点儿也不像配房。门楼是木头做的斗拱，曾经艳丽的图案都斑驳了。但青石板的台阶光可鉴人，门口一边坐一只石狮子，是与门槛下边的石头台阶连在一起的，比猫大，比狗小。尾部是一团云朵的写意，线条勾勒的地方落满了浮尘。门槛足有一尺高，因为太过年深日久，木纹一条一条都松落了。撕一下就能成一根牙签。没人觉得他家与众不同，那年月，人活得都糙。

当然，他们家人口多。赵兰香和四老歪生了七个儿子，号称"七郎八虎"，老八是一只黄鼬，经常到他家院子里行走。黄鼬是四老歪的母亲发现的，冬天的月光清白，黄鼬在鸡食盆子里舔一块冰。四老歪的母亲回屋倒了一缸子开水融那冰，从此跟黄鼬结下了情谊。黄鼬经常来串门，却从不偷他家的鸡。黄鼬甚至从瓦垄上给他家溜钢镚，让他家从不少油盐钱。当然这是传言,但这传言知道的人甚广,许多年后,甚至被写进了民间传说,只是时代被往前提了大概一百年,钢镚变成了铜板。那年赵兰香四十三岁,生了老七正辉。婆婆哭着说:"你比母鸡下蛋还生得勤,这是要吃人啊……打住打住,老八叫正风,就是那只黄鼬,不许你再生了!"赵兰香果然再没开怀,老八黄鼬却从此有了名声。四老歪其实只哥一个,他上面原本有两哥一姐,但都得天花和伤寒死了。"伤"字四老歪读四音,这不是罕村的口音,也有人说是黄鼬的口音。黄鼬跟他什么关系,哪里能讲得清。四老歪什么时候提起伤寒,脸上总是一副寒凛模样,像劫后余生一样,让人误以为得伤寒的是他。四老歪生下来时,脑袋长在右肩膀上,接生婆啪啪给了两巴掌,让他往左歪,果然往左歪了一些。后来他长大了娶媳妇,接生婆还说自己当年手软,若是再给两巴掌,就把歪脖治彻底了。

我们家住的四合院是土改分的浮财。四老歪家的四合院却是祖产。四老歪的祖上曾经跟官去过湖南,也有人说是做太监,告老还乡时,从外面带来了一个儿子。这也都是传言,究竟是哪一辈的事,没有人能说清楚。

四老歪能娶赵兰香肯定是这座大宅的功劳。只是,谁都想不到四老歪会生七个儿子。他本人是个小个子,黄面皮,尖鼻子,尖下巴上长几根狗油胡,多少有些驼背。他倒背着手跟头趔趄地走路,总是急惶惶的样子。其实他不当家,啥事都是赵兰香说了算。

正坤是四老歪的五儿子,我们都叫他五哥。

正坤跟我姐凤丫一般大,那年初中毕业,凤丫当了小社员。正坤被大队送到了县里的卫生站,学做赤脚医生。

这都是赵兰香的功劳。老大正合,去了公社农技站;老二正清,去了水利站；老三正气去当兵了；老四正义生下来是个残疾，活到六岁死了。赵兰香总能跟外面的人打上交道，比如，村里来工作组，派饭一准儿派到她家。都知道兰香婶子的杏核油烙饼好吃，里面的层薄如纸，而且层多得数不过来。鸡蛋炒得又香又嫩，跟烙饼卷到一起，顶风能香出三里地。赵兰香是个大个子，人也长得漂亮，一张嘴见啥人说啥话，脸上总是浮着笑，大多数时候不怎么由衷。她对四老歪不满意，动不动就皱着眉头说："要你干啥使！"

当然，村里也有别的闲言。有人给书记贴大字报，就把赵兰香捎上了。书记趴在桌子上扒拉算盘珠子，赵兰香在旁边扇扇子，脚下趿拉着破鞋子，衣衫不整。旁边有一行字：一丘之貉。这个成语那个时候很少有人知道，村里百分之九十几的人认不完全，所以，很难说有多少影响。顺带说一下，赵兰香家人口多，但谁都休想趿拉着鞋子走路，她的儿子们个个器宇轩昂，衣服一个纽扣都不短。

正坤哥学成回来正是秋天，街上到处都是玉米皮子玉米叶子，风走它们就跟着走，刷刷刷，刷刷刷的，像风拖着尾巴。他每天背着药箱在村里走，药箱上的红十字很抢眼。背襻挂在左肩上，左手在腰间卡握着，右手插在裤子口袋里，一摆一摆地走路，能迷很多姑娘。正坤哥是几个兄弟里长得最好的，连身板都像赵兰香。他从我家门前过，凤丫经常追出去问："有没有人请你看病？"

"还没有。"正坤哥回答得很郑重。他人中很长，重眉重眼，后来我们说起他，都觉得他像戏里的人，不用搽粉和抹胭脂，也有红似白。那时村里有剧团，专门唱样板戏。现在我们说起来也记忆犹新，郭建光、李玉和、杨子荣，都演得有模有样。但有一样，妆化得再好，也没有正坤哥好看。

我们管赵兰香叫表大妈。我小时候就有刨根问底的毛病，特别想弄清楚这个"表"是怎么来的,可父母都说不清楚,不知是几代以前的事了。"一表三千里",赵兰香也说不清楚。她进我们家就夸凤丫长得水灵:"两家要不是亲戚,结个亲家多好。"

当然没人把这话当回事,表大妈说话时脸上一点儿表情也没有,你不知她哪句是真的,哪句是假的。只有我记下了,并在心底有了一丝小波澜。

2

大喇叭一喊赵兰香拿手戳,我们就知道正气又寄钱了。正气一年寄钱两次,八月十五寄五块,过年寄十块。我们私下议论说,咋不攒一块儿寄啊?或者,咋不寄给表大爷四老歪啊?在乡下,男的是一家之主,这种抛头露面的事,理应属于男人。

四老歪也有大号,叫刘庚。可这大号没人喜欢叫,大家张口四老歪,闭口四老歪,大人孩子都叫习惯了。

老街要穿过两条街才到大队。所以赵兰香去取汇款单时简直是一景。她走长条坑,那里是主路,两只白薯脚迈外八字。她走路的时候又习惯一墩一墩地往后坐,似乎能把地碾出坑来。所以她看上去四平八稳,脚步永远不乱。她微微皱着眉,嘴小幅咧开着,似乎正在做不情愿的事。淡绿色的汇款单她用两根手指夹着,遇到谁就举给谁看,像是在展示麻烦。庄户人很少见到这东西,所以总有人问,这样一张纸就能当钱用?

赵兰香认真地解释,这张纸不能当钱用,但往镇上的邮局一放,就有人给钱。

这天晚饭的桌子上,十家有八家会说正气的汇款单。村里也有在外当兵的,但往家里寄钱的只有正气一个人。赵兰香的儿子就是不一样,个个都有出息。

"你也去当兵吧。"我爸王大方坐在小坐柜上,卷烟的时候总是一龇牙,用牙垢去黏合卷烟纸。我哥王永利刚高中毕业,是个娘娘脾气。腊月我爸杀羊,让他帮忙拽羊腿。羊还没杀死,他小脸蜡黄,差一点儿就吓休克了。

王永利说:"你给我去找工作组。"

我爸噌地跳下小坐柜,就往外走。他是个雷厉风行的人,脾气火爆得像钻天猴和二踢脚。工作组一听王永利是高中毕业,打心眼儿里高兴。填了表,体检了,结果政审没过关,说我姥姥家是地主。

我姥姥打年轻时就守寡,受尽族人欺负,没过过一天好日子。定成分时,需要族里出个地主,就把帽子给我姥姥戴上了,没想到还能连累王永利。

我爸一点儿也不嫌弃我姥姥,说拉倒,这兵咱不当了。

王凤丫尖刻地说:"他当也不见得能往家里寄钱。"

王永利问:"你咋知道?"

王凤丫嘟囔说:"我算出来了。"

我跟王凤丫住一个被窝,家里就少我一床被,所以,她管我叫"侵略犯",我稍微往她那边一拱,她就说侵略犯又来了。她比我大七岁,已经是大姑娘了。高兴的时候怀里搂着我,估计会想入非非。每晚躺下,我都用脚心摩挲她的脚后跟。"有新鲜事儿吗?"我喜欢听新鲜事儿,什么样的新鲜事儿我都喜欢。她翻过身来说:"你认识高燕红吗?"我说认识。她爸在九队当会计,是个老实巴交的人。但高燕红圆脸大眼,是个厉害角色。我听过她跟人骂仗,花样翻新,一点儿不怵头,我顶佩服这样的人。"她上吊死了。"王凤丫捏了下我的脖子,一用力,差一点儿把我的脖筋捏断。我顾不上呕,赶忙问为什么。王凤丫说:"还能为什么,原本是她去县里学赤脚医生,临了却让刘正坤顶了。现在刘正坤每天背着药箱满村串,她咽不下这口气。"我手心都凉了,没想到生活中还有这么惊心动魄的事。想若真是把脖筋吊断,得是非常难受的事。"都怪表大妈。"想都不用想,原因一准儿在她身上,她肯定使了法术,把名额给自己的儿子争取了。可村里若是有个女赤脚,也是很好玩的事情啊。

"赵兰香说,那丫头想不开。如果你想当赤脚,明说啊。我们家老五去不去都行,他还可以学别的手艺。这也犯得上上吊?"

"是犯不上。"我若有所思地表示同意。

"你知道什么!"王凤丫气得舌头打结。

我谦虚地说:"我是不知道什么。"

王凤丫说:"表大妈才是得便宜卖乖,为了让刘正坤当赤脚,她吃奶的劲儿都使出来了。"

"吃奶的劲儿怎么使?"我瞪大了眼睛,我当真不知道。

王凤丫蹬了我一脚,懒得再回答。

夜里,我把王凤丫冰醒了,王凤丫一声怪叫,逃到了被窝外面。我说:"哪这么大的水,你尿炕了?"王凤丫说:"是你尿炕了,把我漂出来了。"我说:"这水冰凉凉的,不像尿。"王凤丫往我身上摸了一把,说:"你可能要死了,身子都凉了。"

我说:"我是要死了,地上都是小白人,在向我招手。"

王凤丫摸到堂屋地,用瓢往缸里一捅,冰碴发出了咔啦啦的碎裂声。她咕嘟咕嘟喝了半瓢水,这才喊我妈。"王云丫要死了,身子都凉了。"

我妈过来摸了我一把,说我热着了,把被子往起翻了翻,说透透汗。可早上我的身子火炭一样地烫,烧得眉眼不睁。我妈说,不好。这丫头忽冷忽热，八成是得羊毛翻了。

也顾不得烧火做饭了。我妈衣衫不整地端着小面瓢东一家西一家去借荞麦面。借到第五家，才借到那么一捧，我妈答应以后用白面还给人家。端着面瓢匆匆回来了。治羊毛翻只有荞麦面好使，这是祖上留下来的偏方。用鸡蛋清和面，把荞麦面搓成一个长条卷，然后在我后背上滚。只滚了那么几下，王凤丫就喊："出翻了，出翻了。长毛了，长毛了！"

我妈把荞麦面卷拿给我看，那上面似乎是有毛茸茸的东西。"你身上长羊毛了，以后就可以变成小羊羔。"

那敢情好。我有气无力地想，那样就等着别人给我割草了。

我身上一丝力气也没有，胳膊腿像是安上去的，想动一下都觉得艰难。外面下小雪了，爸、妈、哥、姐都去队里出工了。他们喜欢这样的天气去上工，在那里纳一会儿鞋底，聊一会儿天，工分白给一样。中午他们吃饭我没吃。下午他们又去上工了。我实在烧得难受，起来喝了三次凉水。后来就迷糊了，想，有凉水也喝不上了。我以为我睡着了，可凤丫收工回来喊不醒我，爸妈一下就慌了。

爸背着我往公社卫生院走，走到村口正好碰见赵兰香表大妈。听说我们去医院瞧大夫，表大妈张开两只手臂往回轰我们："回去，回去。家里有大夫，还跑那么远干啥？"我爸不是信不过赤脚刘正坤，是慌乱时刻把他忘了。表大妈这一提起，我爸也想起来了。他和表大妈一起往回走，到路口分岔时，表大妈说："你跟孩子在家等着，我这就让正坤过去瞧。"

于是，我一天打四针青霉素的日子就这么开始了。正坤哥说我高烧必有炎症，有炎症必要消炎。消炎必要用青霉素，连国家领导人现在都用这个。说真的，正坤哥下手有点重。尤其是打第一针，他手有些抖，额上有重重的汗气。往下扎针时，像掘井一样剜了剜，突然惊慌了一下，迅速把针抽了抽，又重新往下刺去。我家里人都在旁边围着，针头没入皮肉里，他们都舒了一口气。可正坤哥惊慌一瞬给我留下了太深的印象。因为针扎在我的皮肉里，这与扎别人不一样。第一次扎针结束了，正坤哥收拾好东西往外走，我觉得，他是踩了棉花垛了，脚被门槛子绊了一下，险些摔倒。第二次来，他已经从容了。他举着针管朝天观察时的神态相当迷人。他眼睛很大，睫毛很长，嘴唇抿紧时嘴角能旋出豆粒大的酒窝。我不由想起了凤丫，想如果他们能扯上关系该有多么好。他使用针剂也越来越娴熟。用医用剪刀啪地打断药管的颈项，用针头把药液吸进针管，然后对我说："翻过来，打左边还是打右边？"

才几天的时间，我的两边屁股就像鞋底子一样硬板板，捏一把都不知道疼，但我的凉汗越出越少。眼珠像是掉进了眼眶里，但有神了，身上也逐渐有了力气。我妈给我吃煮鸡蛋，我吃了蛋黄，把蛋清扔在了后院的枣树下，用一块硬土压着。我总觉得没煮熟的蛋清像鼻涕一样让人恶心。

许多年后，我只吃这样的蛋清了。煮鸡蛋时守着锅，从来不敢超过六分钟。人在时间的流程中总是在变来变去。这一点，我体会得太深了。

上级来做流行病调查，问了我的情况，归纳了几个特点，虚寒、发热、无力、厌食，等等。基本可以判定是伤寒，一般潜伏期是两到五周。听说我每天打四针青霉素，上级来的人说，方向是对的，就是药量有点大。

问打几天了。我抢着说，打十九天了。好了还多打了两天。正坤哥说，我的病凶险，需要巩固。

3

我那一个月没洗头，头发里长了很多虱子。凤丫扒着头发给我捉虱子,那些肥大的,都被她装进小药瓶里,然后再灌上水,那些虮子浮游浮游地都会游泳。她还爱撸虮子。它们成串地长在头发上,把人长成了白毛女。活的虮子能挤出一股水,能听见吧唧一声响,凤丫挤得特过瘾。捉是捉不干净的,凤丫便给我涂敌敌畏、六六粉,我走到哪里,空气里都是一股呛鼻子味道,头皮被涂得雪白。我的头发越长越长,发根还带一些自来卷,特别适合隐藏,而且透气。虮子在我这里是个顽固问题,很久都没有彻底清除。后来我经常想,怎么就没一剪刀齐根剪去呢?得减少多少麻烦啊。

但那时我未必同意。后来我女儿长大了,一个小女孩如何护头发,我是深深领教了。

我差不多是村里第一个接受正坤哥治疗的人。当然,过去也有人找他,但不过是拿点药,或给伤口擦点碘酒之类。正坤哥边看说明书边给人拿药,现学现卖。像这样正儿八经地打这样多的针我肯定是第一个。关键是,正坤哥把我的病彻底根除了,这简直是……妙手回春啊。

从那以后,正坤哥就变了。这当然不是我发现的,我上学放学很少看见他,而是听姐姐凤丫说的。正坤哥跟过去的体态和眼神都不一样,越来越像名副其实的大夫。比如,街上看见小孩长眵目糊,他也要让人家伸出舌苔,转转眼球,把听诊器放到人家的胸脯上,或者给人家把把脉——小孩子有脉吗?村里人真就这么认为,你若说腰疼,他会说八十八长腰渣——你有腰吗?所以,村里很是有人看不习惯,说闲话。但那是少数人,在背后。当面越来越多的人叫他刘大夫。有一次,他回家吃饭时碰见了凤丫,让凤丫喊他刘大夫。凤丫红着脸告诉我说,真不要脸。我眨巴着眼睛看凤丫,不明白一句"刘大夫"跟"不要脸"有啥关联,换了我,我就叫。

那天是周六,风刮得紧。傍晚的时候压了些风,我刚走到门外,就见有人三五成群地往西走。我问她们干啥去，她们说看热闹去，正坤的媳妇来了。我心里咯噔一下，想，没听说过呀。我慌忙回屋围上紫花头巾，撒腿就往外面跑。紫花头巾是我爸新给我买的，花了四块五。又大又方又有毛性，看着就暖和。因为身上的衣服都是凤丫的衣服改小的，这个头巾简直是我的昂贵财产，除了吃饭睡觉，我干啥都围着。正坤家的大门外围着许多人，但大家都不往前走。门槛子上有个女的揣袖坐着，微微叉开腿，鼻子都冻红了。但这真是个好看的姑娘，皮肤白净，眉眼清秀，细瘦的脖子从紫花棉袄里长出来，是一副不屈不挠的样儿。她微微垂着头，发帘斜斜地遮在额头上，眼睛盯着台阶下面的某个地方，似乎是下决心要长在门槛子上。我说过，那副门槛子有一尺高，姑娘坐上去有一种无法言说的气势。她看着孱弱，却分明有一种力量存在着，让人不敢小觑。她不时地咬一下下嘴唇，芝麻牙白晃晃的。

赵兰香正在院子里骂："瞧你长得就像死小鸡子，哪一点配得上我们正坤。正坤现在是赤脚医生，全村人的病都会看……"

女孩说："我也是赤脚医生。"

赵兰香说："你是哪个娘肚子里的赤脚？也敢到我赵兰香家的门口撒野，也不撒泡尿照照自己，跟我打嘴仗，你配吗？"

女孩说："你也没啥了不起。"

赵兰香忽然举着扫把冲过来。扫把举得高高的，人像风车一样踉跄。有人拽那个女孩说快避一避，女孩却像钉住了一样不动，连眼睛都不眨。赵兰香一下拍到了门板上。赵兰香哭着说："有人养、没人教的烂货，居然敢上门骂我，再骂我撕烂你的嘴！我家正坤就是打一辈子光棍，也不会娶你个狐狸精，你就死了心吧！"但赵兰香一滴眼泪也没有。她使劲挤眼睛，还是没一滴眼泪。

女孩喊："刘正坤，刘正坤！你当初是咋跟我说的？海枯石烂心不变！你咋这么快就变心了？"

没人应声。但刘正坤肯定是在家里。赵兰香把扫把使劲一扔，扫把滚到了院子里。谁都没提防她猛熊一样扑上去，用一只胳膊套住女孩的脖子，一下就把她掀翻了。女孩仰面摔到了门槛子里，赵兰香跳着脚踹了好几下，女孩滚到了院子里。

女孩冲着灰蒙蒙的天空嚷："刘正坤，你死了吗？你就不能出来见我一面吗？！"

我冲到了台阶上，一仰头，一下捂住了嘴。我看见有个人坐在东厢房的屋脊上，面目模糊，但是正坤哥无疑。

我的心咚咚咚地跳，像是发现了重大的秘密，不知该把这个信息告诉谁好。表大妈说那个女孩是狐狸精，这都是很严重的事。我突然冷得浑身发抖，觉得应该把这个信息告诉凤丫，我模糊觉得，这个信息应该与凤丫有关联。我撒腿就往家里跑，在炕上暖和了好一阵，凤丫还没回来。我趿拉着鞋子到外面张望，风吹凉了耳朵。我一摸脑袋，围巾不见了。我提上鞋子冲刺一样往现场跑，那里人已经散了，只有大槐树黑黝黝的影子。那棵树长在门口的对面，平日没怎么注意到。还没容我闪身，两扇木门开了，背着药箱的正坤哥走了出来。他说："你在这里干什么？"我说："我的围巾丢了，来找围巾。"他说："是那条紫花的吧？肯定是从后面被人抻走了。"我突然想，他坐在屋脊上，说不定什么都看见了。这是一件悲伤的事，可我顾不得悲伤。我特别想知道那个姑娘去哪儿了，他和姑娘之间发生了什么。可我还小，问这些事觉得有些害羞。

一瞬间的犹疑，正坤哥已经消失了。他看上去与平时没有什么两样。脚步很重，震得冻土梆梆响。这让我有些惶惑，也许是因为黑天的缘故，我什么也没能看清楚。

凤丫把眼睛睁大了。"你说表大妈会骂人，还会打人？"我故意不搭腔。凤丫踹了我一脚。"问你话呢。"

我撇着嘴说："你可别打算嫁给正坤哥，有你受的。"

凤丫又踹了我一脚："瞎说什么……赵兰香的假模假式谁受得了。我告诉你，赵兰香心里有人了。"

吓了我一跳。又不是她嫁人，怎么是她心里有人了？

我问那人是谁，凤丫却转了话题，说起与正坤哥相好的姑娘，是河东小麦河村的人。她和正坤在县里学医的时候谈起了恋爱，正坤迟迟不去她家求亲，是表大妈不让。娘儿俩甚至闹到你死我活的地步，到底还是正坤哥败下阵来。那姑娘自己找了来，没想到大冷天连门都没让进，还挨打受骂。

"你听谁说的？"我问。

不等凤丫回答，我就长长地哦了一声。我开窍的感觉就是始于那个晚上，觉得想通了一些事情。

"你是不是很难受？"我有些怜悯凤丫。这里面有很复杂的情感，真担心凤丫听不明白我的话。

凤丫趴在枕头上，别过脸去，不一刻，又把头扭了过来。她两只脚丫敲打炕，别提多没心没肺了。"你说正坤在东厢房的屋脊上坐着，他干啥坐在那里？"

"我咋知道！"我突然有些泄气。

小卖店的人也挣工分，但人家这一天的工分挣得多容易，风吹不着，雨打不着。还有，没人的时候不会偷偷剥块糖或掰块点心放嘴里？打煤油或酱油多打一两也是可能的。我去买橡皮铅笔时，经常会审视那样多的货物，算数再好，要想数清楚也是困难的。我还清楚地看见了半块点心掉在了地上，一直也没人捡。在他们眼里，这都是寻常物吧。我每次去小卖店都会顾虑重重，都会迟迟地移不开脚步。我心里的疑问太多了，那两个人让我充满了不信任。

售货员是一男一女，一老一少。我就爱打量铁秀珍，她两根辫子活像猫尾巴，又细又黄。刀子脸，就是比鞋拔子脸要窄，上面种着许多雀斑。罕村没有比她更难看的姑娘了，她说话的声音还不好听，起高音时，像着急的家雀子一样，吐不清词儿，你不知道她在说什么。

可她偏偏要嫁给正坤哥了。下聘礼那天，他们那条街都高兴，就像家家办喜事一样。不知凤丫怎么想，反正我是很难过。这种难过我甚至想找正坤哥表达一下。吃甜棒时手割了口子。要在平时，找点细土面或草木灰摁上了事。可这天我跑到了大队部，推开了医疗室的门，正坤哥正给一个人处理伤口，那个人被铡刀切去了半个手指头，几层纱布都湿透了。

在旁边无聊，我逛到了隔壁的小卖店。那个老头不在，铁秀珍在柜台里坐着，抬起头来问了句："买啥？"

"不买啥。我手割了口子。"我举起食指给她看，流了一些血，可已经风干了。我挤了挤，已经不出血了。这让我一下没了信心，少了些找正坤哥的理由。

铁秀珍对我的手指不感兴趣。她扫了一眼，继续埋下头去。我往里探头看了一下，发现她在织毛衣。我忽然有些高兴，大声说："你是不是给正坤哥织毛衣？"

铁秀珍也高兴了，挑起小眼儿上边的眼眉，惊奇地说："你咋知道？"

我们俩突然都笑了起来，很默契，仿佛这是一个特别好笑的事。笑够了，铁秀珍说："你猜得不对。这个毛衣不是给正坤织的，是给正坤他妈——我婆婆织的。"她把毛衣举起来，"我婆婆"几个字说得有些显摆,我甚至觉得她都脸红了。只是她面皮黑,不好判断。毛衣已经织到腰身了。那是一种湖蓝色的毛线,用的是棒针竹签,看上去很柔软。她问我:"好看吗?"

"的确好看。"我说得很是由衷。

她眯起眼睛朝我睐了下,说:"回头我也给你织一件。"不等我有所表示,她又说:"你有毛线吗?"

我听不出这话里的其他意味。我对铁秀珍充满了好感。

我和凤丫一下子就成了对立面。她每每说铁秀珍不好,我就替铁秀珍辩护。比如,她说铁秀珍厉害,有名的浑不讲理,跟家里人打架也死去活来。我则说她心地善良,乐于助人。

"她还想给我织毛衣呢。"我举例。

凤丫笑得像抽了羊角风一样,浑身缩成一团。我难受地看着她,心说人怎么会笑成那样,太不正常了。后来她平躺着,身子还笑得颠了起来。她把胳膊横在脸上,我看她笑出了眼泪。然后,她迅速地翻了下身,把后背朝上,肩膀一耸一耸的。

我因为看了几本书的缘故,多少明白些这种情感。我扳了一下她的脸,说:"你是不是爱上正坤哥了?"

她像鱼一样又翻了过来,眼睛都红了,可她还是满不在乎的样子,把脸上的头发往后一胡噜,说:"怎么可能!就冲正坤这么听他妈的话,将来谁嫁给他也不会幸福。"

这话我又不爱听。儿子听妈的话,能有错?

"你看正合、正清的媳妇,哪个不是让婆婆欺负得小鸡子似的?"

她俩都受气,我是知道的。一条街挨门挨户数,哪个儿媳妇不受婆婆的气?多年的媳妇熬成婆吗,不给儿媳妇气受,这婆婆岂不是白熬了?

我就是这样想的。凤丫戳了我一指头，说："等你有了婆婆再说吧。"

正坤和铁秀珍早早就住在了一起。白天上班都在一个院子，晚上正坤哥借口值班，特别方便。只是那张医疗床太窄了，不知他们是怎么睡的。他们也不太在乎别人说什么，还没结婚，铁秀珍就把"我婆婆"挂嘴边上。她特别爱提"我婆婆"。赵兰香提起铁秀珍就笑得合不拢嘴，她说娶的这几房媳妇，顶属这个满意。

我则想到了小卖部里的那些货物，经常想象铁秀珍会像耗子一样往婆家搬运。

正合和正清都自己谈过恋爱，赵兰香表大妈都没答应。正合谈的还是个中学老师，教过我物理，长着圆鼓鼓的额头，是个特别聪明的人。赵兰香对那些女人统统不放心，而是从娘家庄上找姑娘，头次见面都要叫她一声姨或姑。媳妇进了门，都跟她处得像妈和闺女。吃饭抢着盛满饭碗，去茅房解手一个在里蹲着，一个在外站着。过些日子就不行了，婆婆在背后说媳妇馋，媳妇在背后骂婆婆懒。老三的媳妇甚至闹到离婚的地步，非要打掉肚子里的孩子。这些都威胁不了赵兰香，她在街上叉着腰说："我又不缺儿子又不缺孙子，去穿红的来挂绿的。反正我儿子马上就要提干了，谁家有闺女赶紧提前打招呼，来晚了就赶不上趟了。"正气媳妇小眼珠瞪得溜圆，也只得偃旗息鼓，再不敢跟婆婆对峙。后来她跟正气去了西藏，从此再不登婆婆门槛。

表大妈在罕村声名远播，别人都是鸡蛋，只有她是石头。这是她自己说的。

这个冬天我十三岁。记忆深刻的事情是终于有了一条自己的内裤。不是穿不起，是大人想不起来。一条街上同龄的女孩子七八个，都没有穿内裤的习惯。内裤是平角，黑地红花。更深刻的记忆是，这条内裤整个冬天都没有洗。春天脱下来时，能自己立着。这真是让人害羞的记忆，我经常想，怎么就没人提醒应该干点什么。或者，你自己就不知道内裤穿那么久不舒服？

转年刚一进腊月，正坤哥结了婚。那时婚礼大多在腊月办，说农闲是好听的，最本质的意义在于剩饭剩菜能留下去，甚至能留到过年，过年就不用买肉了。那时的冬天可真像个冬天，从没有暖冬之类的说法，大气层相当给力。进了腊月天就会降大雪，早上起来草房屋檐下的冰锥能有两尺长。小孩子的棉衣都一把抓不透。大树小树都穿白戴白，像万朵银花竞相开放。当然，我这样说是用了夸张的手法，王凤丫一听就很不耐烦。她心情不好。正坤哥的喜酒也没去吃。我心情很好，表大妈说让童男童女去压炕，问我去不去。还用说？别人家都是小子压炕，好生孙子。表大妈是让男孩子吓着了，她希望家里能有女孩。我早早换上新衣服，洗头发，扎小辫，辫梢儿系个蝴蝶结，把自己打扮得漂漂亮亮的。正坤哥的洞房是在正房的西屋，一下就能看出待遇来。正合、正清、正气结婚都在对面厢房，他们谁也没捞着住正房。当然，表大妈也想把铁秀珍娶在厢房，但铁秀珍不答应，坚决不答应。她就得住正房。正房与厢房不一样。要高出一个头，小格子窗上是盘叉图案，新糊了毛头纸，上面贴着红喜字。新铺新盖一衬托，这大房子就像宫殿一样，厢房哪有这气韵。四个压炕的孩子属我大，另三个都是秃小子，最小的才六岁，大概刚学会不尿炕。我们在炕上一溜排开，我睡炕头。因为烧了太多的火，身底下热得像是要烤白薯，人像待在夏天一样四抹汗流。六岁的小子刚要打呼噜，我说，我给你们讲个鬼故事吧。我肚子里有很多鬼故事，都是听正坤哥的奶奶说的。他奶奶小小的个子，花白的头发挽个髻，满脑子都是神鬼。我记事的时候她就已经八十多了。有一天，给我讲完故事她就死了，是在太阳底下晒死的。

说有一户人家的儿子四岁了，一到夜里就哭。问他哭什么，他说看见了大白人，像房那么高。大白人每晚都来，只有四岁的孩子能看见。后来他们请了捉鬼的，从后河堤一直尾随到和尚坟，原来鬼是从那里来的。他们把坟刨开了，见那白衣服叠得整整齐齐放在一边，鬼在一个角落缩着。捉鬼人扬起铁锨一拍，就把鬼拍扁了。再一铲，扔到了白衣服上。早有人准备了火柴，把那衣服点着了，大家围住那火，不让鬼窜出去。鬼身上没肉，比纸还不经烧，忽燎儿一下，就没影儿了……

我的本意是说，鬼没有什么可怕的。这不是正坤哥的奶奶教我的，是我自己总结出来的。说真的，给这些小人儿讲故事我很乏味，只不过有些技痒。其实很敷衍，只讲了个大概。就这，还把那个六岁小子吓着了，哭嚎着要找他妈。这样一折腾，半宿也没睡着觉。眼刚一打扎板儿，鞭炮噼里啪啦响了，原来是新媳妇进门了。

娶新亲的是我哥王永利和嫂子张圣文，他们是早一年结的婚。我哥算老高中生，凡事有点不信邪。娶亲要赶早，这个道理谁都懂。因为同一天结婚的人多，谁先娶回谁发家，这是老例儿。所以早晨三点、四点就娶亲的大有人在。但铁秀珍要条件，她不单要在罕村抢第一，还要在全国抢第一。这天是腊月初八，阴历阳历都是双日子，全国结婚的不定有多少。为了保证全国第一，她要求时钟敲过十二点娶亲的人就得上门。因为路太近，他们不能走村里，要到村外绕一圈。我哥颇有微词，说这有点像脱了裤子放屁。就这大雪天，村外的路又不好走，新媳妇上了车就不能下来，漆黑摸瞎的，谁能保证路上不跌跟头或有个闪失？我哥被一致讨伐，不该说不吉利的话。他哪里拗得过乡风乡俗，虽然不情愿，也得乖乖照办。古时候娶亲要抱小绵羊，预示六畜兴旺。现在改抱个大皮袄，铁秀珍要求这个皮袄是新的，我妈把我姥姥的皮袄借了来，是我爸给她买的羔羊皮。去时我嫂子抱着，回来铁秀珍抱着。铁秀珍嫌羊皮的味道冲鼻子，一路都在抱怨。大家都配合铁秀珍把这个婚礼办了下来，铁秀珍也带来了不菲的嫁妆。大包小包的布料，大梗小梗的条绒布，涤卡、凡尔丁、华达呢、哔叽，每样都有几块。大家一边翻她的包裹一边咂舌，说以后铁秀珍会把日子过天上去，她可会算计呢。

晚上吃子孙饽饽，她说咸了，要重包。赵兰香那样大本事的人也没了脾气。她指挥人重新调馅儿，捏着一撮盐的手抖着不敢往里放。煮好的子孙饽饽系上红线绳，她亲自端了上去，铁秀珍喂了她一个，她满足得像小猪崽一样哼哼了三天。

4

"打针青霉素吧。"

"你打青霉素了吗？"

有一段时间，我们村的人把这句话挂在嘴边。发烧要打，咳嗽要打，眼睛肿了要打，腿受伤了也要打，仿佛不打就跟不上流行。正坤哥的手艺越来越有名。王凤丫嫁出去十里地，村上的孩子还有跑过来打针的。因为正坤哥打针不疼，轻轻一刺，就像被蚊子叮了一口。收针时又温柔又果断，正坤哥的食指摁上去，那枚指甲就像充血一样粉红。很多人都爱看正坤哥的手，洁净修长，葱白一样，指甲似乎从没长长过，外缘呈弧形。不管面对什么样的病人，正坤哥从来没有不耐烦过，而且不嫌脏不怕累。半夜三更有人喊，他背起药箱就走。正坤哥的技艺也见长，他又学会了输液。可别小看那枚小小的输液针，捏住，又稳又准地刺进血管都不是容易的事。村里的人得了大病在外住院，经常说那些年轻的护士，手艺还不如我们村的赤脚医生呢。

毋庸说，输液又成了村里的流行语。医疗室里那张床，正坤哥把那床铺得像落了一层雪，一点儿针渣煳焦也没有。感冒发烧去输点液，简直是人生的一大享受。经常听村里人说，找正坤输点液吧，一输就好。更有人说，输液比打针好受，那液凉凉地在血管里走，就像伏天吃块井拔凉水冰的西瓜。你不能说罕村人说的没道理，那道理确实是他们的真实体会，尤其是大姑娘、小媳妇，有时候渴望生病像渴望什么似的。这话是铁秀珍的原话。她说你当罕村的大姑娘小媳妇爱生病？那是因为有刘正坤！她说这话笑呵呵的，一点儿也不带情绪。相反，脸上都是满足和得意，仿佛刘正坤是她手里的一块宝，那块宝能换来大大小小的钞票。

村里人都很庆幸，当初培养了刘正坤这样一个人，是多么正确。比上吊死了的那个丫头不知强多少倍。

要说出过什么事，那也是在所难免，罕村人想得开。比如一个叫张占刚的人，才四十出头。有一晚觉得心脏不好受，输了一瓶液后，就彻底好受了。村里人会这样说，这是寿命，怨不得别人。还有一个七十几岁的老太得了肾结石，疼得实在受不了，央告正坤哥给输液，输着输着人就死了。大家都说，她终于不疼了，这是哪辈子修来的福分。

对于生死，村里人的看法向来豁达，他们不当回事。

其实，事情肯定不止这些。常在河边走，那就得湿鞋。罕村人对正坤哥那真是没说的，包容加理解，当然，这是我说的。有一次，村里有个得伤寒的孩子死在了医院，据说是引起了并发症。村里人说，瞧，这要是让刘正坤输液，保准死不了。同样是伤寒，王大方家的二丫头那么重，不也输活了？

他们说的二丫头就是我。十几年过去了，那一天四针青霉素还在见证奇迹。

铁秀珍没嫁过来之前，四老歪表大爷家一直很平静。表大妈赵兰香像个老帅一样坐得住阵，儿子、媳妇、孙子、孙女都围着她转，她指东别人不敢往西，她打狗别人不敢骂鸡。铁秀珍嫁过来就不行了，她要给刘家改规矩。过去，正合、正清的工资都上交，媳妇们花一分张口跟婆婆要一分。比当下的财务制度还严格，媳妇们要一次钱，哆嗦一回。要五块能给三块就不错了。这还是大媳妇。二媳妇不受待见，要三块顶多给一块五。在他们家其实有许多笑料。媳妇们来月经不使卫生纸，而是用布袋子装草木灰，当卫生用品。这是赵兰香她们那代人年轻时用的招法，没想到借尸还魂了。铁秀珍哪受得了这个，她在娘家就是个天不怕地不怕，帝修反来了坚决打，还怕你个老太婆不成！铁秀珍要求正坤哥的收入她保管，否则就分家。赵兰香简直气疯了，天下居然有这样做媳妇的，嫁过来还不到一个月，就开始造反。这还了得！娘儿俩从吵嘴到对骂，谁都不退缩。铁秀珍心想，我这次退一回，这辈子就会让你攥出尿来。赵兰香心想，即便你是皇上的女儿，嫁到刘家就得守刘家的规矩，管不了你，我怎么管别人。人一撕破脸，就说话没好嘴，走路没好腿。铁秀珍越骂越痛快，说婆婆如何压榨儿媳妇，倒不是指自己，而是指所有媳妇。因为常年不用卫生纸，裆里像烂泥一样臭烘烘，家里整天一股子糜烂味。"你不把别人当人，就不配别人把你当人。也不撒泡尿照照自己，有你这样做婆婆的吗？你不配穿我织的毛衣，脱了，你给我脱了！"铁秀珍的小刀子脸寒光凛凛，手指点着赵兰香的鼻子，硬生生地让她把毛衣脱了下来。大家都说，赵兰香这回可遇见茬儿了，啥婆婆使啥媳妇。

"撒泡尿照照自己"，是赵兰香的口头禅，没想到铁秀珍用起来也轻车熟路。村里河也有井也有，何至于到撒泡尿照镜子的地步。那种极度蔑视、轻贱真是在骨子里，细一琢磨，没有比这更狠的骂人话了。

有一句话格外刺耳，铁秀珍说赵兰香跟大队书记搞破鞋，"你当罕村人不知道？呸，纯粹是捂着耳朵偷铃铛。人家不是不知道，是装不知道，护着你那张老脸，否则臊也把你臊死了"。铁秀珍用一根食指划拉脸，那是没羞没臊的意思。大家往回一想，可不得了，大队书记不就是铁秀珍的爸吗？在罕村统治若干年，最近才被人拉下马。被拉下马的第二天就找姑爷输青霉素，说喉咙肿得吃不进东西。铁秀珍没文化，但脑子好使，宗宗件件的事都记着。说赵兰香给书记送年糕，就像《夺印》里的烂菜花一样，来了就不走。为了让自己的儿子当赤脚医生，她像狗一样三更半夜钻寨子窟窿。钻进来干啥？你当别人都是傻子？赵兰香一下就给骂晕了。她家墙外边有个碾盘，开始她抚着大腿在那里哭，哭着哭着就没气儿了。

婆媳开战的时候永远看不见正坤的身影。赵兰香一没气儿，他不知从哪儿钻了出来，也不慌，也不忙，掐人中，泼凉水，就像对待其他人一样，总算把老娘救活了。赵兰香不依不饶，非要输几瓶液，她在医疗室的床上躺了好几天，正坤哥每天寸步不离地伺候，直到有一天，赵兰香自己都觉得不好意思了。

铁秀珍经济上闹独立还只是第一步。第二步，她在住房上闹独立。原来，她跟正坤定亲后，就给自己选了房基。那时他爸还在位，把大队院墙外的一处空场批给了她。这件事做得隐秘，连正坤也不知道。所以铁秀珍闹独立有充足条件。自己手里有几个钱，又跟娘家拆兑一些，就把房子盖起来了。大家发现了一个奇怪的现象，铁秀珍跟婆婆骂战也好，盖房也罢，刘正坤都不参与。你永远看不见他有态度。他每天背着药箱走街串巷，像个不食人间烟火的圣人。他脸上永远挂着淡淡的笑，不温不火，几十年如一日。除了做大夫，他啥也不做。包括下地干活之类，都是铁秀珍一个人泥里水里摸爬滚打。他没烦过谁，也没朝谁发过火，跟谁都没产生过一丁点摩擦。他就像个蜡人，温度几乎恒定。

于是人们开始往回想,他不当赤脚医生之前什么样。他初中毕业参加了几天生产队劳动,不出挑,也是沉默寡言的一个人。歇工时自己坐在远离人群的地方,玩小虫子。有一次,他把蚂蚱用草梗穿起来一串,挂到了树上,收工带回了家。也有人问他干啥使,他一笑,没说。

他很少跟人交流什么,见面说话永远是几句客套。

铁秀珍的行为,等于给刘家铁板一样的生活撕开了缺口,以后这个缺口再没能愈合。赵兰香只得给儿子们分了家。老大老二也先后要了宅基,从老宅搬走了。老宅分给了老三和老七。后来,老三正气转业到了北京,在环保部门做督查。他自从做了军官,就再没给家里汇过款。老七正辉大学毕业以后留在了天津,做规划设计。他们经常很长时间不回家,老宅就剩下了表大爷表大妈两个人,还有门口的两个石狮子。那两个狮子也老了,眉目越来越变得模糊。表大妈经常骑着小三轮赶大集,到集上去吃煎饼果子。她逢人就说自己有多后悔,当初瞎了眼,找了铁秀珍这么个媳妇,把好端端的一大家子人搅得七零八落。早知这样,不如让正坤娶那个赤脚医生了,眼下人家在县里的医院做大夫,已经是主任了。

也有人把这话传给正坤,想看他的反应。正坤只是一笑,一句话都没有。

5

正坤哥的婚姻生活,没人能说出个子午卯酉。他幸福吗?如果央视去问他,估计也问不出所以然。大家都知道,铁秀珍说话做事看他眼神。那眼里有情愫,也有畏惧。铁秀珍蛮横是出了名的,打遍街骂遍巷。在正坤哥面前却乖得像只猫,说话都不放开音量。她每天都往医疗室跑,梳洗头脸，换干净衣服，扶着门框笑着问正坤中午吃啥饭，正坤只回答两个字：随便。铁秀珍再问，吃葱花馅饼行吗？正坤哥头也不抬地说，行。于是铁秀珍心满意足地走了，回家换上家居衣服，烧火做饭。她的刀子脸越来越圆润，雀斑的颜色浅了，走路雀跃着步子，眉眼里盛着欢欣。这是日子过得舒心的标志。他们家买齐了所有的电器，邻居都把肉放进他们冰箱。他们生了一对龙凤胎，哥哥叫大水，妹妹叫小水。是正坤哥起的名字。他们是龙年生的，龙行云，有云就有雨。这寓意不错。

铁秀珍可圈可点的地方真不少，她远不像表大妈说的那样一无是处。大家都说，自打跟正坤哥结婚，她就像变了个人。家里那样多的地，耠犁锄耪、春种秋收都是她一个人。要知道，她做姑娘的时候从没付出过辛苦，横草不拿竖草不捏。孩子小的时候，她用自行车糖葫芦似的带着送到娘家，让姥姥照看，下地回来再把他们接回家。大水装一个筐里，小水装一个筐里，再把两只筐拴在一起，她才去做饭。表大妈心安理得地做闲云野鹤，跟人家斗小牌，输赢因为一块钱大打出手。也有人问她为啥不给儿媳看孩子，表大妈说："我的儿子我婆婆就不给看，我凭啥给她看？"

大家都觉得她没说真话。她的理由也不是个理由。

搬进新房以后，正坤哥有时很晚才到老宅来，不徐不疾地迈着步子。黑暗像一层蛛网，轻易就被他戳透了。我遇见过他两次，黑暗中有脚步声沙沙地传来，我本能地往路边靠，还有几步远，正坤哥说："是云丫啊，吃了吗？"声音明显持重，像个上了年纪的人。我说吃了。他站下来跟我说话，打听凤丫最近有没有回家。凤丫随军去了山西，后又转业回了埧城，这样一随一转，凤丫变成了公家人，拿为数不少的工资。说起凤丫，大家都说她命好，我自然有几分炫耀，用夸张的语气学说她工作上的事情，黑暗中正坤哥眼睛熠熠放光，我心里一动，想起凤丫又笑又哭的样子。那是我告诉她铁秀珍要给我织毛衣,她笑得抽搐,像得了羊角风。那时候真是不懂她为什么会那样,还有铁秀珍说的那句话:你有毛线吗?

凤丫自然是什么都明白,因为她是大人了。就因为是大人,她才笑成那样,这其中有多少微妙和不甘哪!她不肯参加正坤哥的婚礼,那一天我们又吃又喝,压炕,讲故事,娶亲,放鞭炮,热闹得不得了。谁也不知道她去了哪里。我暗暗叹了一口气,想凤丫如果和正坤哥走到一起,真是好姻缘哪。我又叹了一口气,他们走不到一起。凤丫清楚地说,正坤哥那么听他妈的话,谁嫁给他也不会幸福。凤丫是明白人,也许是太明白了。

我骂凤丫傻,铁秀珍不是也挺幸福?

当然,后来我们又探讨这个问题时,凤丫说我傻,那么简单的问题都想不明白。"即便我同意,正坤同意,表大妈也不会同意。咱家有啥?爸就会跟工作组对着干。正坤那么好的条件,她找个大队书记做亲家,已经是最低标准了。"

"他有啥好条件?"

"长得好,职业好。"

"啥叫最低标准?"

"她瞧不起我们家。"

"她说你长得水灵。"我还记得表大妈当年说的话,"两家若不是亲戚,做个亲家多好。"

"你做个试试。"凤丫的嘴角翘了起来。她也是个好看的女子,但说心里话,她没有那个女赤脚医生漂亮。但若要跟铁秀珍比,那简直不在一个档次。凤丫每要说不屑的话,都会翘起嘴角。"那个赤脚医生你忘了?大冬天来找正坤,她连门都不让人家进,在这之前我都不知表大妈又会骂人又会打人。"

"肯定是正坤哥不听她的话了。"

"所以她把气撒到了女赤脚医生身上。"

"正坤哥就在东厢房的屋脊上,院子里发生的事他都能看见。他甚至看见了谁抽走了我的围巾。"时过境迁,我说话明显有些不实事求是。

"他不能坚持到底,他其实是个废物。"凤丫的口气突然变得冷冷的,"他是个不负责任的男人,遇到事了就会逃避。"

"哦。"我有些泄气。凤丫的这些评价让我酸溜溜的。在我心里,正坤哥是个优秀的人,任何瑕疵也没有。听凤丫这么一说,正坤哥好像一无是处。我怜悯地看着凤丫,觉得她的幽怨里藏着嫉妒。他们中间隔了一条河,谁都不肯往前迈,结果造成了终身误。这是我很多年之前的想法,现在仍然这么看。

相比之下,凤丫无疑更痛苦些。"他还脚踩两只船,跟表大妈一样,不是什么好东西。"凤丫的嘴角又翘了起来,话说得有些露骨。

正坤哥转身走了,背着药箱的姿势都没变。但他明显消瘦了,身形像要飘起来一样。这个时候一般都是赵兰香打电话把他打来的。"你爸身上又不好了,快给他拿点药来!"赵兰香从来也没有好声气,不像年轻的时候顾忌颜面,"他咋还不死,他不死我都要愁死了!"

四老歪表大爷年轻的时候做过厨子,虽然没有资格证书之类的可以标榜,但他做的虎头丸子、四喜丸子、红焖肘子之类的大菜,大家都说好。家常菜当然也做得好,所以表大妈一辈子都吃习惯了。过了六十岁,表大爷的身体明显不行了,那些劣质油烟熏坏了他的肺。腰越来越佝偻,喘气越来越困难,甚至掂不动一只炒勺。过去表大妈打牌回来能吃现成的,现在却要给表大爷做饭,让她不胜其烦。她不止一次说,正坤治得好全村人的病，咋就治不好他爸？他从来不给他爸用好药！赵兰香嘴里的好药，就是指青霉素。谁也不知道赵兰香这话从何说起，自从跟儿媳妇交恶，儿子自然也成了对立面。既然治不好，她就频繁地打扰他，不管多晚，她打电话他就得来。他不会不来。谁让他是大夫呢。

"快，给你爸输液，输青霉素！"

他在表大爷头前站了会儿，表大爷侧卧着，脸有些偏朝里，似乎是对外面的一切事不关已高高挂起。喉咙里像刮风一样，有柴火叶子走动的声音。一口痰含在胸腔里，总伺机出来。表大爷把脖子伸长，用力，再用力，脸憋得青紫，却是发出了咏叹调般的绵长音节。"咱……治？"正坤叠着手站着，探着头问。房梁上挂着灯泡，浊黄的光亮上沾满了灰尘，他正好在灯光的暗影里，躺着的人看他如雾里看花。四老歪表大爷已经顾不得响应了，只是沉默地点了下头。赵兰香拿了根黄瓜走了进来，一撅两节，把尾巴那头给正坤，正坤看都没看，用胳膊肘顶了一下，拒绝了。秋黄瓜的香气满屋子飘，正坤吸了吸鼻子。打开药箱，东西都是现成的，甚至连药都勾兑好了。正坤知道父亲应该用什么药。他麻利地搬来一只大衣架，把输液瓶挂了上去。抻出父亲的左臂，用棉球涂了涂静脉注射的位置，然后捏起输液针，熟练地刺进了血管。

赵兰香问："你输的是青霉素吗？"

正坤答："输的是青霉素。"

青霉素和着葡萄糖一滴一滴往下走，不一会儿，四老歪就面颊赤红，呼吸急促。

赵兰香说："青霉素是个好东西。"

正坤应了一声，朝外走去。屋檐下有蝙蝠扑棱棱地飞，有虫子唧唧唧地叫。正坤摸出一支烟来点上，吸一口再吐出来，夜色就更浓了。他平时不吸烟，谁也不知道他会吸烟。他从不让自己身上有烟味。他偏头看了一眼那窗,盘叉的格子被推拉窗取代了,上面装着玻璃。这是东屋,里面的窗帘拉上了,透出丝丝缕缕的神秘和诡异。屋里有响动,开合柜子的声音,间或还有人语声。赵兰香嘟囔:"甭舍不得走,快去找你妈吧。""我跟了你一辈子,你都给过我啥?""屁大本事没有,你就是个窝囊废。"这话更像自言自语,断断续续传出来,给幽暗添了几分清冷。正坤回到了屋里,四老歪已经陷入深度昏迷。那液一滴一滴走得欢畅,已经去了多一半了。他把药箱打开,又合上了,又打开了一次,把棉球、镊子之类的小东西收拾了。他的药箱里永远井井有条。

"你就这么不待见他?"他说得有些羞怯。

"我没有啊!"赵兰香本能地反驳,随即又提高了声音,"这一辈子他给这个家挣啥了?连你都不是他挣的。"

正坤心里咚的一声响,像是有什么东西震落了。他想,她指的应该是赤脚医生这个职业,而不是别的。大家都知道,这是赵兰香豁出命去从人家手里抢来的。那个丫头叫高艳红,生得四方大脸,早成了吊死鬼。村里人甚至都不同情她,觉得她矫情。她爸是九队会计,三脚踹不出一个屁。

炕上大包小包的包裹从柜子底下翻了出来。不用问也知道,这是装"老的"衣服。赵兰香一个一个清点,转过头来说:"你爸用不着了,把那液停了吧。"正坤也仰头看,那液其实还在走,只是慢些。拔下针头,用棉球摁住针眼。赵兰香说:"还摁着干啥?就着他还有一口气,我们得赶紧把衣服给他穿上。死了再穿妨活人。"

衬衫、棉袄、大袄、摆裙。四老歪死了样地任摆弄。头整个扛到了肩膀上,眼闭成了一个坑,青灰色的单子盖到了胸口,那上面一起一伏。

赵兰香看了眼座钟,快十一点半了。她说他要是拖到下半夜,就得停大三天。他懂。扭头看了眼墙上挂着的日历。七号。再过半个小时,就是八号了。他坐在了炕沿上，折腾半天，他也累了。他无言地看着赵兰香，就听她嘴里说："废物人也不能让你空口走，啥事都有规矩。"她开茶叶盒子，抓好大一撮茶叶。返身捏四老歪的鼻子，他嘴张开了，她把茶叶塞了进去，顺便又给他抿紧了。

捏鼻子的那只手久久都没有松开。

我爸王大方有心病。他的心病我模模糊糊地能感觉到。那时我还小，有个晚上他让我做了两件事：第一，把赵桂德请来；第二，去大队的墙外边贴个东西。事后我想，这两件事其实应该是一件事。赵桂德与我爸的私交好，冬天的夜晚，他经常在我家一坐就是半宿。那天我爸让我去请他，也是个冬天的夜晚，天上有稀薄的月亮，村道让寒冷冻得硬邦邦的。我十一二岁，边走边想，赵桂德就今晚没来，我爸却让我去请他，看来是要有大事发生了。莫名其妙的，我总觉得生活平淡，渴望有什么大事打破这死水一样的生活。小孩子也不都头脑简单。

赵桂德来我家后，我就睡了。然后，又迷迷糊糊地被叫醒了。我爸说："你敢一个人出去吗？"我噌地坐了起来，这世界上就没有我不敢的事。我爸交给我一张纸和一瓶糨糊，让我贴到大队部外边的墙上。"注意不要让人看见。"还特意告诉我，"要贴得高些，如果够不着，脚下登几块砖头。"

"回来如果遇见人，我就往表大妈他们家那个方向跑。"我自作聪明。

我爸摸了摸我的头顶，又顺带揪了下我的小辫儿，嘱咐我这件事不能告诉任何人，哥哥姐姐也不能说。

我顺利完成了任务，有一点小小的成就感。转天上学从那里过，我特意跑到那面墙上去看。那面墙上贴了各种各样有字的纸，有粉连纸，有苍绿色的纸，更多的当然是白纸，写些又丑又大的字。最上面是一幅画，一个男人趴在桌子上打算盘,一个女人趿拉着鞋子给他扇扇子。男的叫铁成树,女的叫赵兰香。我歪着脖子看了两眼,觉得这幅画一点儿也不符合实际。眼下正是冬天,离扇扇子的季节还很远。

我不敢判定哪张是我贴的。这里是大队的房山墙,各种纸粘在一起,有寸把厚。我也不关心我贴的那张都写了些啥,这些对我都不重要。拐过墙角就是小学校,小学校是大庙改建的,外面有大红的柱子。廊檐下有两个老师正在说闲话。我弯过去听了一耳朵。一个说:"你有没有看见铁书记的大字报?上面画了他跟赵兰香,写的是一丘之貉。"另一个说:"哪里是这么简单啊。赵兰香衣衫不整,鞋子都还没提起来,明摆着是作风问题。"我吓了一跳,作风问题我可懂,这是大事。我见过有人游街,手拿一面锡锣,敲一下喊一声:我是破鞋——

我又跑回去端详那幅画,"一丘之貉"写在右上角,差一点儿飞到了外边。我还是搞不清扇扇子与作风问题有什么牵连,难道一个人打算盘,另一个人就不许扇扇子?

自从王永利当兵的事受挫,我爸就想当书记。这个想法坚定不移。他找到工作组,说自己根红苗正,三代都是苦出身,完全可以当书记。工作组是个女的,常年在表大妈家吃派饭。她故作吃惊地说:"老王为啥想当书记?"我爸思谋了一下,说:"想为人民服务。"工作组忍住笑看天,用牙齿啃上嘴唇,好一会儿才回应我爸:"真的吗?"我爸当然说是真的,"谁撒谎谁是小狗。"他不知怎样表达自己才好。工作组这才正色说:"当书记必须得先入党,你是党员吗?"我爸愣了下,才觉得自己吃亏了。过去有人找他写入党申请书,可他不入。他说我保证比党员做得好,咱们走着瞧。他有蛮力气,总是干最脏最累的活。到地头了,人家歇着他不歇,大家都叫他二傻,他这是自己跟自己较劲。一直到晚年，他偶尔还会为这件事后悔，如果当年顺顺当当入党，说不定也能当书记。

"那你就先写入党申请书吧。"工作组表现得很爽快。

大人也有天真的时候呢，那时我就这样想。我妈不同意我爸入党，说他入不成。我爸不信邪，在油灯下连着写了三晚上的入党申请书。开始是用我的铅笔头，粗壮的大手捉铅笔头的姿势真费劲。光橡皮就使了差不多一块，墙柜上浮着一层橡皮皱，他鼓起嘴巴一吹，就四散奔逃。后来用钢笔抄，那个钢笔老拉稀，拉坏了不知多少张纸。关键是，我爸精益求精，又信誓旦旦，整整写了三张纸，他大概是想用质量和数量来说明问题，好打动人心。他说自己在旧社会没穿过一件新衣服，户口本上写的是贫农，其实比贫农还穷，是雇农。上无片瓦，下无寸土。我奶奶给大户人家当奶妈，我爷爷给人家扛活，整天吃了上顿没下顿。他边写边抹眼睛，自己先感动了。他的文化是解放以后上夜校学来的，他肯学，还能攒词儿。不像有的人，半天憋不出两行字，像便秘一样。申请书交上去后，就石沉大海杳无音信，工作组的人看见他绕着走。有人私下告诉我爸，还是因为我姥姥的成分问题，他根本不可能入党。我姥姥是地主婆，整天挨批斗。她的姑爷怎么可能入党？我爸登时就炸了，我姥姥的事在那儿摆着，工作组的人早知道，还让他写申请书，这不是明摆着耍人玩吗！那段我爸专找工作组的麻烦，哪家请工作组吃饭，只要让我爸瞄着影儿，他准跑过去给人家搁桌子。他有名正言顺的理由，工作组是来工作的，不是来请客吃饭的。那些请吃饭的人家都有大大小小的事情要办，买一吨煤，或买一辆自行车，或在哪里给孩子安排个工作。为了吃成一顿饭，甚至要放警戒哨。罕村人看见我爸就笑，说这个王大方，不单是傻子，还是疯子。我爸就是咽不下那口气，我们家明明比表大妈家成分好，表大妈家的儿子又能做工又能当兵，我家却不行。天下怎么就没有说理的地方！他得罪了多少人，是个未知数，不知有多少人戳他的脊梁骨。王凤丫总觉得没脸见人。有人给她提亲，没几天她就嫁了。那年闹地震，家家房倒屋塌，我爸被派到公社参加救援队，村里人可是松了口气。可从那年开始，政治格局变了，工作组也解散了，那个代号工作组的人倒背着手迈外八字，两根小辫子又细又短，像是挂在耳朵上——再没让人见到身影。后来听说她死于米猪肉，脑袋里爬满了虫子。

又过两年，地主都摘帽了。我爸又记起了那个茬儿，他还是接着写入党申请书，他还是想当书记。

他后来一直没有当上书记，与他的性子有关。他不服管。人家说一句他说三句，话稍不投机，他就吹胡子瞪眼，让人下不来台。乡里的干部在夏天抢收的季节在树荫下打牌，他过去把牌都撕了，还给人家讲了半天大道理，说群众都在战天斗地，你们这不是作威作福么！铁成树后来不当书记了，让人告了下来。他点着我爸的脑门说："王大方啊王大方，就你这脾气还想当干部？三天就让人撤下来。你以为干部是那么好当的？得整天装孙子才行。"我爸灰溜溜的。他想，有那空给人家装孙子，倒不如自己干点实际的。

要过许多年，赵桂德才开始在大队的房山上画宣传画，小人儿画得齿白唇红，用喷壶浇花。我激灵了一下。我去打酱油，代销点早让个人承包了，大家都说，现在的酱油比铁秀珍那时候的酱油要好，兑的水少。但洗洁灵兑水多，倒碗里都不起沫。那些宣传画都是"五讲四美三热爱"的内容，花红柳绿的，煞是好看。我走过去跟赵桂德打招呼。突然想起许多年前那个冬夜，我来张贴的也许就是一幅画，出自赵桂德之手。而身后的主谋，则是我爸王大方。

我心说，老王，不简单哪！

我爸这一辈子，可说是一事无成。他有文化，脑子活，可都没派上用场。他自己也觉得运气差些，干啥都不成功。改革开放以后，他做过皮草生意，包过工程，当过水果贩子，赚钱的事对于他来说，简直就是天方夜谭加白日做梦。可我觉得，是他的想法与现实有些脱节，很多事情他想得太过高远，可现实就是眼眉前这点事。他总是受到生活的惨痛捉弄和严酷打击，就像他一直没能入党，也一直没能当书记一样。我参加工作以后，他总是怂恿我入党，说只有入党才能从小到大当干部。可我的心气不在那儿，让他很失望。他五十多岁的时候就健忘得厉害，出门回来甚至找不到家。当然，他比表大爷四老歪幸运，活过了七十岁。那些年港澳都回归了，我们国家尽是大喜事，可他却连儿女也不认得了，管王永利叫表弟，管王凤丫叫表妹。为了不让他把我认错，我从来不问他我是谁。他说出的话也让人啼笑皆非。比如，他管自己叫王书记，若问他早上干啥了，他十有八回会说开会。他乐呵呵地会说开会，可能觉得当干部只有开会这一项，让他一辈子钦羡。家里人经常逗他，说王书记吃饭了。他就高高兴兴地答应。我妈奚落他说，一天书记没当过，咋落了这毛病。他就闷闷的，用筷子戳饭碗，戳得非常不耐烦。我妈只得说，好了好了，我们先吃饭，吃完饭接着开会。

他失神的眼睛看我妈，重重地说："赵兰香的儿子为啥当兵？"

6

罕村有些风俗很厉害的，不由你不信。比如，有句话这样说：不怕猫头鹰叫，就怕猫头鹰笑。猫头鹰在谁家树上笑，谁家准死人。小的时候我们专门印证过这件事，因为还没学过数学，也不知有多大概率。但有一点明明白白，死人都是成双成对的。先死个男的，后边一定会死个女的。先死的如果是个女的,后边一定跟着个男的。这个说法是一辈一辈传下来的。若问有什么根据,那肯定是什么根据也没有。

小时候不知怎么那么多猫头鹰。夜深人静的叫声和笑声都让人骨头是寒的。因为你要分辨它是在叫还是在笑,它叫和笑的声音差不多。村里有个二哥会打黄鼠狼,一个冬天能卖几十张皮子,三块五一张,一张就能顶一个冬天的工分。有个晚上他家树上落了只猫头鹰,哈哈哈地笑起来没完没了。猫头鹰笑他也笑,笑得比猫头鹰的声音还大。他自恃他和家人都身体强健,没有什么能奈何他们。可转天早晨他迟迟不开门,家人推开门一看,他趴着死在了炕上,把炕席都挠出了麻花。

我们还相信很多东西。后滩有龙脉,如果不被破坏,罕村能出娘娘。和尚滩埋有九缸十八窖的金银,是朱元璋打从这里过,储存以备建国的。我们认真跑去挖过,用抿铲或小镐子,像挖白薯的贼根一样,幻想着面前如果堆一筐金银可以天天吃点心。遇到鼠洞总以为离胜利不远了。当然,最终什么也没挖到。后来又听说,这些金银会在地下行走,跟着朱元璋去了北京城也未可知。

这个朱耗子,领走金银也不知会一声,让罕村人白白守了很多年!

这些类似神话和非神话的故事都是出自正坤哥的奶奶之口,我们叫她二奶奶。二奶奶是大户人家的女儿,嫁给二爷爷时,坐八抬大轿。这在罕村都是有传说的,因为县太爷的轿子才四人抬。她常说这样一句话:"地动山摇,花子撂瓢。"花子就是讨饭的。过去讨饭的人都端着瓢,这个东西家家都长,熟透晒干的葫芦剖两半,大的是大瓢,小的是二瓢。当年我就问过她,这句话是什么意思。二奶奶说,指的是好年景,花子都不要饭了。我长大以后觉得不可信,好年景大概意味着风调雨顺,可如果地动山摇把人都震没了,好年景还有个屁用。

她和赵兰香婆媳一辈子相安无事。年轻的时候赵兰香怕婆婆,怕得像耗子见了猫。年纪大了就反过来了。二奶奶瘫痪在西厢房，赵兰香每当从这里过，就会指着二奶奶说句："你咋还不死，活着就是个祸害。"二奶奶则趴在窗台上，从窗洞里露出一张瘪茄子样的脸，细眯着眼，伸出舌头对赵兰香吐口水。二奶奶说："早晚你会害了我儿子，我做梦都梦见了！"

老家儿死了要走三年背时运，这简直就是谶语啊。四老歪表大爷安详地睡去了，早晨人们前来吊唁，纷纷夸赞他太会心疼人。没怎么让人伺候就走了，还走在了前半夜，天亮就已经是第二天了。转天早晨一出殡，能省一天的饭钱。他的六个儿子头戴孝帽在两厢跪着，大家总觉得少了谁，还有哪个没来。不是七郎八虎吗？数了又数，才想起老四正义打小就死了。老八正风是一只黄鼬，来无影去无踪。黄鼬的名字还是正坤哥的奶奶起的，年轻时的黄鼬有许多传说。有一次，正风捉井壁上的小家雀，因为年老体弱精力不济，掉下去淹死了。二奶奶给它在菜园子里造了座坟，说它宁可掉井里淹死也不吃家里的鸡。后来，赵兰香又养了只白猫，也叫正风。白猫是个不靠谱的，两只小黄眼球贼溜溜，从来不捉耗子。有次跟个耗子逗着玩，逗够了又把耗子放跑了。赵兰香看见它就气不打一处来，摸到砖头是砖头，摸到笤帚是笤帚，准打它个落花流水。白猫基本不进刘家大门，它在槐树上造了个窝。靠吃百家饭活着。六个儿子跪在两厢，左边跪了三个，正合、正清、正气。正气转业从西藏调来北京，颧骨上带两块高原红。右边跪了三个，正坤、正杰、正辉。最小的正辉去年没考上大学，正在复读，那是一个发誓要走出罕村的孩子，平日脑袋撞个疙瘩也甭想他跟谁主动说句话。去远处报丧的人一个一个回来了。姑、姨、舅舅三大家，然后才是"表"字辈。四老歪表大爷家的老亲戚多，报丧人去了十几个。供桌摆在头前，长明灯点着了，瓜果点心摆好了，头道纸烧过了,表大妈一个人在咧咧地哭。她突然想起了什么,抹了把脸,扶在门框上对儿子们说:"你爸死了,你们都好好的,这三年都多加小心,没事别出门,小心让车撞了。"儿媳妇们都在旁边拧鼻子,嫌她这话说得不吉利。守孝这三年过年都不用走亲戚,这账不是只有表大妈一个人会算。

自从这一大家子扯开,赵兰香就像老虎被拔了牙齿,连余威都没了。当然,你不能说她从此怕了儿媳妇,这不科学。赵兰香自己说,上不怕天,下不怕地,中间不怕空气。事实是,儿媳妇们不从她手里要钱花,那种恭敬的感觉就没有了。表大妈非常不习惯,今天跟这个儿媳妇干一仗,明天跟那个儿媳妇干一仗,找的理由五花八门。比如,正合的媳妇养猪,她说不能吃干面,要搛猪食。三句话不投,她提着猪食桶给人家倒当街去了。把正合媳妇气得,一边拿簸箕收拾一边哭。老二正清的媳妇有些窝囊,早年她横眼竖眼看不上。乡里辞退临时工,正清被退了回来,她就骂媳妇是个妨家娘儿们,自己好不容易给儿子找的工作,就这么被她妨没了。

有一次她去小卖店买东西,正赶上铁秀珍去喊正坤回家吃饭。铁秀珍从医疗室里出来,就当她是空气一样,眼仁朝天。她们平时也不说话,除了公爹四老歪去世,铁秀珍从不去老宅。赵兰香也从不到铁秀珍家里去。这个当年最满意的媳妇,成了结怨最深的人。平日还不觉得什么,可这一"撞见"让她觉得受了辱。她风车一样闯进医疗室,破口大骂刘正坤,说:"如果你是我儿子,你就把她打一顿。你不把她打一顿,你就不是我儿子。"铁秀珍本来已经走了,听见吵嚷又回来了。铁秀珍挑开门帘说:"正坤你要想打就打,咋打我都不还手。"铁秀珍是过于自信。她不相信正坤会真的对她动手,正坤从来没对她动过手。刘正坤正给一个老太太涂抹药膏,那老太太生了蛇盘疮,从后背到前胸,像根带子一样系在了腰上,差一点儿就在左胸上合围了。乡间有说法,如果合围必死无疑。正坤用民间偏方熬了药膏,里面调了些青霉素,居然对那些小疱疹很有效。把老太太送出门,正坤回手把门关上了。只一拳,就把铁秀珍打倒了。

后来,是赵兰香跑出去喊救命。这件事传出去,听的人身上冷飕飕的。都知道赵兰香对铁秀珍积了多深的仇恨,她出去喊救命,这是要把人往死里打的节奏啊。正坤骑在铁秀珍身上,拳头专往要害处捣。铁秀珍想还手的时候已经没了力气,她的门牙飞了,嘴唇翻了起来。鼻孔里蹿出了黑色的血。一只眼球甚至被挤歪了,整个脑袋肿胀了一圈,看上去非常可怕。若不是赵兰香喊来的人把正坤拉开,真要出人命了。赵兰香蔫没声地溜了。她从来不知道正坤这么凶狠,怎么有点像报杀父之仇?

铁秀珍被娘家人送到了医院。她爹铁成树来讨说法。铁成树得了脑血栓,跌成了拐子。他拄根拐杖上门,正坤穿着白大褂正给人清理缝合伤口,一点儿也没有曾经行凶的样子。铁成树哆哆嗦嗦说:"正坤,好歹一夜夫妻百日恩,她是你儿女的妈,你咋能下那么狠的手?"

正坤头也不抬,说:"要是心疼,就领回去吧。"

半年以后,罕村又死了一个人,只是打破了符咒,没死女的,死的仍是一个男的。其实这个时候,人们对死男死女已经没有构想了。改革开放后,许多观念和想法都更新了,那些旧的风俗、旧习惯都扔进了历史的垃圾堆。大家都忙,也没工夫编排那些穷讲究闲磨牙。正合下班回来让摩托车撞了。摩托车跑了,只在现场丢了块车瓦。正合拾起来骑车回到家,媳妇在门口喂猪,他说了句"我让摩托车撞了",扔下车瓦去了屋里,扎到炕上就没起来。媳妇起初没当回事。摩托车撞人还能把人撞坏?撞坏也不可能骑车回来。她家临街,喂完猪又跟过路人说了阵话,进屋才发现正合吐了一炕。正合侧着身子,头枕在一只胳膊上,真像睡着了。媳妇说:"晌午又喝酒了?喝酒咋还往炕上吐?"媳妇是个好脾气的女人,她拿来笤帚、抹布收拾残局,才发现正合舌头在外吐着,却牙关紧咬。她推了他一把,正合砰地变成了仰面朝天,人像口袋一样没了筋骨,却也像口袋一样没了弹性。

从没见过表大妈这么悲痛过。她被人叫了来,先看了眼儿子,回头就打了媳妇一嘴巴。媳妇说:"你打我干啥?"表大妈说:"正坤呢?快让他输青霉素!"正坤背着药箱骑着自行车来了,血管根本不走液。表大妈说:"输,你就输。先把血管冲开。"结果血管到最后也没冲开,正合的身体一点儿一点儿凉了,舌头成了紫黑色,整个脸都塌腔了。

赵兰香哭晕了一次,又哭晕了一次。她十六岁生正合,自己还是孩子呢。正合生下来像只大耗子,喂养成人不容易。正合年前转了正,如愿以偿吃了商品粮。正合从没跟她生过气,她是想老了不能动了,要指望这个儿子的,没想到正合先走了。

又过了三个月,正清家里修房子,他给房顶上的人递烟,在架子上一错步,从上面摔了下来,把腰椎摔坏了。医院给做了修复手术,让他回家输液静养。正坤背着药箱在晚饭前进了二哥的家门,一瓶液走到深夜,转天早晨,正清的身子凉了,谁也不知道他是什么时候死的。

大家都说,四老歪活着的时候是个厚道人,死了咋就不厚道,连着带走了两个儿子。

儿媳们则说,都是赵兰香咒的。

7

谁要说有其父必有其子,王永利第一个反对。他可不想成为我爸王大方那样的人,他不想有我爸那样失败的人生。年轻的时候当兵受挫,我爸想入党,想当书记,是想掌握主动权,晚年甚至想出了毛病。没人知道王永利是咋想的,他有想法不轻易告诉人。我爸杀羊的时候他拽羊腿险些休克的事,王凤丫当笑话说过一次,就不敢再说了。王永利真生气,两眼鼓出来,两腮像气蛤蟆一样炸起来,仿佛下一刻他就要爆炸了。似乎那是个天大的短处。"至于嘛。"王凤丫只能自己跟自己嘟囔。

但我们私下也说,王永利真不像我爸的儿子。我爸是个大炮筒子,一放一个响。王永利则是九曲十八弯,就像浏阳河一样。

要过十几年,我才隐隐看出他的成长路径。他跟我爸的目标其实是一致的,只不过方式方法不同,他更隐晦或更隐蔽,有点像曲线救国。一个偶然的机会,他认识了乡教委的主任,他给主任送了三百块钱的礼,便去教委做了临时工。这个主任跟我姥姥是一个村,只不过八竿子打不着,但这也能成为一个关系。姥家村上的人都是舅,王永利叫了人家好几年。

临时工跟正式工其实没区别。只要不看工资,负的责任一点儿都不少。王永利也是个能干的人,管农校和成人夜校。那时的农校管农业技术推广,经常去田间地头调研。王永利在岗位上入了党,这要是在村里,根本不可能。只要有一个人卡住你,你永世都翻不了身。一晃他就干了十多年,就是一直没转正。主任跟他关系好,总说让他等机会,说有一个转正指标也给他。

他如意地找到了我嫂子张圣文,这是他在教委的一大收获,是下乡调研时认识的。第一次来家里,我们都没看上她。个子不高,走路一蹿一蹿的,没个稳当。可王永利笑得很殷实,眼里都是水气,我们就没有话讲了。王凤丫悄悄对我妈说:"这样的媳妇要是遇到我表大妈,保准一百个通不过。"我妈说:"是王永利跟她过日子,又不是我们跟她过日子，管她干啥。"

后来，王凤丫找婆家，我妈也是这态度。只要以后不回娘家哭委屈，就是好姻缘。

王凤丫对我说："我们家的人咋都显得缺心眼，闺女嫁出去，连个条件都没有。"

想了想，我说："妈说的其实是最大的条件。"

王永利从乡教委辞工回村里，我们谁都不知道。开始还以为像正清一样被公家开除了，后来才搞明白，他是请缨来做书记，是戴帽下来的。铁成树下台后，曾有过一个书记，但没干几年，就被人告了下来。罕村人爱告状也是有传统的，三五成群，想告就告。因为离乡政府近，放个屁的工夫就到了。我爸简直气糊涂了。这若是过去，能戴帽下来当书记，还不得把人高兴死？但现在不同了，都要跨世纪了，眼界和期许与日俱增，与大队书记相比，他更愿意王永利做个公家人，公家人世面广，村书记说到底是个井底蛙。可这是王永利自己的事，人家在前街盖了房子，辞工都没跟老爹说一声，你着急有啥用？

"当书记也好。"我妈开导他，"当年你不是一直想当书记吗？"

"可那时候是啥年月？买肉凭票，当兵都要走后门。现在走前门，年轻人都不愿意去，怕吃苦。"我爸摇了摇头，他尤其接受不了世风日下。其实，还有一个最大的理由他不说出来，那时当书记，有集体经济，个人能捞好处。铁秀珍不识字都能当售货员。凭什么？不就凭她爸是书记？她当售货员，旁边专门给她配个会计管算账。反正生产队管记工分，搁谁谁乐意去。

我则想起了深夜贴的那张画。铁成树趴在桌子上打算盘，表大妈赵兰香在一旁趿拉着鞋子给他扇扇子。这幅画肯定有许多种解读，说不定会有出处有典故。最权威的解释当然在我爸这里，但这个事不能问，问了估计他也不会承认。那是个一箭双雕的伎俩，只是一只雕也没射下来。

甭看他是大炮脾气，那得看分啥事儿。否则，凭啥黑更半夜让我去张贴那幅画？现在想来我爸够不负责任的。但那时村里治安状况好，一个小女孩不会走着走着就走丢。可见判断问题不能忽略背景，否则肯定会有出入。

叨咕了一晚上，都是在王永利不在的情况下。屋里烟熏火燎，我爸卷了不知多少支烟。他到老也抽不惯过滤嘴，嫌没劲儿。就像好好的猪肉不吃，非要吃上下水、猪大肠一样，大肠还要用碱水亲自打理，否则吃不出那个味。我以为他气愤满腔，不由他担心。他的炮筒子脾气发起来，能把房盖顶了去。可转天王永利上门，我爸的思想转变了，看上去他特别支持王永利。出谋划策了半天，说宅基地不能乱批，村里要有规划。堤上的树不能乱伐，不能坏了风水。欺街占道的违章建筑要拆，罕村就一条主街，都让他们欺负成鸡肠子了！我妈偷偷抿嘴笑，说他这也是间接过当书记的瘾。我素来对这些事情不上心，家中无战事，我收拾收拾上班去了。

我在一家小报当记者，是自己考进来的。这么大的坝城，只有这一家小报，让我一考就考上了。王永利有事情爱跟我说，适当的时候，我也帮忙宣传做个报道，当然，是在不影响版面的情况下。正合大哥死的时候，我正好在家里休假，还特意看了眼正合大哥捡回来的那块车瓦，给他们放到了外窗台上。按照正合嫂子的说法，正合大哥的车祸没有目击者。但如果选择报警，这块车瓦也可以做证据。我把这层意思说给了正合嫂子听，她却不以为意。说凭这么块东西就能找到人，人家不承认咋办？

王永利这次让我回家，说有更重要的事。我下班直接去了他家，嫂子包的饺子正好出锅。我还端着碗,王永利就把我拉到了西屋,告诉我正清死了。"你知道正清死了吗?"饺子是一疙瘩羊肉丸,咬开香气扑鼻。我被烫了一下,笑着说:"大概都过三七了吧?"王永利撅了根笤帚苗剔牙,这一点特别像我爸。他说:"今天碰见了正清媳妇,黄脸打卦,说人死得蹊跷。"我赶忙问咋回事。王永利说:"正清在医院手术做得好好的,身体其他指标也正常,回家输个液就死人,正清媳妇觉得液有问题。"我松了一口气,说:"正坤哥也是老大夫了,行医二十多年,治不好人是可能的,但总不至于把人治坏。"王永利嘬了一阵子牙花子,我就知道他有话没都说出来。

"难道药过期了?"我先想到了这个。

王永利摇了摇头,说:"我不怀疑这个,正坤是个严谨的人。"

"当初给你打青霉素,你记得他做过皮试吗?"王永利说出这话,自己都显得不自信,自嘲地笑了下。

"那么久的事咋会记得,况且我那时多小,还不到八岁吧……哎呀,你怀疑他不做皮试?青霉素做皮试是常识啊!"

说是常识,过去其实我也不知道。我们都是缺乏常识的人,因为在家里和社会都没人教你这个。最近有个稿件涉及这类问题,我才有些印象。

我又说:"即便正坤哥不知道,药物外包装上都有说明的,正坤哥那么仔细的人,不会注意不到。哥,你太杞人忧天了,事情不会这样的。"他就坐在我的身边,我拍了下他的肩膀。

王永利想了想,认同了我的话。"正清那就是又添病了,医院也不是多靠谱,许是没查出来,许是查出来了没说。"哥把笤帚苗撅得一段一段的,在手里捻,"也许是我想多了。"

"你都想啥了?"我感兴趣。

王永利坦率地说:"想啥我也不能告诉你。"

我噘嘴说:"不告诉我,你大老远把我喊回来,你以为我的时间可以随便浪费啊!"

王永利说:"要不你也应该回来了。"

"回来干啥?听你卖关子?"我白了他一眼。

王永利嘿嘿一笑,从口袋里摸烟。那烟盒是软包装,已经压扁了。可奇怪的是,王永利抽的是大中华。他挣几个钱,怎么会有那么好的烟。看我疑惑,王永利解释说,烟是别人给的,他借盒子用用。"医院想给正清带液,正清媳妇嫌贵,说这些药自己家里也有。如果从医院带了药,说不定会是别的结果。"王永利继续唠叨。

"你还是怀疑药?"

"我没有怀疑呀。"王永利把烟叼到嘴上,打着了火,"大队部还有事,你快去看妈吧。"他往外轰我。

我还是去了正清哥的家。没别的,就是有点好奇。正清哥的房子在西街,从王永利家出来,我要走一个刀柄和刀锋。不知为什么,我有点战战兢兢,心悬悬意悬悬,头重脚轻,走刀柄和刀锋的感觉,就是我心里生出来的。我从小就是个好奇心强的孩子,什么事都想知道个子午卯酉。王永利欲说还休的样子刺激了我,我想亲耳听听正清嫂子怎么说。我们两家的关系有些特殊,是亲戚,这不消说。大事小情都要走动,称呼带个"表"字,就与街坊邻居显出不同来,但谁跟谁也不紧密。我爸和四老歪,我妈和赵兰香,都是一种水和油的状态,浮在上面,却不交融。见面需要寒暄和客套,脸是热的,心却是冷的。这一点,我打小就知道。比如,有一次吃喜宴,我和表大妈坐一桌。炖公鸡上来,她给这个那个夹好地方的肉,我就坐她旁边,她看了我一眼,把个鸡脑袋扔到了我碗里,还说，你吃凤头。我对着鸡冠子吭哧就咬了一口。心说怕啥？哪都是肉。大人可能看得更清楚些，表大妈的分别心太明显。就像铁秀珍的小刀子脸，一般人家都不会找她做媳妇，她却肯给长相那么好的正坤哥。我们还跟王永利开过玩笑："如果给你，你要吗？"王永利说："慢说她是大队书记的女儿，就是公社书记的女儿也不行。你以为大队书记就像狗皮膏药，想贴就能贴一辈子？"

我和凤丫都对他竖大拇指，觉得王永利比刘正坤强。

刘家兄弟几个都是大个子，只有二哥正清又瘦又小，一副小骨架，像没发育成熟。脸是倒三角形状，有几分猴相。刚过四十岁，背就有些驼。正清和媳妇在大家庭里不受待见那是一定的。比如饭出锅了，他们如果先盛，赵兰香就会夹枪带棒，没完没了。他们的孩子也不受待见，小时候都一副受饥挨饿的样。所以当初铁秀珍把这个大家庭扯开，内心最欢喜的应该是他们。他们在西街盖了房，十多年过去，小黑瓦的房脊有些下沉，所以他们请了工匠，要修补房子。他家还没从哀伤中解脱出来，院子里堆放着砖瓦石料，泥水遍地，虽已干涸，汇成的杂七杂八的图案还在。如果正清二哥不出意外，这些建筑材料应该已经上房了，待在自己应该待的位置上。院子里早就干净利落了，他们夫妻都是勤快人。

二嫂子攥着我的手只是哭，一个劲地说后悔后悔后悔。是后悔修房，还是后悔出院，我没问。坐在她的面前，就发现把问题问出口不容易。正清二哥无疑是她的天，天塌了她就六神无主了。她哭得我心里也好难受，我安慰了几句，起身告辞。我在院门外站了会儿，两扇铁门是新装的，鸡血红。我还真没见过那么血红的门，在青灰色的天光中一汪一汪的，像是能够流动。墙根下的石头缝里还有纸灰曲蜷着，我回头想了想，这些天一直都没下雨。一条鲜活的生命就是被这些纸灰送走的。好凉薄啊！

只是……正坤就没个说法？

8

王永利比刘正坤大八岁。他们之间是什么状态，我说不清楚。大概王永利也不屑于跟谁说清楚。他们过去什么样，我不知道，现在什么样我也不知道。这一点就跟女人不一样。女人要是有这样一个冤家，早嚷得满世界尽知了。

我是听张圣文我嫂子说的。王永利裁玻璃时割破了手，那血流得邪乎，就像碰到了主动脉一样。张圣文用手绢给他系了个死结，让他赶紧去医疗室处理伤口。王永利骑着摩托车走了，张圣文回屋换了件衣服，也骑车追了出去。医疗室里刘正坤正跟人喝茶聊天，他坐在椅子上，一条腿屈着，一条腿伸着颠哒，很恣意。我嫂子问："你大哥没来？"正坤身子都没动，平板地问哪个大哥。我嫂子说："你永利大哥裁玻璃割破了手，流了很多血，没来你这里上药？"正坤说了两个字："没来。"喝了口茶，又继续跟人聊天。

我嫂子说，那一刻，气得人真是不知该怎么好。如果手里有刀，都恨不得捅谁一下。怎么那么让人不舒坦哪！表亲，书记，比你大一轮，哪一样都值得你关心一句。可人家不但不关心，还要表现出漠不关心来，那个劲头拿的，真让人牙根都是痒的。"还有比这更奇怪的事吗？"我嫂子问我，"我可是一直拿他当表弟的，你哥也从没招他惹他呀。"

当时我想，这话你们说了不算。正坤哥说了才算。我知道王永利的臭毛病，他是个牛皮哄哄的人，喜欢摆架子。

既然没来这里，那一定是去镇上了。我嫂子就像刚上岸的螃蟹，在大队院子里的杨树底下吐了半天泡。她心脏不好，需要平复情绪。镇上离罕村八里地，王永利一只手扶车把，一只手淌着血，这是好玩的？我嫂子满脑子都是一路滴血的那根手指，到镇上说不定就把血流完了。

好在手绢结的那个扣系得死，王永利来到镇上，那指头肿胀成了水萝卜，但好歹血还是止住了。他疼得直打哆嗦。

回来我嫂子问他："你跟正坤闹过矛盾？"

王永利说："没闹过。"

"从啥时开始不说话？"

"从啥时就开始不说话了。"

"到底从啥时候？"

"你说从啥时候？"

我哥一瞪眼，我嫂子就赶紧摆手，说："我们王家跟刘家，父一辈子一辈的交情。正坤医术好，哪里就用不着人家。你别当了书记就人五人六找不着北，皇上还有三个草鞋亲戚呢。"

我哥冷笑一声，说："你这话比喻得不恰当，你以为刘正坤穿草鞋？"

我嫂子捶了他一下，说："领会精神。你别以为天底下就你会说话。我告诉你，你是当哥的，又是书记，在正坤面前一定要低调。"

我哥说："在他面前我没调！"

我嫂子说："你咋这么犟呢！"

我哥说："我犟了吗？我没犟啊！"

王永利一晃就当三年书记了，还别说，他肯定当得越来越有感觉了，与他在乡政府当办事员不一样，说话的腔调、做事方式，甚至走路的姿势都越来越像个书记。三年他和正坤就在一个院子里，低头不见抬头见。可谁也想不到，他们都当彼此是空气，脑袋撞个疙瘩，都不言语一声，似乎从地老天荒时就这样。

我嫂子说："肯定是你的不是，回头我去给正坤道歉。"

我哥说："吃饱了撑的。"

我嫂子戳了他一指头："为什么呀！都多大年纪了，还像小孩子过家家。"

按照我哥的说法，自从他当书记，正坤就从没主动说过一句话，铁秀珍也不例外，似乎是他们夫妻合计好的。有一天，王永利去医疗室拿两片感冒药，正赶上铁秀珍也在，看见我哥进来，她脸冲墙。我哥开玩笑说："好歹我也是当大伯子的，铁秀珍，我没啥对不起你的吧？"正坤突然咆哮了句："去死！"吓了我哥一跳。正坤脖子上的青筋扯起来，脸煞白，眉毛突突地跳，两只眼睛通红。他就那么恶狠狠地看着我哥，像是要吃人，手里拿着一把小镊子，一只拇指窝进去，也是要攥碎什么的感觉。我哥赶紧出来了，当时他以为是人家夫妻正在闹矛盾，让他撞着了，事后想想又觉得不像。

"总之你们都不要惹他，他对咱们家有仇恨。"

张圣文说："他跟我没仇恨。"

我说："他跟我也没仇恨。跟凤丫就更没有仇恨。"

王永利说："那就是他跟大队书记有仇恨。"

"那肯定不是因为嫉妒。"我抢着接了一句，转念一想，点了点头。

张圣文困惑地看着我。王永利说："你说得对。我也怀疑是因为更复杂的原因，比如……伤害。"

张圣文说："你怎么伤害他了？"

我扯了嫂子一下。我听懂了王永利的话。不是我哥伤害他，而是书记这个位子曾经伤害到了他。所以他的厌恶和仇恨要复杂得多。

张圣文一头雾水，连声问为什么为什么。王永利说："就你这种猪脑子，想不明白这么深奥的问题，还是闭嘴吧。"

张圣文佯装打了他一下，说："当年是我们把铁秀珍娶回来的，他是不是从打那儿就恨上我们了？"

我和王永利一起说："差不多。"

铁秀珍自从挨打以后，就再不到医疗室来了。家里的地都承包出去了，大水小水上学，她闲着没事儿，整天在街上坐着。周围是一群老头儿老太太，大都是东倒西歪、半个身子的人。铁秀珍在这样的人群里也不受欢迎，因为她经常说着三不着两的话。"你不死还等着啥？你儿子不会给你买棺材。"火葬买棺材是奢侈。她在说一个哭诉委屈的老太太，被老太太劈手打了一嘴巴。铁秀珍嗷地发出了一声叫，也听不出是悲伤还是兴奋。她跳起来把老太太扑倒了，骑上去两手抡圆了抽打，别人根本拉不开。正巧老太太的儿子从这里过，手里拿着一截钢丝绳。钢丝绳抽到铁秀珍的背上，碎花小袄都绽开了。

别人呼啦啦都走了。铁秀珍在地上躺着。那人只抽了她一下，她就从老太太身上翻滚了下来，那感觉是皮开肉绽了。那里是一个斜坡道，她半边身子在坡上，半边身子在坡下，脸上全是土。她没有哭，虽然后背火辣辣地疼，她觉得没有哭的必要。哭是给别人看的，眼下没有看她的人。她睁着眼睛看空泛的天。日头白花花的，她都不知道刺眼。耳朵里嘶啦啦的都是蝉的鸣叫声。她不喜欢，可又无可奈何。这里就在大队部的外面，走到门口十米都不到，可却没有人去喊刘正坤。拉架时没人喊，此刻也没人喊。过去她愿意往那里跑，洗净头脸，换上干净的衣服，喊他吃饭就像去相亲一样。那个时候正坤彬彬有礼，对她就像对待别人一样友善。一个偶然的机会正坤变成了凶神恶煞，从此这个形象就定格了。她开始恨婆婆，觉得是婆婆让正坤变成了这个样子，后来她恨自己。男怕入错行，女怕嫁错郎，她明明就是嫁错了，嫁了不该嫁的人。他们稀薄的情感不知飘向了何处。他们回不去了，再也回不去了。

是做午饭的时间了，空气里一股子米饭香，烙饼的焦糊味，还有葱花饼的混合气味，特别呛鼻子。铁秀珍也是爱做葱花饼的人，因为正坤爱吃。放五花肉，或者放虾皮，或者什么都不放，面摊开以后刷一层杏核油。这是跟婆婆赵兰香学的。不能卷成筒,要折叠。锅盖敞开着,不能捂,这样葱花是绿的。小火多靠一会儿,靠出里面的油,饼就变得外焦里嫩。铁秀珍喜欢琢磨这些事,喜欢这些事组成的家庭氛围,孩子大人一同吧唧嘴,吃得热火朝天。正坤端着碗,从来不挑眼皮。但偶尔会看小水一眼,嘴角嵌出一抹笑,那是个跟他长得一模一样的丫头,打小爷俩儿就会对眼神。铁秀珍只敢偷偷看他,被他发现了,他会闪躲开身子。无疑,他是好看的。结婚十几年,铁秀珍仍是看不够的感觉。她的肉身像大肉一样让他腻,她从不敢主动挨过去。烦的时候自己也骂,这他妈的也叫夫妻!

大水小水放学找到这里,把她拉了起来。她闷闷地在前头走,迈外八字的两只脚磕磕绊绊,有几次她都要跌倒。小水喊:"大水,扶着妈!"两个孩子一边一个拽着她的衣袖,走出十几步,被她不耐烦地甩开了。走到家门口,铁秀珍站下了,对两个孩子说:"今天不做饭,你们去买点心吃吧。"大水嗷的一声叫,撒腿就跑。他的小刀子脸酷似铁秀珍,正坤从不正眼瞧他。小水扬着小小的头颅看妈妈,那张脸清秀而又俊美。她说:"妈,你吃什么?我光吃点心吃不饱。"她一巴掌打过去,小水的腮帮子立刻出现了几个鲜红的手指印。铁秀珍骂:"找你死爹去!"

在一个有着薄雾和霜雪的清晨,铁秀珍的哭天嚎地惊醒了许多人。大家都习惯了她的歇斯底里,并不把她的嚎啕当回事。她经常就那样嚎几声,像一只孤独的动物。铁成树在入秋的时候一个跟头跌死了,铁秀珍把他送到了墓地,跳进坟坑里说啥也不上来。大家问正坤怎么办,正坤说:"不上来就不上来呗,我有啥办法。"说完,转身走了。铁秀珍自己爬了上来,身上、脸上蹭的都是新鲜的泥土。那种往死里哭的感觉,任谁都看得出,她哪里是哭爹,分明是在哭自己。

稀薄的太阳升起来，街上有许多肮脏而杂乱的脚印。有个消息终于发散开。铁秀珍为什么嚎啕？因为小水死了。小水只是普通的感冒、发烧，引发了上呼吸道感染，却导致了肾功能衰竭。铁秀珍破口大骂，说刘正坤害死了小水。"你别以为我不知道，你故意不送孩子去医院，你就是希望她死。你这个杀人犯！"铁秀珍顺着嘴角淌白沫，瞳孔张大了，头发披散着，像炸开的一只刺猬。大家都说，这个女人恐怕是真疯了，过去她总说出格的话，多一半是装的。

正坤铁青着脸，指挥木匠打棺材。家里有上好的松木板材，但正坤不让用，而是把一对金丝楠木的箱子拆开来，重新进行了组装。大家这才知道，正坤家还有这么好的老物件，不知传了几辈人。表面光可鉴人，寸把厚，折页都是包银的，两人搬动一只箱子甚至都很吃力。正坤去城里的绸缎行买来了织锦被褥和衣服，小丫头睡进去，越发花团锦簇。正坤从额上剪了自己的一撮头发放到了小水的枕头旁，合上棺材时，正坤一下瘫软了，哭着说："丫头，等着我。我过些日子就去陪你。"

那一瞬间，很多人都被感动得稀里哗啦。他们觉得，正坤才是真正舍不得小水的人。

正坤很快离了婚。据铁秀珍说，离婚进行得普通又平常，就像平时过家家一样。因为她已经无所谓了，过够了。"你们知道吗？自打生了孩子，他都没跟我睡过觉，我连个寡妇都不如。"所以正坤提出离婚，她二话都没说，跟正坤办了手续。正坤除了几件衣物，什么也没要。大家都称赞铁秀珍这婚离得值，正坤千不好万不好，离婚这事对得起她。看得出，铁秀珍也很满意。她在街上坐着时，跷着二郎腿，脸上经常有得意之色。那种迷幻的样子，既是胸有成竹，又似有雄兵百万。只是几天以后正坤又结婚，让铁秀珍发了回疯，堵着人家门口骂了半天。骂够了，仍回到原来的地方坐着。脸上得意的神色没有了，面孔冷峻起来，越发像个刀子。

正坤娶的女人叫惠玲，其实应该说是嫁，正坤"嫁"给了惠玲。惠玲是三个孩子的母亲，半年前丈夫得肺癌死了。惠玲总闹憋得慌，经常抚着胸口说，得找大夫瞧瞧。不知什么时候两人到了一起。惠玲比正坤小九岁，那年正坤四十三岁，惠玲三十四岁。有刻薄人说，惠玲家来了个扛活的，因为惠玲最小的孩子才八岁。

惠玲经常到医疗室来，问正坤吃啥饭。正坤说，你等着，我回去做。忙完了手里的活计，两人一起往家里走。惠玲个子不高，有点罗圈腿。若不是小上几岁，真是很难说配得上正坤。大家都说正坤是第一美男子，配村里任何一个女人都有富余。当然，村里人也会算一笔账，铁秀珍比正坤大三岁，惠玲比正坤小九岁，这一里一外是十二岁的梗，这可是有分别。差十二岁的女人，那头人老珠黄，这一头还能称得上青春年少。也就难怪两人总是肩并肩地走，正坤偶尔搂一下她的腰，或揽一下她的肩膀，或把手放到她额上，替她拢一把头发。两人都是油里调蜜的感觉。生活的味道从他们身上漫溢开去，这一条街都是温馨的。

两个月，正好两个月，正坤走完了他四十三岁的生命旅程。惠玲吓傻了，不知怎样解释她和正坤才好，甚至忘了什么样的话是丢人。"大早晨他就要吃白菜馅饺子，我给他包了一碗。吃完他往炕上一躺，说你摸摸我屁股，凉不凉？我说废话。屁股哪有不凉的。他说，那你就往前摸，再往前摸……烫不烫？我才发现他真是烫，像在蹿火苗子。他说，男人病先从根上病，要过年了，我不能病倒，我得给自己输点液。他把药调好，把针扎上，说你出去吧，我眯会儿。我就去扫当院了。扫半截不放心，进来看他，发现那液比自来水走得还快。他脸上起了一层红豆，憋得就像个葫芦头。"

"他没跟你说点啥？"

"他就跟我说再往前摸,再往前摸……"

"你应该打120。"

"正要打,他就嘎喽一声咽气了。"

事后惠玲说,正坤留下了二十五万块钱,发送他只花了一万多。正坤还是挺疼人的,这是可怜他们孤儿寡母。结婚时间虽短,但能看出真心来。"平时他说过,死了由我来发送,埋得离小水近些就好,没别的要求。我只当他说着玩,谁想到就应验了呢。"

惠玲还把私密话说了出来:"正坤说,将来铁秀珍死了,哪儿远埋哪儿去,不准与他并骨。"

有人说:"谁管得了那么久远的事。你又不是刘家人,你管不了。"

惠玲说:"我管不了还有我儿子。我儿子管不了还有法律。正坤有遗嘱。"

有人想看看遗嘱什么样,到底没能如愿。

赵兰香曾找惠玲要钱。惠玲说:"你来不行,得你儿子来。他没让我把钱给别人。"

也有人好奇地问赵兰香:"正坤没给你钱?"

赵兰香气咻咻地说:"给,一个月给一百!"

历史就是一本书,既看不到第一页,也翻不到最后一页。所以,很多事情容不得看清前因后果。

就随风而逝。

9

正杰比我大两岁,我读高一的时候他读高三。正杰是老六,与弟弟正辉就差一岁半。他是在姥姥家上的小学,所以童年没在一起摸爬滚打,感觉就像个陌生人。第一个八月十五在学校过,那种感觉真是又落寞又孤单。我从女生部下来,是想到外面透透气,却见正杰低着头往这边走。我问他干啥去,他把两只手张开了,说:"在外面的小卖店里买了两块月饼,一块五仁一块豆沙,正要给你送来,你想吃哪种馅?"

我难以置信:"你是特意来送我的?"

正杰说:"就是特意买给你吃的啊,今天是八月十五,你初来乍到,我怕你想家。"

我说:"女生楼你上不去。"

正杰说:"我就想在楼下喊,你总会听得见。"

我这人特别容易感动,不由含情脉脉说:"正杰哥,你真好。"

正杰两只胳膊抱起来蹭了蹭,估计他是起鸡皮疙瘩了。

如果说,我和正杰曾经有过什么,就是吃了他一块五仁月饼,然后在操场上一起看了一回月亮。这是一九八六年的秋天,在篮球桩下,我们一人倚在一边,说了些大而无当的话。那些话,我现在想起来也脸红,都是注定实现不了的。比如,到世界各地行走之类,我现在也只到周边小国转了转,是所谓的商业旅游,跟行走一点儿不沾边。一点儿也没想到若干年后我会当小报记者,这个小报随时摇摇欲坠。而正杰守着一个烂摊子,一守就是很多年。那天的月亮又小又丑,乌云一层一层在它身上碾过,天空不时黑黝黝一下。我问正杰高考志愿准备报哪里,对于高三生来说,这已经是很现实的问题了。正杰叹了口气,说我们这样人家的孩子,这样差的学习成绩,哪里有什么好挑拣,有学上,将来能有个饭碗就不错了。

因为刚来学校不久,我对未来有着美好的憧憬和想象。所以那晚正杰哥的话让我备受打击,也让我鼓涨起的热情瞬间瓦解。因为我也成绩平平,还多少有些偏科,未来那艘船驶向哪里,真是由不得人啊。我们就是在这种氛围中，被老师抓了现行，老师把我们分开审，说我们不学好。无论怎样解释都没用。其实，老师也觉得我们没什么，但既然逮到了，就不会轻易放过。转天全校都知道了我们两个人的名字，吃月饼，看月亮，高一女生和高三男生，被人把舌头嚼烂了。那真是生不如死的日子啊，好在都有过去的那一天。毕业十几年了，还有同学说，你没和那谁走到一起？就是你们当初一起看月亮的……

正杰哥在师范学校教历史，那是我们埧城的北大和清华，很多干部的出身都填那里。当然，俱往矣，现在这所学校就只剩了空壳子，正杰和几个同事在那里守摊，一守就是很多年。说真的，我有些同情他，曾经的好年华，就这样"守"过去了，就为了那个饭碗，这只饭碗得有多金贵！但看不见他就想不起诸如此类的问题，生活实在是太烦琐、太麻烦、太不尽如人意了，哪里有时间和心情想不相干的人和事。有一天傍晚，我在鼓楼前边遇到了他。他还没看见我，我赶紧胡噜了一下头发，迎着他走了过去。不知道我在他眼里什么样，反正我是觉得他显得过于陈旧了。骑一辆破自行车，车把上挂着个黑皮包，是皮开肉绽的感觉。夹克和鞋子明显都是地摊货，眼镜腿粘了块橡皮膏……他骗腿儿下了车，我觉得这应该是上个世纪的经典画面，就像背景中的那座明代鼓楼一样，上面明显遮着块浮云。浮云也应该是上个世纪的，显得残破和古朴。正是下班时间，路上人来车往，车喇叭往死里催。我们只来得及交换一下手机号码，就被车流冲散了。

正杰一只手扶把，拧着身子看着我，把手捂在了耳朵上，我明白他的意思，勤联系，打电话。"我有个东西想给你看……"正杰挑起眼眉，几乎是嚷，很认真很当回事的样子。我没当回事，朝他摆了摆手，也用手在耳朵上好歹比画了一下。

我跟凤丫住在一座城市，有事好商量。有天我们谈起母亲，在哪里都待不住，无论在城里还是乡下，总说孤单、没伴儿。又谈起表大妈，她已经住十多年养老院了，好像自打正坤死，她就离开了罕村。据说，在养老院待得非常扎实，过年都不愿意离开。凤丫首先提议，母亲如果也住敬老院，不就有伴儿了、不孤单了吗？两年前她的脑子就开始出现幻觉，记忆力差得惊人。若是脑子好，她是不肯住养老院的。她不愿意把钱给别人，她算得清这笔账。于是我和凤丫从城南跑到城北，又从城东跑到城西，查看了七八家，备选的有一两家。从西外环下来，有个蓝色的大牌子很抢眼，写的是"贾迎春家庭料理"。起初还以为是吃饭的地方，可看括弧里的文字，才发现所谓的家庭料理不过是养老院的别称。我们喜欢带家庭这样的字眼，异想天开地觉得，如果母亲也能找到个"家"，是皆大欢喜的事。

是一座"井"字形的方形建筑，正房是二层楼，又把东、西、南用回廊串了起来，盖了一模一样的房子，院子里就成了个天井。十几个老人正在院子里晒太阳，有个老太太从马扎上站起身，朝我们这边走。"这不是凤丫、云丫吗？"我和凤丫对视了一眼，异口同声说："表大妈！"一点儿不错，真的是表大妈。她已经八十九岁了，腰板不塌，眼睛不花，白白胖胖，称得上精神矍铄。真让人羡慕啊！我们的母亲骨瘦如柴，整天颠三倒四，跟父亲去世前一模一样。我们又几乎同时说："没想到您住在这儿，挺好吧？"她不知想哪里去了，虚饰的微笑顿时浮在脸上，说："我儿子死了我不能死，我得替他们活着。"

我说："我前几天见到了正杰哥。"

表大妈说："他当校长，忙着呢。"

"好久没见到正辉了。"

"他更没空，扎到地底下修火车道，城市的地铁都归他管。"

我当然知道，正杰只是个普通的事业编，没有职称，不能晋级，牢骚满腹。饭碗成了烫手的山芋，一门心思盼着退休。正辉则成了新闻人物，他是一家国企老总，因为决策失误造成国有财产流失，成了反面典型。那天我在必胜客请正杰吃饭，正杰很不安，前后左右环顾，说这里应该是年轻人来的地方。可一条商业街都是大排档，哪里有安静的能说话的地方呢？

甫一坐下，正杰就说："正辉是被冤枉的。我们从底层上去的人，上面没人撑腰。"

我则想，人到中年，该是自己给自己撑腰的时候了吧？

我以为表大妈会问起罕村的人和事，或者问问我的母亲，但她什么也没问。那个曾经喧嚣的村庄在她的记忆里明显被抹去了。我们在院子里站了一小会儿，就觉出时间的多余来。凤丫跟一个圆脸女人进了一间屋子，想必那就是贾迎春。事后凤丫跟我说，人家都奇怪，说这个老太太不止一个儿子，可谁都不来看他，过年也没人接她，每月的开销从三个地方打过来，就没事了。

正杰告诉我，正坤一死，表大妈的魂儿就没了。她看中正坤以上的几个儿子，他们的命运都是她安排出来的，在他们面前，她可以为所欲为。正杰和正辉是自己考出来的，从她的眼神就能看出生分来。也许是因为儿子太多了，她有些应顾不暇。

谁知道呢，也许还有别的理由。

"正气呢？"我问。

正气当年从西藏调进北京，据说是偶然认识了卫戍区的某位领导，然后便是年复一年地寄土特产品。我想起当初表大妈取他寄的汇款单，是村里的一景。后来他提干了，把媳妇接走了，几乎没了音讯。

我问："你多久看她一次？"

正杰说:"过去一个月总要去看一两次,可每次她都要问,你有没有当校长?你怎么还没当校长啊?有一次我特别生气,说我不当校长你就嫌恶我,你到底是不是亲妈。"

正杰不年轻了,却还有些意气用事,这是我对他的突出印象。也许是这些年的郁郁寡欢改变了心性,总之他不是我希望的样子。

出了胡同就是闹市区,我们的车子停在了槐树底下。凤丫沉默着,我也不想说什么。我猜,她也许跟我一样,想起了正坤哥。她当年不肯参加正坤哥的婚礼。

那个好看而又帅气的赤脚医生啊!

10

这个东西摆在了我和王永利面前的桌子上,那是一个黄丝绒面的本子,乌涂得已不可救药。这是惠玲在正坤的葬礼上转给正杰的,说藏在箱子的一个隐秘角落。"正坤的东西我都好好收拾着,我字眼浅,这个就不留着了。"惠玲说。

"惠玲根本没看,若是看了,罕村早翻天了。"

那天坐在必胜客,正杰把本子给了我。看得出他有些犹豫,直到最后一刻,他强调说:"别让村里人知道,不好……"

说日记其实并不准确,里面没有多少内容。从字迹的颜色却能看出时间的跨度来。从一页到另一页,跨度有三年。"我忘记做皮试了。"第一页看得人手心出汗,是一九七四年十月十三日。"第一次打针啊!""幸好没事,高烧退了。"每天都有清晰的记录。"今天39度3,不出虚汗了。""每次都担心针拔不出来,那地方太硬了,真担心那块肉死了。"有些字迹都模糊了,但正杰说,十年前的字迹比这清楚。哦,一晃正坤哥就去世十年了。

那些模糊的字迹居然是关于我的。在后面写有我的名字。我一下就想起了当年正坤哥第一次打针时的惊慌。针扎在我的身上,我当然记得牢固,原来他是忘了做皮试。

好在我抗过敏。

正杰问我:"你猜正坤是怎么死的?"

我犹疑一下,说:"心脏病?村里人都这么说……他新婚燕尔。"

正杰微微皱了下眉头,证明我猜得不对。若有若无的音乐在空中飘,顶上有许多葡萄藤,假的。

"他是自杀。"正杰落寞地看着窗外,马路上人车流动,都急惶惶的,"人死了这么久,也没啥可忌讳的了。我就是想告诉你,他是自杀,他心里很苦。他一直处心积虑……"

"处心积虑……自杀?"

我问里面都写了些什么。他说你一看就明白了。

"一九八三年四月十二日。没想到那么快她就走了。三支青霉素果然有威力。四支呢?"我多少有些懂了,顿时冷汗淋漓。

"我们家族都是过敏体质,正坤他比谁都清楚。我爸,正清,小水,他自己。"

我喝了口玉米汁,甜得有些过分。

"他是故意的。"

我寒噤了一下:"证据呢?"

"有时候,他假装给人家做皮试,其实根本没做。他乐于看见过敏的人,那样他就像猎手遇见了猎物。他的药箱里其实一直储存着肾上腺素,可他一次也没给人用过,难怪正清媳妇怀疑他。"

我越发吃惊,迅速百度了一下,肾上腺素果然专门对付青霉素过敏。

"谁知道呢。"正杰喝了口玉米汁,没喝利落,顺嘴角淌下了些。我看出了他有些激动,手隐隐在抖,"也许就是变态吧,你能解释这种行为吗?"

我解释不了。

如今,这个本子就摆在我和王永利的面前,王永利现在仍是罕村的支部书记,已经是老书记了。他这些年坐得稳这把椅子有赖于他的兢兢业业。王永利说,他当年对正坤曾有过怀疑,就是正清死的时候。"记得我喊你回来吗?只是这件事情没法说。怎么说?"我说:"人命关天啊!"王永利说:"就因为人命关天,就更没法说。"他摇了摇头。"就像现在这样。"他翻动一下那本子,一些纸屑飘了起来,是一股呛鼻子的陈旧味。正说着话,我嫂子进来了,王永利顺手拎起一张报纸,把本子盖上了。我嫂子偏头看了一眼,说:"埧城日报……有什么新闻吗?"王永利说:"乔书记下乡调研了。"我嫂子说:"这算什么新闻。"

我嫂子出去了。我翻到了日记中的某页,指给王永利看。那里面写着表大妈往四老歪嘴里塞满了茶叶,而另只手捏着四老歪的鼻子,久久都没有撒手。

正坤蹲在外面的台阶上吸烟,他从来不吸烟。我至今都能想起他粉色的指甲盖,摁到皮肤上会充血。

"严格地说,他只是帮凶,但他算在了自己的头上……都有编号的。他自己,正好是第十五个。"我告诉王永利,"他给自己用了八支青霉素。这么多年,罕村就没人察觉?"

"都跟我们一样吧。"王永利说,"有一种无力感,让你说不得,做不得。"

"为什么呢!"我真想他还活着。

电话响了。我拿给王永利看,是正杰打来的。"你在哪儿?那个本子赶紧还给我。"他有些焦急。

"他反悔了。"我对王永利说,"给我的时候他说供我研究用,没说要收回。"

王永利用报纸把本子包了起来:"还给他吧。"

我应了一声:"正杰对我说,他的人他都带走了。"

王永利说:"指的是小水?"

东山印 |

1

"青田,忙啥呢?"

手机铃声一响,杨青田见是一个叫冯暖辉的人,也没太当回事。他把最后一张纸从打印机里抽出来,双手捋齐,在桌上戳了戳。手机夹在肩窝里,随口问:"什么事?"

"我是冯暖辉。"手机里的人就像长了双透视眼,一板一眼地强调。

打了个愣。同学、同事、亲友,嗖地过了一遍……杨青田赶忙扔下手里的文件,从椅子上站了起来,踱到了窗前。"冯……冯县长……"

"就叫我老冯吧!"声音还是那么清脆,像刚下树的枣子,一点儿也没有被岁月浸润打磨。

"哪能呢……您永远是老领导……这么早打电话,您有什么要紧的事吧?只要我能办的……"

"没有要紧的事就不能找你吗……"冯暖辉往里垫话。

"我哪里是这个意思……您知道我不是那个意思……话没说好,掌嘴……"杨青田很响地拍了胳膊一下。

冯暖辉咯咯地乐,说:"你可别太用劲,腮帮子红了吗?待会儿让我瞅瞅……找你也没什么事儿……你能不能抽空到我家来一下？"

39度高温，往车里一坐，身上的汗哗地下来了，白衬衫立马贴在肉上，整个人像是刚从水里捞出来的。明天市里有会，早晨六点就走。傍晚还有接待，是偏远省份的一个考察团。眼下县长们正在开会，杨青田一合计，就是眼下有一段闲工夫。所以跟谁也没打招呼，驾车出来了。

冯暖辉当过坝城的常务副县长，杨青田那时刚出学校门，负责给她提拎包。那时不像现在，秘书是要管家事的，连煤气罐都管扛。冯暖辉住四楼，杨青田没少往上搬这搬那。一筐苹果，或一筐柿子，都有百八十斤。知道住高楼辛苦，后来杨青田买房死活买一楼。一晃就是许多年过去了，那时的楼房都不带电梯。冯暖辉从副县长位置上退下来，又当过两届人大常委会副主任。眼下冯暖辉住在城东的几间平房里，是她从政府退任那年给的福利房。

冯暖辉离开政府时不怎么体面，杨青田当然十分清楚。她本来有两步棋可以走。当一届县长，然后名正言顺再当一届书记。或者，直接进市里，找把合适的椅子坐。这一切，因为一场车祸改变了方向。她在人大待了两届，还没到退休年龄，自己主动离任了。如今，这一页早就翻过去了。当年改变命运的是冯暖辉，当然也还有他杨青田。杨青田都到了当年冯暖辉的年龄，还在政府办当副主任，是名副其实的老赖——就像赖在了这个工作岗位上。当年是他不愿意走，现在是没地儿可去。每一次人员调整都没他的事，组织部门或有意或无意地把他忘了。继冯暖辉之后，又来个副县长也姓冯，为了不至于混淆，杨青田把老县长的真名实姓添进了电话本，只是时间一长，他把这个名字忘了，忘得死死的。

这一片平房十几排，刚落成的时候，是按大小官位排的。比如，书记县长住一号、二号院，人大常委会主任和政协主席住三号、四号院。冯暖辉排在政协副主席前边，排在人大常委会副主任后边，住第五排或第六排。杨青田从来没找错过，今天却有些犯含糊。这些平房高大方正、青砖灰瓦，二十几年过去了，整体气势有些塌陷，却仍不失威仪。毕竟当年是当作百年大计的工程去做的。杨青田极力去想当初的印象，防盗门是苹果绿的颜色，外面有个奶箱。临街，房山的空地用树枝围了起来，保姆种了几畦葱蒜。如今那些空地都被整修了，种了绿化植物。隔几步远，有一株龙爪槐，看上去整齐划一。杨青田站在了印象中的防盗门前，防盗门锈蚀得厉害，已经看不出本来颜色了。杨青田从五排转到六排，又从六排转到五排，仍是拿不定主意，这两家的外墙体上都挂着奶箱，防盗门锈蚀得都差不多。杨青田都要急火攻心了。他提了两兜水果，所以不敢贸然敲门。万一被哪位老领导认为来看他的，从而一把拽进去，那麻烦就大了。汗都流进了眼睛里，他用力挤了挤，才无奈地把水果放到地上，拿出了手机，却不敢说找不到门口。"我进胡同了，麻烦您开下门。"杨青田站在两排房子中间，前后追着看哪个防盗门有动静。冯县长在手机里咯咯地乐，说："看你转悠半天了，看你还能转悠到多久。"

嘁！杨青田的心折叠了一下，很不舒服。原来她一直从里往外偷窥，就像猫偷看耗子，那种感觉真是怪诞，这大热的天！脾性还像年轻时那样爱捉弄人，一点儿没改！五排的防盗门吱扭一声开了，冯县长笑吟吟地站在门口，身上穿一件大花的连衣裙。

"您还是那么精神。"杨青田心有余悸，小心地措辞，唯恐言语不周，给冯县长留话把儿。她打年轻的时候就有些得理不饶人，那个伶牙俐齿，非常不讲情面，工作人员都很怕她。秘书、司机都用不长，几乎一年换一个。杨青田算跟她时间最长的，不到三年。她离开政府时，组织部门已经安排杨青田下乡了，是她跑到县委打架，把杨青田留了下来。她说："我不反对你们过河拆桥，但不能拆我冯暖辉的桥。谁拆我的桥我要谁的好看，不信就走着瞧！"

杨青田由此躲过了那拨下乡，但日子一直不好过。他的职级很多年都不动一动，勉强到了副处，是熬年混过来的。同为副主任，他年龄最长，却是排在最后。当年下乡的人，早就完成了从乡镇副职到正职的转换，又到各大委局任一把。各路神仙归位，椅子满满当当。这是人生最经典的轮回，让官场人等羡煞。他却像笼子里关着的一只兔子，一直被圈养，却只是在狭小的空间蹿跳，升不上去，可也没被外派。估计当年有关"拆桥"的事情口口相传，都成段子了。每一次干部调整，他都被排斥在外了。

早些年，他曾经萎靡不振，有点儿壮志未酬身先死的感觉。年龄大了，自己慢慢看开了。在整个家族，他是最大的官。在同学中，也不是混得最差的。一个老副主任，混在最高衙门，每天跟领导同进同出，仍有不少人羡慕。一个农家子弟，还图什么呢。除了安慰自己，他也没有别的话讲。

冯县长端来了瓜子点心水果糖果，茶几上摆了一溜盘子。一盘切好的西瓜放在另一只茶几上，西瓜条切得又大又愣，装满了一只大盘子。她拿起一牙最大的，说："瞧你热的，快先吃块西瓜解解暑。"杨青田暗暗吐出一口气，心说你还知道天热啊，看着人在外边转，都不喊一声。那西瓜明显不是新切的，表皮都起皱了，失了水分。杨青田接过来，发现黑色西瓜子会动弹，仔细一看，爬了三五只蚂蚁。这是住平房的好处，方便动物们觅食。可也说明前副县长年纪大了，粗枝大叶的毛病还没改。杨青田赶紧放下，说："这西瓜上有蚂蚁。"冯县长嘴里说："有吗？没见过啊。"举西瓜到有光亮的地方查看，吹了几口气，说："没事，蚂蚁让我吹跑了。"西瓜重新递到杨青田的手里，杨青田接也不是，不接也不是。索性接过来，刚要放下，冯县长赶忙说："你吃，你吃，甭客气。"杨青田只得端在了手里。冯县长说："你多吃几块，我这里很少来人，你再不来吃，都要糟蹋了。你又不是不知道，我这个人，最反对浪费。"

是。她最反对浪费。当副县长时，她总强调让工作人员把吃不了的饭菜打包。其实人家随手就扔进垃圾箱，打包不过是给她看。

杨青田说："国泰呢？他常过来吧？"

国泰是冯县长唯一的儿子，干个体。打小就是让父母头疼的角色，成绩总是倒数第三名。后来安排了不错的工作，却因为婚姻辞职了。国泰的前妻跟人跑了，他娶了当时保姆的女儿。冯县长那时正春风得意，哪里肯跟家里的保姆做亲家，那仗打得地动山摇。更绝的是国泰，为了摆脱母亲辞了职，租了个门脸卖水果，后来又去广东倒腾皮货。过得怎么样不知道，但肯定没发大财。发了大财早就能有耳闻，埙城屁股大，凡是能混出水面的都能当个人大代表、政协委员啥的。你没到这个层次，那就一定还是小鱼小虾。

这样的儿子儿媳估计是冯县长心中永远的痛，所以她没接杨青田的话。

"我的视力越来越差了，看东西却越来越清楚。"冯县长在沙发上落座，裙摆朝下一捋，还像年轻人落座那样有型有款。"你咋不吃西瓜啊？都吃了，都吃了。瞧你又买水果，我一个人根本吃不了多少，以后再不许随便花钱了。"杨青田只得说，这两天闹肚子，大夫不让吃生冷。冯县长一迭声地问："吃什么把肚子吃坏了？还是干工作累着了？如果是肠胃感冒可不得了，得好好找大夫瞧瞧。"

杨青田关心冯县长的眼睛。视力差是因为什么，看东西清楚与视力差不是矛盾吗？冯县长又咯咯地乐："我一解释你就明白了，视力差是因为老花眼，看得清楚是因为心里敞亮。这样说你就明白了吧？我人年纪大了，心却一点儿也不糊涂。我越来越觉得当初没有看错人，青田，你还是当年那个青年才俊。"说完，伸手在杨青田的膝盖上拍了一下。

杨青田难为情地笑了，这话听起来更像讽刺。转眼他也是四十大几的人了，年轻的时候也没人说他是才俊。他清楚，冯县长这是在给他搭梯子。换成别人，可能真的不会这样一招呼就来。

"您的眼也花了？"杨青田知道问得多余，但有些关心是必须的。"那个时候机关里最有名的就是您的眼和您的牙，比很多年轻人都强。"

三八节搞活动，机关的女同志纫绣花针比赛，冯县长总得冠军。酒桌上，用牙开酒瓶子，冯县长比小伙子们的牙都给力。那时冯县长四十刚出头，真是三千宠爱于一身啊！穿条裙子就能引领整个埙城的风尚，人的好岁月都是倏忽一瞬，再回首已物是人非。冯县长低头沉默不语，良久，抬起头来说："我现在是六〇后，再过几年就是七〇后了，零件也该老化了。"

氛围突然就有点儿冷凝，好汉再提当年勇是不对的。在别人是资本，在冯县长可能只是伤怀。杨青田有些后悔，一不留神就碰人痛处，看来这话没法说了。

杨青田勾下了头，再不肯说话。他知道冯县长有正文，只是需要铺垫和过度。她表面上性格爽快，内里却是九曲十八盘，这些杨青田都知道，而且杨青田不能问。"没事儿就不能请你串个门子？"几乎猜得出这话就藏在冯县长的舌头底下，然后可能又要绕出一堆话题来。

"那个东山印，听说要拆除？"冯县长突然变得直接了。她摸来几粒瓜子，在手里捻了捻。杨青田注意到她的手有些抖，她作势把瓜子放到两牙之间，却没能发出嗑瓜子的声音。瓜子只在那里比画着，候场。

她的手仍在抖。

杨青田愣住了，心说好快的消息啊。眼下县里的常务会这是议题之一，杨青田也只是在打印文件时扫了一眼。几年前就有市民呼吁拆除东山印，现在终于要成为现实了。

杨青田本能地问："您听谁说的？"

冯县长调和一下气息，站起身，慢悠悠地走向里屋，丢了句："谁说的不重要，重要的是这个消息是不是真的？"

杨青田吞咽了一口空气，有些话还是不能说出口。机关锻造这些年，最是知道什么说得什么说不得。即便是满城风雨，守住自己的嘴也是本分。

从屋里出来，冯县长的肩上多了条丝质披肩。这屋里是有些阴凉，连杨青田都感觉落了汗以后汗毛在根根竖起。他不安地望向窗外，能看到一棵柿子树，青柿子只有算盘子大，在枝叶间藏匿，果子和叶子的颜色几乎一模一样，不仔细分辨根本看不出来。杨青田觉得这是个新发现，什么果实与叶子的颜色如此接近呢？还有枣子，年轻时的枣子。

杨青田站起了身，心想政府常务会很少推翻什么事，但关于这个议案，还是要以新闻发布为准。因为这是大事，就像当年建造东山印一样。

杨青田说："等我把消息摸准了，我第一时间告诉您。您还有别的事吗？"

顿了顿，冯暖辉说："没了。"

杨青田说："上班时间，我没请假，是溜出来的。"

冯暖辉也站了起来，拍了下他的后背，宽和地说："我知道。"

杨青田往外走，防盗门总是拉不开。这还是开发商建房子时配置的，别人家装修时就换了高档的，但冯县长节俭，一直用到现在。

"我来。"冯暖辉在背后说。

杨青田闪开身子，冯暖辉轻轻一推，防盗门开了。

2

东山印，就是在东山的山顶上造了一枚石头印章。印台是基石，印柄是观望台，站在那里可以俯瞰埙城全景。印章中心镂空的部分是博物馆。按照当初的设想，一条马路修到山巅的停车场，埙城有关历史和文化的文字、实物、二三级文物藏品都将出现在博物馆内，游人远道而来，可以登山，登山累了可以去博物馆内参观，了解有关埙城的历史。这座北方小城有不同凡响的地方，沿河两岸的麦田里到处是陶器碎片，有唐汉的，甚至有先秦的。

县委书记李东印在全县领导干部会议上说，我们埙城有的是宝贝，在外却没有知名度。为什么？我们缺城市名片。这么有文化底蕴的地方，却连一座博物馆也没有。考古发掘出来的文物都像破烂一样在仓库里堆着，看着让人心疼，我们对不起先人哪！埙城屁股大，十分钟就能走完一条街，来旅游的打个旋风脚就回了，甚至没有理由住一晚。这不行啊，同志们，我们得想办法把人留下来。游、购、娱、住一条龙，我们得做篇大文章！

李东印是空降干部，也是埙城第一任外派干部，很是年轻气盛，当时在埙城引起了不小的轰动。过去县里的主要领导都是在本地产生，副县长、县长、副书记、书记，按部就班。谁在哪个节点到站，谁在哪个站点接班，基本上从几年前就能看出端倪。只要不出大纰漏，都是手拿把掐的事。李东印就像晴空霹雳，带电而来，一下就把埙城的官场搅翻了天。

他的降临终结了许多人的梦想。所以他在会议上的苦口婆心，很多人都当笑话听。

有关东山印的灵感来自哪里，当时有几种说法。其中之一，便是在"印"这个名字上，巧合的是，埙城恰好有一座东山，孤零零地坐落在城市的正东方。而这座东山，历史上曾经叫过东印山，是以五代的一个和尚命名。据说山上还曾有座小庙，庙里有东印和尚的牌位，时过境迁，早已踪迹皆无。埙城人向来说话图省事，年深日久，把那个"印"字叫丢了。如今，很少有人知道那段历史，如果李东印不是从天而降的话，根本就不会有人去翻典籍，引发联想。如果早晨太阳从东方升起，恰好是顶在山顶的那块石头尖上。所以李东印还没到任，就已经是满城风雨。李东印履职那天就带了几个友好登到了山顶，其中一人来自京城，是位风水大师。大师只有四十几岁，山羊胡子却黑白参半，据说是因为修行太苦，早早有了仙风道骨模样。那时东山只是一座野山，被砍柴和放羊的踩出了一条小路。几个人登到顶上，临崖而望。大师说，埙城腾飞指日可待了。李东印问此话怎么讲。大师说，过去有东山而无东印。现在东山、东印齐全，时机已到，这是人心，也是天意。人心可向，天意难违。李东印说，还请先生明示。大师在山顶拨开荆棘，踩出圆圆的一个圈。大师说，若在这里能建一方印，那就是名副其实的东山有印。印在山巅，沐浴光华雨露，既是符咒，也是象征，意味着随时可以东山再起。

说人，说山，说城，都是风过耳。但有的人不会，到百度上查"东山再起"的出处。

博物馆喊了几任了，是该建了。但因为财力紧张，该建的许多公益项目都是纸上谈兵。埙城土地资源匮乏，但只要有钱，在哪里拨块地建座博物馆，绝非难事。削平东山建到山顶上，这样的大手笔只有李东印敢想。东山海拔208米，是燕山山脉的分支。背邻一条燕水河，蜿蜒南下，与洵水汇至蓟运河，奔流到海。反对者说，在这样的高地搞大型建筑，破坏环境不说，预算投资足足要增加一倍。光是从山下往山上修路，就是一项浩大的工程。这是为民造福吗？这明明是糟蹋钱！

县长谢大宽是本地干部，属来自工农的老干部系列。文化不高，读文件经常能读出白字。如果李东印不空降，他也只能终止在县长任上。那年，他已经五十六岁，干满一届就要退休了。所以谢大宽提出反对意见不应该是以私挟公，他是真的看不惯了。

在政府常务会上，他公开说，不管李书记是什么背景而来，是出于什么目的把博物馆建在山上，他作为埧城人，都有保留意见的权利。可李东印那边紧锣密鼓，找人勘察，拿设计方案，而且宣称不花埧城财政一分钱，由他去市里省里甚至国家部委去化缘。项目之争变成了意气之争，两人到了拍桌子骂娘的程度，这就要底下的人好看了。

那一段的埧城乌烟瘴气，因为东山印的项目，形成了南北对流，起初是暗流涌动，因为捐款事件，把矛盾推向了高峰。捐款名字要刻碑上，捐与不捐，立马阵营分明。用李东印的话说，就是用这种方式来分清敌我。项目在重重阻挠中按时开工，历时一年零八个月，主体工程尚未拿下，李东印在回家的路上遭遇了车祸，一辆装载水泥罐的大货车刹车失灵，整个从小车头上轧了过去。

当时流传一个说法，东山印的建设，触怒了山神。

杨青田回到机关，常务会已经散了。两个小青年正在收拾会议室，常县长的雕花烟灰缸里只有两个烟蒂，看来会议时间不长，氛围也还轻松。本届政府开局之年，常县长属于连任，工作也容易有接续性。当年，东山印建设不是小事。现在，拆除也是大事。两会代表和委员写提案，签名的多达百人。说那座烂尾建筑有碍观瞻，里面成了公共厕所，很多登山的人憋着也要把屎拉到山上，臭味甚至能弥漫半个埧城。这说明了什么？说明埧城人民在用别一种方式表达不屑和愤怒。这座建筑还有致命处，挡住了东来紫气。因为它正好面对着城市中心那条昌盛街，尽头就是那座明代的钟鼓楼。烂尾建筑与钟鼓楼遥遥相对，说不出的晦气，否则当年李东印也不会有飞来横祸。这几年，埧城的经济一蹶不振，各项指标在全省总是名列前茅，倒数。理由饶是多样，有的能写成文字，有的则难上台面，在社会上飞短流长。只要有人群的地方，这必是议题之一。过去二百零八米的东山，刚好托住升起的太阳，雨后的天气，太阳像是从水里升出来，披着柔曼薄纱。大家对顶尖的那块石头记忆犹新，旁边还有一棵小柴树。有月牙映衬的晚上，石头和树一起入画，被人捕捉到相机里，成了珍贵的历史资料。李东印出事后，博物馆工程自动停工了。据说，不停工后续资金也难以为继，七千万的预算，早就花完了。

埧城官场的格局由此发生改变。最伤心的莫过于冯暖辉。政府一正六副七位县长，冯暖辉是常务。县长与书记结梁子，副职各怀心腹事。因为很显然，双方都不能得罪。谢大宽在本地树大根深，得罪了他，就等于四面树敌。而李东印明显是镀金干部，属前途无量型。几年基层工作是阶梯，进省入常都是可以预见的事。这样的局面不骑墙，还有路可走吗？

但李东印专门会治骑墙干部。他在全县干部大会上说，在东山顶上建博物馆，是造福子孙后代的千秋大业。他号召支持他的领导干部带头捐款，然后把名字和数额刻在碑上，竖到山顶，与山川同在，与日月同辉。名单按捐款多少排序，不管你是一般干部，还是平头百姓。他是第一个，捐了两千元。这一招是封喉剑，让多少人惶惶不可终日。他目光炯炯，注视着全县最大的这间大礼堂，想看清潜在的敌人都有谁，所谓"清君侧"也要有个名目。你是谁不怕，但我得知道你是谁。

谢大宽首先表明态度，不捐，而且让属下管好下属。他说东山有史以来就是埧城人民的东山，不是你李东印的东山，你不能想搞什么就搞什么。你搞什么东山印,名义上是建博物馆,实际上是为自己封印挂冠。动机不纯,用心不良。谢大宽的大嗓门能与大喇叭相媲美,根本不用麦克风,共鸣声就在会议室里回旋。在如此重要的会议上公开唱反调,这在埧城的历史上也绝无仅有。所以事后有人说,这一幕应该写进埧城的历史,由后人评说。这原本是一个战前动员会议,捐款箱就摆在了主席台下,谓之"认捐箱"。李东印猜度谢大宽的态度是不支持不反对,没想到他会真的跳出来,公开撕破脸。他说我不单要向市委省委举报,还要向中央反映。我就不相信你李东印可以一手遮天!这样的局面犹如戏台,错过一时就是一世。人们瞪大眼睛看两个舵把子斗法,偌大个礼堂鸦雀无声。大家等着看第二个"认捐"的会是谁。副书记、组织部部长、宣传部部长、统战部部长、政法委书记、纪检委书记,东院的几大常委都有可能。黑云压城,甲光向日。人们屏住呼吸等待。让大家没想到的是,后二排有人在书记话音未落时缓缓站起,拿起一个信袋袅袅地走到认捐箱旁,朝大家亮了一下。她是冯暖辉,捐款一千九百九十九元。

"你去哪儿了,找你几次都不在。"贾主任手里拿着文件,把眼镜推到脑门上,对匆匆走过来的杨青田说,"到我屋里来。"

杨青田说,他去邮局邮寄资料。遇到一位磨蹭的老同志跟业务员呛呛,说自己的一幅书法作品寄丢了,那是能拿国际大奖的。老同志没完没了,还拿出随身携带的一本杂志,说因为自己的作品没寄到,杂志社开了天窗。老同志打开杂志,果然有一页是空白。两人吵得不可开交,杨青田拿过杂志看了看,问老同志有没有给杂志社交钱。老同志说,还没交。作品没印上面,咋交?杨青田说,没交您就赚上了。这样好的纸,这样厚的书,一页得好几百。老同志哼了一声,好几百?一千还挂零!

杨青田还要说下去,贾主任明显有些不耐烦,说:"以后这样的事你让年轻人去跑，别凡事自己出马。"杨青田说："大家都在忙，我就这段有点儿空。"贾主任说："拆迁项目常委会过了，前期准备工作要到位。虽是民心所向，也得注意舆论引导。毕竟是敏感项目，谨防有人借机生事。"杨青田心里一跳，脱口说："东山印？"贾主任不满地说："恢复东山原貌是埙城人都关心的大事，你怎么一惊一乍！"杨青田摇摇头，建设项目耗资巨大，拆除仍需巨额资金。况且山顶方寸之地，建筑垃圾也不好处理。那座建筑是石头堆起来的，甚至与山连体。如果将来有条件，把场地作为博物馆使用，还真是有些特色。杨青田不明白，怎么都跟东山干上了。建筑物拆除了，也不能让削下去的山体重新长起来，这样劳民伤财的事，怎么就没人站出来说话呢？

杨青田自己心猿意马，没注意贾主任拧着眉毛看他。待他回过神来，贾主任把眼睛摘下来扔到桌子上，严肃地说："你是不是有什么想法？有想法可以跟主要领导提出来。"

杨青田吓了一跳，心说，贾主任这话怎么像是在点穴，赶忙说："我哪会有什么想法。"

贾主任说："没想法就好。眼下拆迁东山印是工作中的重中之重，县长三令五申，要防止当初支持东山印建设的人闹事，尤其要警惕把名字刻在石碑上的那些人。宣传工作要到位，电视台、报纸、网站要全力以赴全面跟进，打一场大拆迁的攻坚战。所有的文件资料由你和宣传部的宋副部长把关，有你们两个人的签字，文章才能发表。"

杨青田就有些慌。当年他也是石碑上留名的人，只是那碑没来得及往山上运，就不知去向。据说有人把石头上刻的字磨没了，派了其他用场。那是一块巨型片状的叠层石，花费若干从山里运来的，长和宽都过丈。政府这边被刻在石头上的只有寥寥几个人，即使杨青田是副科级，也分外显鼻子显眼。

只是,他当时是冯暖辉常务副县长的秘书,别无选择。就是有选择,他也仍有可能把自己的名字刻在石碑上。党管政府,自己不听县委的听谁的?私心里,他觉得李东印书记格局大,有气魄。埙城本地的干部故步自封,是该有人给他们换换脑子了。

改革开放初期,有条铁路要从埙城过,铁路规划部门想在埙城附近建座车站,作为周围几座县级城市的交通枢纽,已经完成选址,当时的主要领导一直把官司打到北京,总算把这件事打黄了。他们的理由是,土地比车站宝贵,这大片地能产不少粮食,喂活许多人。而且建了车站以后外来人口激增,会增加安全隐患。于是车站挪到了邻县,人家拍手欢迎。十年以后,邻县比埙城人出行方便,埙城人才知道后悔。再过十年,邻县凭借铁路优势完成跨越式发展,这事儿才变成埙城人嘴里的笑话。只是他们中很多人是罗圈思维,再遇到同样的事,他们还能做出相同的选择。

那一场争斗两败俱伤。李东印出事后,谢大宽没能如愿代理书记一职,他被就地免职。可以想见,当时的市委市政府对如此窝里斗有多深恶痛绝。很长时间,东西两院无当家主事之人,大家惶惶不可终日。两个月以后,外派的书记县长才到位。人们私下议论说,谢大宽若不生是非,埙城的干部最起码能形成阶梯,到达县长的位置。现在则把本地干部上升的渠道堵死了。别小看一个位置,那是很多人一辈子的奔头。谢大宽也知道这事的厉害,卸任以后灰溜溜的,从不见人。后来肺部查出了钙化点,一直当肺结核治,把病情耽搁了。

怎么那么巧,李东印的周年纪念日,谢大宽也撒手人寰。

"好啊杨青田,你答应的事那么快就忘了!"

是责备的口吻,但责备得很亲昵。杨青田先是一怔,马上明白了这亲昵所谓何来。"昨晚电视里的通告您看到了吧？我知道您一直坚持看埧城新闻，所以就没给您打电话，多此一举。"

"你忙，这个电话还是我来打吧。"冯暖辉果然开始夹枪带棒，"青田不告诉我，我还有别的渠道，埧城的任何事也瞒不了我。我知道你心里有大事，不会把这种小事放在心上。"

杨青田皱起眉头，用牙齿咬了咬嘴唇。

冯暖辉叹了口气，说："青田，别跟我一般见识，我不是针对你。我一宿没睡觉，心里不好受。那样高标准的建筑，当初投入的设计费就是几百万，是埧城唯一一座请国外建筑师设计的作品，被某些土包子说成贪大求洋。工程虽半路搁浅，但永远是个好基础。当年你也是当事人，很多情况你了解。埧城就是座小土城，贪大求洋怎么了？引进先进理念，提高人民的审美水平，这有什么不对吗？当初因为突发事件工程终止，不是今天拆除的理由。你我都是为建设东山印做过贡献的人，他们就这样草率地决定拆除，你怎么看？"

杨青田心里说，既然已经做出了拆除决定，谁还能怎么看。他可怜巴巴地说："听县委的吧。"

冯暖辉说："如果县委错了呢？"

杨青田有些冲动，说："已经形成决议的事，您就别拧巴了。再拧巴下去，还有什么意义吗？"

冯暖辉高声说："什么叫拧巴？咋叫没意义？作为一名党员和一名退职老干部，我有向组织反映问题的权利。决议有什么了不起，事实证明，我们历史上的很多决议都是错误的，包括中央决议！"

杨青田气得鼓鼓的，她知道冯暖辉的蛮横脾性又开始发作了。可这不是当初啊，你的蛮横哪里还有市场啊！杨青田努力柔和着语气反击，说："若说决议错误，当初建设东山印的决议首先就是错误的。如果知道造成的后果如此严重,李东印书记还会一意孤行吗?"这话算是打蛇打到了七寸,冯暖辉一下子沉默了。作为迎检项目,为了赶工程进度,李东印总是盯在现场,连续几周不回家。很多不支持此项目的人后来都有些被感动,觉得李东印看着是个白面书生,其实还挺务实。他回家那天就是从施工现场走的,从山上下来,天上下起了小雨。夜幕四合,起了薄纱样的雾。车到高速口,他给副书记打了个电话,交代迎检项目的细节问题,二十几分钟后,悲剧就发生了。

过漳河大桥是个大下坡,前方有车抛锚,车辆需要绕行。车子都要顿一下,然后像蜗牛一样右旋,车灯像萤火虫一样闪烁。一座庞然大物冲下来时,估计很多人都以为是天塌了。大货车上的水泥罐一直在悠闲地转,却连砸四辆车,他们那辆在最里边。后来有人不无遗憾地说,东印书记若是早几分钟或晚几分钟上路,都会躲过那场灾难。

可如果没有东山印那个项目呢?杨青田那个时候经常犯痴,他会这样想。冯暖辉与李东印私交好,她曾经许愿说:"青田,我去哪儿你跟我去哪儿。"杨青田当然理解这话的意思,她很快就能离开副县长这把椅子。所以那场车祸改变了很多人,其中也包括杨青田。

对面悄没声地把电话放下了。杨青田一怔,急忙又把电话拨了过去。电话响了两下,断了。杨青田心里一阵难受,发了一个短信:冯县长,对不起。

至于对不起什么,杨青田攒了半天词儿,也没有把后面的话说出来。

3

这座东山从来都不起眼。如果你是外地人,碰巧在昌盛街的牌楼底下吃饭,一抬眼,就会看到东山印。为啥说要在牌楼底下吃饭呢?因为整条昌盛街那家黄鸭焖饭的生意最好，客人经常转遍全城也要到这里来吃，车子把宽宽的马路挤成了一条缝。也有客人心细，问山上那个庞然大物是个什么物件，服务员会这样说，那是一个印，又叫东山印。当年有个县委书记叫李东印，想千秋万代把官做下去，就在山顶上修了这么个东西。后来呢？客人问。服务员边擦桌子边说，没有后来，印还没修完，书记先噶屁着凉了。对，坝城很多人都会这么说。他们并不是对死人不恭，或者对李东印有什么看法，他们就是愿意那么调侃一下。说到底，一座山上有没有一封印，于他们这些每天端盘子端碗的人，没有任何干系。

"你们可以去看一看，上山的路能跑车。"坝城人自豪地说。

"那石头围墙里都有什么？"

"什么也没有——那是不可能的。那里面都是大便。"

"什么？"

"就是屎。"

坝城人的幽默有时会显得可笑。

但电视台发了通告以后就不一样了。通告其实就是杨青田拟的。开始是宋部长先着手，洋洋洒洒写了三千字。领导觉得太长，也太文气，又让杨青田再拟一稿。作为老文秘，杨青田知道领导的口味，通告自然要把体现民意放在第一位，说坝城人对东山有感情，恢复东山原貌是顺民意、得民心之举，也是本届政府义不容辞的责任。调子激昂，掷地有声。杨青田写时却心猿意马。他努力把自己往外剥离，像以往任何一个公文材料一样。你是机器，材料跟你无关。通告装在U盘里，是在家里的电脑上完成全稿的。妻子秀玲穿着睡衣正好走过来，看了一眼。杨青田问："作为一个人民教师，你怎么看拆除东山印这件事？"

秀玲说："跟我有啥关系。"

杨青田坚持问她的意见。

秀玲不耐烦了，说："拆不拆都跟我没关系，你没听懂啊？"

杨青田叹了口气，说："跟我有关系。当初我捐了五百块钱。那时的五百块钱，是工资的五分之一，可以买不少奶粉。"

这话有痛处，说出来更像嘲讽。秀玲扭身去了屋里，唱歌似的说："没有那五百块钱，我们不也过来了？"

杨青田站起身来去了洗手间，对着镜子照自己。鬓边钻出几根白发了，额上有一杠一杠的抬头纹。没有那五百块钱我们也过来了，秀玲这话说得没错。可还有很多东西没过来，秀玲不知道，杨青田也从不对她说。李东印出事后两个月，书记县长空降而至，可是很奇怪，他们都视冯暖辉为敌，表面客客气气，那种隔膜和疏离连身边的工作人员都看得出来。可冯暖辉是常务，很多事情都绕不开她。绕不开而去绕，这其中就多出来许多生硬和意味。杨青田经常看见冯暖辉抹眼泪，有一次，天都大黑了，冯暖辉的屋里暗着灯，可司机就在楼下等。杨青田楼上楼下跑了几个回合找人，发现冯暖辉躲在书柜的暗角里，眼睑红肿。杨青田摁灭了灯，从屋里悄悄退了出来。都说官场如炉，谁不得经几回脱胎换骨，似他们这样的遭际委实不多。那两年的时间可真是煎熬人。四周都是警惕而戒备的眼，这些眼神过去都曾友好而热烈，就连冯暖辉的挑剔都是美德。杨青田则显得手足无措，不管在任何场合，他似乎总是人们眼中的焦点。探寻、怀疑、不屑、拒绝……所有的信息仿佛都在传导：你跟我们不一样，你现在是边缘人。

当时的县长姓林，是从另一个区县调来的。那天他特意把杨青田叫到了办公室，问："听说冯县长去给那个李东印烧纸钱，有没有这回事？"县长眼神似铁，浇得杨青田的脊背一片冰凉。

这天是李东印去世一周年，按照乡俗，头天晚上应该烧些纸钱。冯暖辉让杨青田踏察路线，从乡村公路走，找离漳河大桥最近的路。杨青田没想到冯暖辉去干这个，一个副县长，给一个县委书记烧纸，这听起来都有点儿不合情理。可冯暖辉想得出且做得出，又让杨青田钦敬。纸钱香烛和一应物件都是冯暖辉自己备下的，装在一个精巧的竹篮里。杨青田现在都还记得，冯暖辉用自己的水杯装了酒，那水杯是去日本考察时带回来的。酒在风中飘洒时，杨青田吸了吸鼻子，是陈年茅台的香味。

李东印只喝陈年茅台。这个癖好很多人都知道。不多喝，每顿三小杯。他外出开会，其中的一个水杯装的是酒，由秘书提着。李东印做过省长的秘书，省长是贵州人。这里的情由不用细说，否则，三天三夜也说不完。李东印的鼻子，不是一般的鼻子。十几种酒摆在那里，他鼻子往前一凑，就知道哪个是茅台。稍一沾唇，十年、二十年的酒就分得清清爽爽。

李东印曾经作为功课向冯暖辉传授。跟着啥人学啥人，跟着巫婆学跳神。杨青田的鼻子，也是那个时候练出来的。

天气乌蒙蒙的，旷野里隐约能看到秋收后的景象，万物萧条，脚下杂草丛生。司机没有下车，坐在方向盘前呆呆地往外看。火舌蹿起来老高，把这一方天空照亮了，帮冯暖辉燃着纸钱。杨青田选择了避让，他往夜的深处走，心里涌动着一股难言的荒凉和忧伤。

应该说，他理解冯暖辉的感情，她和李东印是最合拍的人。这从一开始就看得出，李东印对她与对别人不一样。几次会议有杨青田参加，他总是格外留意。李东印讲完话，总是越过副书记和县长，最先征求冯暖辉的意见。而冯暖辉的意见和建议也最中肯，有一说一，有二说二。他们之间没有虚头巴脑的东西，不需要虚与委蛇，看问题的角度和方式更接近也更默契。相比而言，副书记与县长的思维和言谈都有固定的套路，让李东印的眉头越拧越紧。杨青田曾经有过隐隐的不安，觉得这会遭人嫉恨。好在李东印在埧城只干一届，一届过后，冯暖辉也正当年，如果不出意外，两人都会有不错的结局。

只是，天不假时日。

秋虫唧唧，和着冯暖辉的喃喃自语。杨青田曾停下脚步，细心谛听这黑夜，这旷远的曾经丰收的土地，不知道此刻李东印的魂魄在哪里，有没有听见冯暖辉的话。

林县长的问话，让杨青田失魂落魄。烧纸的事，无疑是敏感而又私密的，冯暖辉自然不想让别人知道，杨青田和司机就是最大的嫌疑。他胆战心惊地从县长办公室里出来，想的都是冯暖辉如何发飙，他现在四面受敌，如果冯暖辉再不信任他，他都觉得没有活路了。

进到她的办公室，杨青田腿是软的，眼是虚的，他不敢看她。冯暖辉一阵风似的飘过来关了房门，轻轻地说："我知道，叛变的是司机，不会是你。"顿了顿，又说："即使世界上的人都叛变我，青田，你不会。"险些让杨青田落泪。他就是从那个时候开始变得死心塌地的，哪怕冯暖辉被降职被发配。还能怎样。

"只是，林县长为什么要问起我这个呢？"杨青田问得有气无力。他既然已经清楚，再问实属多余。

冯暖辉叹了口气，说："你要是明白就好了。"

这个问题，困扰了杨青田很长时间。后来隐约触到了那个核，是领导们之间的较量越来越白热化。有时候，真的就像小孩子在过家家。杨青田那时还不到三十岁，对前途和事业还有想法。他觉得冯暖辉不是个寻常人物，讲究起来像个贵妇，手袋都是从巴黎买来的，干起活来是个拼命三郎，抗洪抢险都敢往上冲，根本不像个女同志。一座东山印改变了官场格局，但改变应该是暂时的。他们都还年轻，还有时间等。那天早晨上班，他们才得到有关车祸的确切消息，杨青田三步并作两步跑上楼，莽撞地推开了冯暖辉的房门，见她佝偻着腰身窝在墙角，像是要把自己对折一般。杨青田想扶她坐到沙发上，她身子一软，倒在了杨青田的怀里。

环卫工人和洒水车先行上山,把东山印的污秽清扫干净。电视台连篇累牍地发社评,为这件事情争取舆论加分。现在政府做事越来越谨慎,总怕蹚着地雷,人仰马翻。可坝城的老百姓不管这个那个,东山印要拆除,一下搅动了很多人的神经。"哦,要拆除了。那得上去看一看。"很多人从打东山建了这个印台,都没上来过。经常上来的是那些习惯遛早和登山的人,早晨四五点钟,就在山上亮嗓子。喔喔喔、啊啊啊,像一群鸡,又像一群鹅。于是坝城人扶老携幼一天到晚往来穿梭。偶尔还能看见坐轮椅的、拄双拐的,艰难却兴致勃勃。他们发现,这座东山印其实挺好看。石头是一水的花岗岩,从山下看,就是个石头垛。到里面一看就大不同了。原来是螺旋式。也就是说,从外面看像一枚圆圆的印章,从里面看却四棱见方。台阶宽敞平整,迈上去很舒服,是人的八字走法,透着绅士和祥和。里面一共三层,绕来绕去就到了楼顶。楼顶是个大平台,能容纳几十人跳舞,或者能摆七八个圆桌开席。站在这里,人们又有了发现,这里离天很近,仿佛伸手就能扯把云絮。从高处俯瞰,燕水河的水分外清亮,倒映着远处的山影,鸟儿在水里盘旋。这个建筑真是又结实又实用,为啥要拆呢,不拆不也挺好吗?过去他们对东山有感情,现在他们对东山印有感情。老百姓的感情就是这么怪。很多人今天去明天也去,不为别的,就是因为拆了以后再也见不到了。

他们彼此打招呼说:"去看东山印吧,再过几天想看也看不着了!"

电视台的每天社评只有干部看,或者只有杨青田他们与之相关的人才看,老百姓才不管你怎么说。他们就觉得这个石头堆好看,生生把这里看成了旅游景点。

有一天,就有人发现山路被封死了。山下马路的隔离带在移动位置,过往的车辆需要绕行，警戒线拉到了五十米之外。酷暑的正午，施工人员也没休息，他们穿着黄马甲，头戴钢盔，脸上的汗水像小溪一样奔涌，手背上结出了一层盐碱。

一群想登山的在那里喊口号，喊着喊着就开始破口大骂，说："如今的政府越来越不办人事儿，纳税人养着你们是干什么吃的！"

陌生的电话号码杨青田一般不接，接这个电话纯属条件反射。"杨青田，我是国泰。你告诉门卫把我放进去——政府什么时候改招牌了，不是人民的政府了？"里面门卫在喊杨主任，说这个人骂人。杨青田说："你让他在门口等一下，我这就下去。"

从三楼下来，杨青田一路都在琢磨，他怎么来了。他有十多年没见过国泰了，这个国泰，真是让人一言难尽。往好里说，是人率性，从不算小账，有点儿像他爸老国。老国是林业干部，一辈子就爱跟人吃吃喝喝，是有名的"三不挑"——不挑人，不挑地方，也不挑吃食，让冯暖辉伤透了脑筋。后来在工会主席的任上退休，大家都知道，是沾了冯暖辉的光。退下来不久，老国就得肝癌去世了，冯暖辉忙得像个局外人，送别老国时，一颗眼泪也没掉。

看见杨青田从楼门口出来，国泰就开始往里走。门卫在后面追，说："你还没登记呢。"杨青田跟他握手，把他往外扯。国泰却把他往里拉。国泰立起眼睛说："怎么，这政府大门我就不能进来了？他不让我进，你也不让我进？"

杨青田赶紧解释，说："办公室人杂，说话不方便。我们这么多年不见面，找个消停地方，好好说说话，我再请你上去喝茶。"

国泰这才不情愿地跟他往外走，路过门卫，国泰狠狠地瞪起眼睛说："狗！"

国泰变成了一个黑胖子,条格的衬衫箍着肚子,裤子和鞋的品位不低,手包贴身挽着,已经有大老板派头了。杨青田问他在哪儿发财,他说在马来西亚做生意,把香料、咖啡倒腾回国,再把丝织品倒腾出去,他们喜欢中国的这些产品。杨青田说:"国际倒爷。"国泰谦虚地说:"一点点小本生意,不能跟你们公务员比。"杨青田说:"公务员有什么好!"国泰说:"可说呢?一辈子不出这幢楼,跟乌龟王八似的。青田,你这辈子算是白活了。"

吃了哑巴亏,却无力反驳。杨青田憋了一口气,狠狠地想,乌龟王八窝,你却进不去。你以为你是谁。十多年不见,他觉得国泰仍是个不靠谱。

当年国泰就瞧不起杨青田,管他叫提拎包的。"除了提拎包,你还会点儿别的不?"国泰经常用这话挑衅。有一次,杨青田给他家送大米,是国泰开的门。米是一百斤,杨青田搬上来累得够呛,可国泰就是不让他放下。搁客厅不对,隔厨房不对,搁哪儿都不对。转了好几遭,杨青田才知道在受捉弄。国泰小杨青田七岁,那年正读高中。他在沙发上打游戏,手指翻飞,还把杨青田指挥得团团转。杨青田实在难以支撑,把米放到了厨房门口。国泰马上跳了起来,嚷嚷说:"谁让你放下的,谁让你放下的?"杨青田气得往外走。国泰说:"粮食要放到储藏间,你是真不知道还是假不知道?扛起来,扛起来。"杨青田说:"你自己扛。"国泰说:"养你是干啥吃的……"话没说完,杨青田冲他肋下给了一拳。国泰想反击,冯暖辉正好进来了。国泰抱起粮食进了储藏间。看杨青田的脸色不对劲,冯暖辉问:"怎么了?"国泰抢着说:"让他把粮食扛到储藏间他都不乐意!"

冯暖辉喝道:"你是干什么吃的!杨哥从楼下扛上来,你就应该赶紧接过来!"

国泰嘟囔说:"我还未成年呢,压坏了怎么办。"

两人一起往外走,国泰潇洒地挥舞了一下手臂,锁车。一辆大吉普停在马路对面,杨青田说:"不错啊,你的车?"国泰说:"什么时候想跟我出去兜风,说话。"

4

三次论证爆破评审会得出了相同的结论,实施能够做到万无一失。常县长在会上问:"哪个部门还有问题?"

交通局局长说:"看热闹的老百姓太多,公安局得注意疏散人口。"

公安局局长说:"我这里拉着警戒线呢,他想进也进不来啊。"

"舆论呢?"常县长问。

贾主任说:"人民群众都持欢迎态度。都说这座建筑挡风水。有的人家出了车祸、老人得病都说与这座建筑有关。"

宣传部宋部长说:"燕水河里淹死几个孩子,老百姓也说跟这个建筑有关联。"

常县长点了点头,说:"这些想法虽然有些迷信,可这总是人民群众的呼声。"

"山顶上的环境相对简单,这对爆破是个有利条件。"

爆破专家是从北京专门请来的,曾经参与过国内一百一十九米和一百零五米两座高楼的爆破,是个精瘦的小老头。专家说,爆破分三个缺口,先从下到中,再到上,依次起爆,相互之间只隔半秒。

"这次爆破在控制装药、防护措施以及爆破技术、有害效应上,要达到世界领先水平,我们争取再创造个奇迹。"专家走到了电子显示屏前,指着上面的图例说,"我们要把二百公斤炸药分为三千个爆破点,尽量最大限度地减少那一段炸药的消耗量，来减少震动。同时，通过一层铁丝网、两层塑料网、三层草垫子来把爆破点全部封闭，以阻挡飞石。按照三烈度、九十分贝噪声设计。五十米之外，三烈度是敏感的人稍有感觉，不敏感的人根本感觉不到。"

"为了最大限度地减少粉尘，爆破之前要把整幢建筑清洗一遍。"

有人问，这么大的建筑怎么清洗？

专家答："要挂八千个水袋。每层楼都要浇很多水，一旦粉尘产生，就会被水包裹。"

"山上没有水源。"有人提醒。

专家笑着说："山上也没有炸药，我们是不是就不爆破了？"

"杨青田，你把文件交给常县长了吗？"口气急迫而凛冽，已不容置疑和商量。

冯暖辉管自己写的材料叫文件，密密麻麻三页稿纸，让杨青田头皮发麻。

"文件"是国泰带过来的。国泰说，他若不来送这份"文件"，老娘就要跟他拼命。"年龄大了，她毛病怎么一点儿也没少，我看见她就头疼。"

国泰还是一副玩世不恭的嘴脸，真是生成的骨头长成的肉，有些东西可能要如影随形一辈子。

他们坐在咖啡馆里，靠窗。两旁都是谈恋爱的小青年，牵着手，或靠着肩。两个大男人坐在单薄的椅子上用吸管，看上去真是滑稽。可这里离政府最近，环境也还优雅。杨青田开玩笑说："请你喝咖啡总得到个高档的地方来。"看国泰要抢话，杨青田赶紧说："我忘了，你是卖咖啡的。"

于是要了两杯饮料。

手包放到桌上，从里面拿出几页纸，杨青田就有了不好的预感，果然。国泰说："你好歹看看，老太太为写这个几夜都没睡觉，大早晨就让我来找你。我到南边的公园遛够了才来找你，怕你忙。她让你务必转交给常县长，越快越好。交到你手里我就算完成任务了，你怎么办，我不管。我明天回大马，你有事也别找我，你找不到。"

"冯县长也找不到你？"

"她不找我。"

杨青田说："你别这样，她年纪大了……"

国泰说："你可别提年龄，她心里比我还年轻，都会做电子相册了。她上厕所的时候我偷偷拉开看了一眼，好家伙，都是年轻时候与人的合影，可那男的不是我爸。"

"谁？"

"我哪认识。不过那人还真是有点面熟，我当下还思忖，我是不是那人的儿子？"

杨青田瞪了他一眼，说："你这也叫儿子，这么埋汰妈。"

国泰龇牙一笑，那牙像猫牙，都是尖利形，像竖起来的葵花子一样。"我不是开个玩笑嘛。我天生就是我爸的种，又笨又蠢。我上学的时候脑子不灵光，经常想，我妈要是嫁一个大学教授，我指定比这聪明。"

杨青田说："那是你不用功。"

国泰说："老师说话我都像听外语，怎么用功？"

国泰拿出手机，调出一张照片，说："我还偷拍了一张，我妈年轻的时候真是美人啊，过去我还真不知道！不过那男的也不赖，比我爸强太多了。他现在如果也是单身就好了，我可以撮合他和我妈成一对。你看看，认识这个人不？"

杨青田接过手机，站起身来，把手机调整角度，眼镜摘下来又戴上，戴上又摘下来。是在绿色的草地上，女的一身白裙，闻一朵粉色的花。男的在后面搂着她的脖颈。两人往左后方倾斜，画面温馨而有动感，但明显不是摆拍。后面一块蓝色的地标牌，上写三个字：野狐岭。迟疑片刻，杨青田说："是她的大学同学吧？这人我好像……也不认识。"

国泰一把抢过了手机。"不认识还看这么大半天……她过去没跟你说过她的恋爱经历？"

杨青田说："她是领导，怎么可能跟我说这些。"

国泰说："不知他们最后为什么分手，谁抛弃了谁。"

杨青田说："问问你妈不就知道了？"

国泰说："我妈那人你还不知道？那嘴蒸不熟煮不烂，比鸭子嘴还硬。这种事打死都不会说出口。"

"换了我，我也不会说。"杨青田心想，年轻时候的事，除了疮疤还有什么。说往事不堪回首，多半指的是那时候。

"你快看看正事儿吧。"他敲打那几页纸。

杨青田展开折叠的 A4 纸，果不其然，题目是粗大的黑体字，底下划着水波浪：我反对拆除东山印！

是熟悉的手写体，字很娟秀。这么多年了，杨青田看见这字还是觉得很亲切。前面是一大堆客套话，表扬本届政府说实话，办实事，处处为民着想。话锋一转，提出来几点理由，句句戳要害。1. 整体建筑七千万，这样的建筑被拆除，是对人民的犯罪。2. 是国际建筑设计大师的作品，在规划建设领域有很高的知名度。无论从美学还是实用角度，都有极其重要的保存价值，若被拆除，将成为国际笑话。3. 是埙城标志性建筑。现在没有发挥作用，不意味着永远不能发挥作用，要有长远眼光。4. 除此之外，埙城还有不带土腥味的建筑吗？城南的雕塑是两根筷子，城北的雕塑一只鸟，城中还有一位琵琶女，是传说中的歌女。你知道老百姓怎么说？提着鸟笼子去城南吃饭，然后到城里找歌女。俗，大俗！听说政府要拆除东山印，老百姓都急了，每天三遍往山上跑。为什么？他们舍不得东山印。老百姓都知道这是座好建筑，县委、县政府为什么不知道？

"我以党性和人格担保，我写这个材料是责任使然，是出于公心。我将用生命保护东山印！"

拉拉杂杂，前后都不在一个调上。冯暖辉办事干脆利落，文笔却不行，打年轻的时候就是弱项，所以她凡事倚仗杨青田。但大致内容还是看得明白。她反对拆除东山印，这是大前提。不反对就不是她冯暖辉了。可关键是，她这样亲自出马还是让杨青田觉得意外。更关键的是，她反对有效吗？反对无效愣要反对，这也不是她做人做事的风格，她不是不识时务的人。看来人老了是容易分不清轻重，一个退职多年的副县长，完全算得上人微言轻。最后一句尤其可笑，居然想用生命保护东山印，人家需要你的生命吗？

杨青田把"文件"推了过去，说："现在一切都是箭在弦上，炸药已经运上山了，怎么可能阻止得了。你好好跟冯县长解释下，让她别掺和这事儿了。"国泰瞪起眼睛说："我跟她说？你不知道我跟她是啥关系？是仇人见面分外眼红的关系。我能说服她就不来找你了，你以为这衙门口我愿意来？因为她逼我，差一点儿跟我动刀子。"杨青田抖着材料说："你给我，我有什么办法？"国泰说："你不用有办法，你把东西交给一把手县长，就算完成任务了。"杨青田说："有组织原则，我不可能直接给县长递送材料。"国泰说："你给他偷偷放办公桌上不行吗？这玩意儿又不咬手。"杨青田哼了声，心说，官场的道理如此深奥，你一个"小倒"怎么弄得明白。杨青田摇了摇头，坚持说管不了。国泰烦了，说："你可别不当回事，我妈她老人家有强迫症，你要是让她盯上,就准备做噩梦吧。"

杨青田确实没有把材料交给常县长。爆破拆除万事俱备,这个时候送这样的材料,是找不自在,但他拿给贾主任看了。贾主任也是政府办的老人,看一眼材料说:"甭理她,是来找碴儿的。当初建东山印不该表态的时候她表态,现在又跳出来了。她以为她还是当年的冯常务,背后有李东印撑腰?"这话说得刻薄,可提起当初,杨青田也心虚,话没往下说,灰溜溜地回来了。心想,当年若是不建,哪有现在的拆除。总之,都是劫数,跟钱过不去。材料放在了自己的办公桌上,上面压了本杂志,码码齐,杨青田运了半天气,决定先把这事撂下。等到东山炮声一响,自己哪怕再登门去道歉呢。手机又响了,冯暖辉说:"你到底有没有送给常县长?听说炸药上山了,你小子可别给我玩拖延,耽误了正事,你吃不了兜着走!"杨青田谎称开会,把电话挂了。随后又响,接连打了二十个电话都不止。杨青田头都大了,这一天比一辈子都难熬。快下班了,杨青田匆忙收拾,想快些回家。电话又响了,杨青田没好气地说:"您能不能别这样折磨人,我求您了!"有人咯咯地笑,却不像电话里的声音。杨青田愣了一下,紧走几步拉开了房门,冯暖辉笑吟吟地在门外站着,说:"我哪儿折磨人了?"

杨青田赶紧请她进屋坐。冯暖辉说:"把材料给我。常县长在吧?我亲自给他送去。"

杨青田不想把材料给她,是不想让她去见常县长。如果她不进自己的屋,则见谁都无妨。可她一旦从这屋里走出去,情况就不一样了。杨青田慌忙沏茶倒水,说:"我先过去看看县长在不在。"

冯暖辉说:"不必了,那屋我又不是不认识,你忙你的吧。"

杂志往旁边一拨拉,材料露了出来。冯暖辉拿起材料,大摇大摆地从这房间里走了出去。

杨青田一屁股坐到椅子上,手横着一划拉,那本杂志落到了地上。

"冯大姐。"常县长是这样叫的。"我没时间看您的材料,我一会儿还有客人,我这一天开了五个会,已经很累了。我不知道您具体都写了什么。可您是老党员、老干部,应该知道以大局为重,服从组织决定,做好周围群众的安抚工作,您怎么能带头挑事儿?东山印不是我想拆就能拆的,您想留就能留的。我们有县委,有县政府。您写的这些,只是您的一家之言,您有表达看法的权利,但这不是您阻挠我们工作的理由……

"您还威胁我?您知道我们最近做了多少工作吗?在山顶上爆破这样大的一座建筑在埧城历史上都是首次,省电视台要直播,我们担着多大的风险和责任,您知道吗?

"……您不用说什么,您现在说什么也没有用。过去的一些事情我们也有耳闻,知道这座建筑是在什么情况下,出于什么目的建的。我们是无神论者,也不想让它成为哪个人的牌坊……

"过去的事就过去了,我们不想追究,也没有追究的必要……

"七千万的投入,据说没花埧城一分钱。可哪一分钱不是纳税人的?我们掌管一个地区做父母官,如果凡是从狭隘的地域角度出发,还是人民的公仆吗?还是党的干部吗?我不说我能全心全意为人民,但我敢保证我始终把人民的利益放在首位,人民让我干的我干,人民不让我干的我坚决不干……

"我没说你不是人民,你怎么这样想问题?你觉得这件事是儿戏?多少人在奔波、操劳,在五加二、白加黑,你却在这个节骨眼儿上跳出来反对,公开跟县委县政府唱反调,不是挑衅是什么?!还说用生命保护东山印,我倒想知道,你是怎么个保护法!

"……你可以去市委省委告状,也可以去中央告状,就说我常某人说的,这座东山印,就是天王老子来,我也拆定了!"

沉闷的一声钝响,有点儿震魂摄魄,似乎连窗棂都在抖动。杨青田腾地从椅子上站了起来,惶恐地想知道外面发生了什么。他站起来,又坐下了。他想再等等,他不能过早地出现在人们的视线里。楼道里响起惶急的脚步声。就听贾主任说:"跳下去了,快出去看看,人怎么跳下去了?"

杨青田心头一凛,拉开房门冲了出去。楼下的草坪修剪得整整齐齐,像厚厚的天鹅绒毯,但周围用砖砌出了图案。冯暖辉横亘在图案中间,曲着一条腿,侧卧在草坪上,就像一幅油画。人们焦急地跑过去围住她,问她怎么样。冯暖辉的脸蜡黄,她牵了一下嘴角,手指点着自己的鼻子说:"我,原常务副县长冯暖辉,反对你们拆除东山印。"说完,长出了一口气,疲惫地闭上了眼睛。

贾主任说:"我没说人跳下去了,我说掉下去了。跳下去跟掉下去不一样,你们都听清了?"

有人说,听清了。杨青田愣了一下,鼓了鼓勇气说:"你没说掉下去了,你的确是说跳下去了。"

贾主任说:"你脑子有毛病!"

杨青田说:"没有。"

5

冯暖辉纵身一跃的视频被人传到了互联网上,常县长看见时,点击量已经超过二十八万次。因为出事地点是政府办公楼,所以民意汹涌,猜测的理由五花八门。

拍视频的是一个叫"城市的鹰"的小伙子。事发时，他正在前边的楼顶上拍飞鸟。这只"鸟"飞下来时，镜头只扫到了一个边缘，甚至看不清落下来的是一个人还是一件衣服。但随后有惶急的人群朝这里聚集，120救护车、穿白大褂的人、担架，还有人举着点滴瓶。有个人叉腿掐腰站在人圈外，一副事不关己的冷漠模样。很快被认出，那个人是常县长。跳楼落下的人，正好是在他的窗下。公安机关第一时间找到了这只"鹰"，让他删除了网上和硬盘中的所有图片，以为这样就可以万事大吉。殊不知，这年头最难的事情就是保密。微博、微信随手一转，有心人何止成千上万。几个小时后，有人陆续去医院送花，还有人在医院门口挂出横幅：支持冯县长，保护东山印！

这年头，怎么那么多吃饱了撑的没事干的人，没有什么消息他们打听不到。

常县长陷在沙发里，不明白事情怎么会演变成这样。这个老太婆，语音轻轻的、柔柔的，既有风度又有涵养，可却是牙尖嘴利，一句一句硬硬朗朗。她坚定地认为，拆除东山印就是对人民犯罪，就是劳民伤财。她作为一个老干部，有责任有义务阻止他们做蠢事。"你们还年轻，在我面前就像一群孩子。千万别因为这样一个蠢事自毁前程。你们自己不心疼，我心疼！"常县长一再暗示自己不跟她发火，最终还是没能忍住。老太婆把话往旮旯里赶，把人往死路上逼。她显然对这房屋的结构熟门熟路。她指着外阳台说："你如果今天不答应我，我情愿从这里跳下去。我说到就能做到。"

常县长看也没看她，嘴里嘲讽说："老胳膊老腿摔断了，很疼啊！"

老太婆说："怕疼的可能是你。"

常县长继续说："你一个老干部，一个月万八千块的退休金，若是一下子牺牲了,你就亏大发了。既不能算工伤,也不能算烈士。顶多算上访专业户,拿性命来要挟县长。组织上又不缺你吃,又不缺你穿,为了山顶的一个石头垛,我才不相信你真会这么做。可以爱出风头,但你今天找错了地方。"

常县长埋头签署文件,把冯暖辉晾成了一片鱼干。

她往外走的时候,常县长动也没动。夕阳从花墙外的一棵梧桐树的枝杈间射出光来,洒了一地碎影。阳台足有两米宽,外侧是一米高的围栏,冯暖辉往外走时有个下意识的手搭凉棚的动作。常县长甚至看见她抬起了腿,穿着凉鞋的一只脚,可笑地在栏杆上搓了两下。贾主任正好走了进来,惊叫声都要冲破喉咙了,可看着常县长稳如泰山的样子,他给生生地压了下去。

谁也没想到,冯暖辉张开了手臂,真的变成了一只飞鸟。

"原常务副县长在县长办公室跳楼"重新成为各大网站的头条新闻,通过一夜的发酵,删帖反而成了催化剂。市委书记亲自给常县长打电话,语气强硬地说:"为了拆除一座烂尾工程惹出这样大的乱子,你可真有本事!我问你,即便把东山印拆除了,你各项经济指标能上去吗?GDP能增长吗?对经济建设文化建设都毫无益处的事,却让你大动干戈,我看你脑子真是进水了!"

常县长面如死灰,握着手机的手一个劲儿地抖。

县长在会上点名批评了杨青田,说他早就知道冯暖辉性格偏激却不如实反映情况,还擅自让她来见县长,让政府工作处于被动。如果提前把工作做好,完全可以防患于未然。县长举起冯暖辉的材料摔在桌子上,用手指点着说:"如果早一天让我看见这份材料,悲剧也许就能幸免!冯县长就不会遭这份罪!"杨青田木呆呆坐着,心里想,你看见了,悲剧怎么就能够幸免呢?除非停止拆除东山印。这,可能吗?

"杨青田，这份材料是不是最先到了你手里？"

杨青田吓了一跳，情不自禁地看了眼贾主任。贾主任却声色不动，目不转睛地看着正前方。杨青田不安地挪动了一下屁股，不能说这件事他请示过贾主任，贾主任说"别理她，是来找碴儿的……"他不能出卖领导。他只得点头说："是我先看到的。我想……"常县长啪地一拍桌子，怒斥说："你想什么想！拆不拆除东山印不是大问题，你脑子里只装着自己，不装责任，才是大问题！"

杨青田羞臊得恨不得找个地缝钻进去。

贾主任这才看了一眼杨青田，自己挺了挺后背。杨青田一副傻子样，茶呆呆的，脸上像是起了火烧云，把面皮都烧焦了。被领导这样当众训斥，他是首次，在场的所有人估计都没见过这阵仗，会议室里的空气仿佛不够用了，呼吸都变得小心翼翼。杨青田猛然站起了身，左右看了看，到底没敢有所动作，又坐了下去。他把脑袋扎到了桌子底下，一撮头发可笑地撅了起来。他的心一下乱了，原本头绪分明的事，眼下自己也想不清楚了。

贾主任咳嗽了两声，避重就轻说："工作出现失误责任在自己，不该让冯暖辉独自留在县长办公室。可谁也想不到她会翻到围栏外面，那么大岁数的人，淘气起来还像个孩子。"他通报了冯暖辉的摔伤情况，脊柱、肋骨多处骨折，但庆幸的是没碍着脊髓。医院动用了所有的技术力量进行抢救，包括请市里医院的骨科专家。专家的意见是，身体恢复需要一个漫长的阶段，但从眼前的情况看，瘫痪的可能性很小。他对几位副主任的工作重新进行了分工，杨青田的工作由李主任接替，近期专门负责协调医院方面的事物，给老冯县长最好的治疗和护理，这还不够，还要提供最好的膳食和营养，争取让她早日离开病床。"搞清楚她为什么反对拆除东山印很重要，我不相信是她嘴里说的那些理由。"

县长称许地点了点头，贾主任又稳稳地说了句："让政府出尔反尔、失信于民，这事情不那么简单。"

"让你去医院你就去医院？你是笨啊还是傻啊？"秀玲平时不是高门大嗓的人，可一旦发起脾气，就有些歇斯底里，"你现在不是她的秘书了，这样终日耗在医院算怎么回事，你不嫌丢人我还嫌丢人。你这是被人算计了！"秀玲教三年级数学，凡事爱往阴谋论上扯。她觉得有人利用杨青田曾经是冯暖辉秘书的身份在做文章，目的就是排挤他。"没见过你这么肉的人，总替别人背黑锅。贾主任有什么了不起，他又不是县长，凭啥他的责任让你承担。该说的话不说，由着人往头上扣屎盆子。这下好了，人家正好借机把你清除出去。等你从医院回来，别说椅子，连凳子也不会有了。冯暖辉现在跟你毫无关系，你凭什么一头栽她那边去？"杨青田双手叠握在头下，仰面朝天在床上躺着。他原本不想跟秀玲说实情，女人有听见风就是雨的毛病。可那天的事，他有些捋不清楚，他想听听秀玲的意见。他自忖没有做错什么，怎么就落了个被同仇敌忾的下场？

"什么叫我一头栽到她那边？当初送医院是我跟去的，各项检查都是我陪她做的，组织上当然觉得派我去比别人方便。"

"凭啥你送她上医院？"

"救护车来了，现场一片混乱。我做过她的秘书，我不送谁送？"

"是秘书更该避嫌疑。你不知道无风三尺浪？"

"六尺浪又能如何？有啥可避嫌的？我还就不信了，看谁能把我咋着……"杨青田一骨碌爬起了身。

秀玲开始咬牙切齿，说："你就是根木头，擀面杖，一点气儿不通。不知道啥叫敏感时期……你咋就不知道啥叫敏感时期呢？"杨青田眨巴眨巴眼，说："秀玲你比我还懂敏感时期？我用心做事、本分做人就够了。"秀玲喝了一声"够什么够",拉开抽屉,抓出一把人民币甩在了床上。杨青田问她想干什么。秀玲说,送礼,给主管副县长和县长各送一份。"我看你是疯了。"杨青田说,"我又没做错事,凭什么给他们送礼?"秀玲说:"你不能去医院,你得留在原来的岗位上。"杨青田说:"谁说我离开原来的岗位了?我不过是临时离开一下。"话没说完,杨青田吞咽了一口空气,心里一阵悸动。作为排名最后的一名副主任,杨青田十分清楚,觊觎他位置的也大有人在。秀玲恨恨地说:"你都多大岁数了,不进反退,天生的烂泥扶不上墙。你知道等待你的是什么?""爱是什么是什么。"杨青田站起身,往外面走。秀玲说:"你送不送?"杨青田说:"不送。"秀玲说:"你不送我送。"杨青田说:"你去送吧,他们敢收才怪。"

从家门口走出去,杨青田想到附近公园转转。可走到马路上,杨青田改变了主意。正好有一辆出租车停下了,他拉开车门坐了上去。

"去医院。"他说。

天气眨眼就凉了。秋风越过山脊来到了埙城,在街巷上无孔不入,许多花草都有了老旧的颜色。杨青田穿一件薄毛衫来到了病房,病房里一股热气,冯暖辉穿一身条格的病号服,像儿童一样推着学步车走路。医生说,冯暖辉如果在战争年代,也是个坚强的共产党人。手术再痛,她一声不吭。术后不久就下地了,那些骨头只是被固定住了,还没完全长好。她开始住在八楼,经常有人跑过来探望。有警察在外面把守,进出的人都要登记。后来被转到十五楼,这里的大部分房间还没启用,除了护士,很难看到人影。时间一长,人们又被别的事情吸引了,整天没人来访,警察也撤了。关于冯暖辉跳楼的原因,政府给的解释是失足。宣传部拟了通稿,常委会逐字逐句把关,堵塞了所有潜在的漏洞,觉得万无一失，才发往多家媒体。杨青田每天上班来，下班走，让冯暖辉很不安。她意识到自己也许连累了杨青田，不止一次，冯暖辉给杨青田甩脸子，轰他走。她说自己不要紧，杨青田的前程才是大事。"你不年轻了，留给你的机会已经不多了。"

杨青田心里说，我哪儿还有机会？

杨青田坚持每天给贾主任打个电话，汇报冯暖辉的情况。贾主任越来越不耐烦了，有时不等杨青田说话，就说："我这里有事，你那边的事回头再说吧。"杨青田再拨，铃音突兀一响，就断掉了，像是被谁掐住了脖子，杨青田半天也没动一动。手机里传出一种嘶啦嘶啦的回流声，像藏着一窝耗子。杨青田颓然靠在墙上，蹭了一后背白粉。他拿着手机看，朝高空抛了下，到底没舍得让它掉在地上，身子朝前一拱，手机落在了怀里。自从冯暖辉住院，县里的领导再没人光顾。有关东山印的种种，可真像一个梦。杨青田经常梦见自己去爬东山，走到东山印下，那座建筑突然倒塌了，把他埋在了石头垛里，肉身不见天日，灵魂却在飞升。灵魂就像个小蝌蚪，身子是圆的，长着逗号似的尾巴，浮在空中就像蝌蚪游在水里。他从梦中惊醒，身上大汗淋漓，把秀玲的手拿过来放在自己的额头上，秀玲一刻也不愿意停留，倏地抽走了。

夜的湿腥气像雨后的松林生出的瘴气，袅袅盘旋，闻上去能让人眩晕。

6

输液瓶撤掉以后，医生和护士就像从人间蒸发了，连个影子都不见。去食堂打饭，饭菜越来越差，掌勺师傅的态度越来越恶劣。他们去的是小食堂，只有医院的领导班子在这里就餐。当初院长大包大揽，说这里的饭菜营养搭配均衡，随便吃，到时找财政申请资金就是了。可领导班子成员很少在这里吃饭。哪天偶尔有人过来,饭菜会显得格外鲜亮。

没人理他们。四面大白墙成了樊笼,撞得眼睛都是痛的。杨青田试探地动员冯暖辉出院,冯暖辉干脆地说:"我不出。"杨青田问她为什么不想出院,冯暖辉说:"是他们送我进来的,我现在私自出院算怎么回事?"这里有个结,杨青田知道自己不能解,冯暖辉需要下台阶。他想跟贾主任沟通一下,可贾主任让他直接找县长,说这是领导们之间的事,他不好插手。这怎么可能。想起常县长,杨青田心就要抖。常县长是那样一种人,黑上谁,能黑到五脏六腑,这辈子都休想翻身。"冯县长这里不需要人手了,我能回去上班了。"杨青田话说得假装欢欣,说完屏住呼吸,心扑通扑通直跳。可贾主任说:"你的任务就是代表政府陪护,她一天不出院,你就一天不用上班。"事情就这样僵住了。杨青田偷偷回去了一次,人家各忙各的,眼神都躲着他,只有他像个外人,手脚都无处放。他在办公室坐了不到五分钟,就仓皇出来了。上午,冯暖辉做康复训练。从杨青田亦步亦趋搀扶到自己能行走,用了两个月的时间。如今,又两个月过去了,冯暖辉恢复得比没跳楼之前都好——她自己是这样说的。肩周炎、骨质增生、静脉曲张,都像遇见了老虎,让老虎吃了。下午的时间大部分是在看书。冯暖辉斜倚在床上,杨青田坐在靠背椅上,他们不交谈,各看各的。整天面对面,早没了可说的。那些杂志都是杨青田从外面的报刊亭买来的,他几乎把所有的杂志统统买了一遍,有的甚至是儿童的卡通读物。冯暖辉看得仔细,杨青田看得很潦草。他经常不停地翻,眼睛却落不到实处,那些硬的纸面哗啦哗啦,能刮出风来。"你的心乱了。"冯暖辉托起花镜看他一眼,眼神像老妈一样慈祥。自从那一摔,她的脾气也变了,好像是成熟的一枚果子,落到地上才有了依附。杨青田哼了声,把头埋得更深了。他心底是怨她的。怎么可能不怨?!原本,他工作和生活都按部就班,虽说不多如意,可没有波澜。她这一跳，不单让他受了许多委屈，还把他的生活和工作的节奏都打乱了。当然，她不是为了打乱他的节奏才跳楼的，这一点，他能体会。可能体会又能怎样，那座东山印真是莫名其妙……她说得不错，他岂止是心乱，他很长时间魂不守舍，在洗手间里用指骨节捶墙，把骨头都要敲断了……就像被挂在半空的垂体，眩晕，眩晕得厉害。他已经失眠很久了，眼圈是黑的，肤色却愈来愈苍白。这些冯暖辉看不到，很多时候，她是个粗枝大叶的人。没得到回应，冯暖辉把目光收回来了。轰他回机关的话，她再也不提了。很显然，她这里需要人。没有比杨青田更合适的了。她劝他别着急。他们不能把她扔到医院里就没事了。没有说法之前，她不能私自出院。"我私自出院算怎么回事？倒好像我是主动进来的。"她说这时明显没底气，让杨青田不忍说什么。不出院她就需要旁边有个人，否则这个空荡荡的十五楼，她一天也待不下去。

不约而同的，他们谁也不提东山印。她不提，他也不提。事已至此，再提也不合时宜。倒好像，东山印是个可有可无的物件，他们住在这里，与它毫无瓜葛。

从后窗可以看到楼下的公园，柳树就像个小矮子，仰着大脸努力朝天空望。枝条鹅黄了、嫩绿了，树叶成型了，有柳絮飘飘摇摇地在天上飞。湛蓝的天空底下，都是它们婀娜恣意的身影，可再婀娜恣意也招人烦。很多女人裹着头巾，戴着口罩，不时偏一下头，免得柳絮撞着她们。杨青田设想过无数个结局，结束眼前的局面，但都没有预料到眼下的这般光景。他们就像水里的鱼，被搁浅了。人家把水撤走了，余下的事，鱼自己看着办。过去，杨青田的电话总是响个不停，如今一整天都悄无声息。冯暖辉显然也意识到了这一点，他摆弄电话的时候，她经常表现得很紧张，眼神尤其恳切，那意思仿佛是在说，快看看，里面有人说话吗？有一天，他翻弄手机的时候无意中碰了一个键，把电话拨了出去，居然通了。贾主任语气很重地说:"交给你的事你弄清楚了吗?"杨青田吓了一跳,赶忙站起身,问是什么事。贾主任怒气冲冲说:"让政府出尔反尔,这样的事只有她做得出!"杨青田下意识地朝冯暖辉看了一眼,冯暖辉正从老花镜的上面望向他。杨青田无力地把手臂垂了下去,电话却并未挂断。里面贾主任的声音传了出来:"她为什么反对拆除东山印,不会像她说的那样简单吧?政府不是三岁的孩子,不会相信她唱的高调。"电话自行断了。杨青田那个样子无奈地看着冯暖辉,心里特别不是滋味。他无法阻止她听到这些,可他又是多么不情愿!这其实也是他心里的疑问,可冯暖辉不主动说,他永远不会问。为保护一座东山印跳楼,这说出来就像把戏。若发生在别人身上,杨青田不信。可发生在冯暖辉身上,他没法不信。

即便作为一项政治任务,他也下决心尊重冯暖辉。她选择的是自残,又没伤害别人,她不该被这样对待。

冯暖辉小心地看着杨青田,胆怯得像个犯了错误的孩子。过去她是一个多么凌厉的人,岂容别人这样对她。她会抢过手机回骂过去。她的嘴,那可是出了名的不吃亏!而今天她懦弱的样子,让杨青田心里很不是滋味。她的眼神分明在说,我连累了你。我不是故意的。我连累了你,对不起。

杨青田鼻子一酸,走出了病房。

他们被这十五楼囚禁了,杨青田望着眼前白花花的一片空茫地想。她不提出走,除了她嘴里说出的那些理由,也许因为她回家也是一个人,这里有吃有喝,她大概住习惯了。杨青田也不再想走,是因为他觉得自己无处可去了。那个政府大院他待了二十年,如今一想到踏步去那里,就觉得心率过速。能拖一日是一日,眼下如他这般处境,还能如何。

国泰一走就没有消息。有一段,杨青田疯了似的想联系他,每天不停地拨打手机，那手机永远是一片忙音。杨青田恍然，国泰在国外也许用了别的电话号码。有一天，冯暖辉叹息着说："要儿子有啥用。青田，你不要孩子是对的。"

杨青田一下落了泪。他的儿子五岁时得了骨癌，那种痛要伴随一辈子。

"他们不就是想知道我为什么反对拆除东山印吗？"冯暖辉扎好安全带，把靠背调舒服，问杨青田想不想知道。

杨青田心里忽然被蜇了一下，怒气冲冲地说："再反对也不应该跑去跳楼，都多大年纪了，您以为跳楼那么好玩吗？"

"不好玩。"

"万一摔残摔死了怎么办？"

"我就是想摔死的，我欠他一条命，我该还的。"

杨青田一下愣住了。他小心地看了冯暖辉一眼，揣度这背后会有怎样的故事。冯暖辉的侧面有种刚毅和果决的神色，这是杨青田熟悉的，本质上，她是一个烈性女人，从来不服输。她朝他摆了下手，说："你先好好开车，天亮我再告诉你。"

"为什么要等天亮？"

"天亮好说人话。"

杨青田心里一阵悸动，暗暗抽了一口气。

"你没忘吧？这是当年东印书记挂在嘴边的一句话。埌城官场说谎成风，东印书记在领导干部会议上说，你可以说鬼话，但天亮请你说人话。"

为了不碰见任何人，杨青田早晨四点从冯暖辉家的车库里开出了那辆两厢丰田。这也是冯暖辉授意的，他们那片邻舍过去都是同朝为官的人，眼下都没用了，越没用的人起得越早，遇见了会问个底儿掉。冯暖辉不愿意别人知道她的行踪。杨青田告诉秀玲要出趟门,秀玲没问他去哪儿。他们冷战已经很久了,秀玲一直没有妥协和回头。她坚信杨青田就是受了冯暖辉的蛊惑,在犯"二",过去他经常有犯"二"的时候,但都不是原则问题。这回犯得有些出格,秀玲以一个小学教师的智商判断杨青田这是在自绝组织。政府部门坑少萝卜多,你主动把自个儿拔出来,不定有多少萝卜在笑你傻。秀玲掰开了揉碎了也说不转杨青田。杨青田打死都不会告诉她,他不是不想回去,是回不去。这正好验证了秀玲当初的预判。这回秀玲料想他去带冯暖辉去市里复查,有关冯暖辉的事,秀玲什么都不想问。秀玲除了恨杨青田,也恨她。秀玲只跟她见过一次面,是在晚上遛弯儿的时候。她的做派和说话的声音秀玲都不喜欢。杨青田说:"她若是还当着县长,你就喜欢了。"秀玲啐了他一口,说:"这样一个老妖婆,当了市长我也不会喜欢。"杨青田心说,她当县长的时候你可不是这样说的,经常追着看新闻,每天冯暖辉的行踪、服饰、讲了什么话、做了哪些事都是话题。秀玲的变化杨青田都看在眼里,可他从不说破。孩子没了以后,两人就成了并行的铁轨,想交叉都难。卖早点的刚出摊,铁架子撑开支住四角,一男一女两个人抬一口大油锅放在灶上,男人顺手打着了火。火苗腾跃,映红了男人肚子上的白围裙。杨青田瞥了一眼,又瞥了一眼,想这样的夫妻,才会是风雨同舟的吧。他和秀玲的关系是一点儿一点儿恶化的。起初是因为孩子,秀玲以怕怀孕为由,拒绝跟他过性生活。秀玲信誓旦旦地说,他们不能再要孩子,再要孩子仍然会得骨癌。一句话把杨青田打入了十八层地狱,两人就此分居,形同路人。可什么时候说起杨青田,秀玲仍是满口骄傲。在政府上班,官至副处,每天跟县长打交道,是小学校的同事中家属混得最好的。所以有时候,秀玲比杨青田更看重那个萝卜那个坑。

街上行人寥寥。杨青田开足了马力直奔埧城人民医院,冯暖辉已经站在马路边上等候了。

是冯暖辉提出来出去走走,悄悄地去,悄悄地回。他们实在是被四面大白墙给憋坏了。他们没有对行程多做考虑,随便出去走走,也没有什么值得考虑的。上了环城路,车子就飞了起来。杨青田徐徐吐出了一口气,心中畅快得像是打开了一扇门,就像肋下生出了翅膀,他终于能够海阔天空了。车子要拐上省道了,冯暖辉突然说:"先等等。我们绕回去从东山走,看看东山现在是什么样了。"

迟疑了一下,杨青田什么也没说。他小心地踩刹车降下了车速,在岔路口掉头,又拐上了外环。远远的,就能看到东山的轮廓。有印在,那东山就雄壮、沉实,像一头睡狮。东方已经有了鱼肚白,那抹亮光就在东山印的顶端,像一幅写意画,把周围的天空衬托得愈发清湛。也许是因为早,也许是因为过了关注期,东山脚下很安静,并无一人一车。杨青田问要不要停下,冯暖辉说不必了。东山印还矗立在那里,冯暖辉满意地摆了下手,说我们走吧。

7

车子一直朝前走,在第一个路口上了高速。冯暖辉提起想外出,杨青田以最快的速度设计了三条出行路线,都被冯暖辉否决了。冯暖辉原来早有想法,她说:"青田,陪我到草原转转吧,我这辈子,怕再没有别的机会了。"

冯暖辉示弱的样子让杨青田不忍拒绝。她是个骄傲的人,她求助的样子像个可怜巴巴的小姑娘。

杨青田说:"时令还有些早,草原上的草都刚出地皮吧。"

冯暖辉说:"这样子正好,免得到处是人。"

杨青田重新规划了路线,看着手机上的地图说:"我们第一站先到赤峰,从赤峰走围场,然后去乌兰巴托。"冯暖辉摇了摇头。

杨青田有些起急,说:"您总不会让我开车到呼伦贝尔吧?"

冯暖辉赶忙摆手,说:"我们不走那么远,我们先到张北,我想去张北。"

"您跟东印书记一起到过张北。"想起国泰手里的照片,杨青田突然冒出来这样一句。那张照片后面的标志牌有野狐岭三个字,杨青田扫一眼就记住了。他也到过那里,和大学的几个同学,共租了一辆昌河牌面包车。当然,同学中有影像模糊的女友,只是回去以后就分手了。面前是"丫"字形道,关于是走白桦岭还是走野狐岭,他们曾在路边猜拳,结果野狐岭一方取胜。那时的天路草原还没有六十六号公路之类的雅称,就是在口口相传后多年,才成了旅行者嘴里的流行词汇。有两个青春的身影坐在草地上的标志牌前,那个木牌是白色的。他们与当时的杨青田该是相仿的年纪,只是杨青田并不知道,他晚到了十几年。

冯暖辉却不惊讶,她已然是一副见惯不惊的神情。她侧过脸来,脖颈上的皮肤有了折叠。苍老是从这些细节中显露出来的,让杨青田有些悲凉。她是一个美丽的女人,年轻时的影像一直定格在杨青田的记忆里。

她说:"你都知道了。你知道了我就不多费唇舌了。"

杨青田懊丧极了,为冒出的那句不合时宜的话追悔。他应该等着冯暖辉自己说出来,然后再做出一副惊讶的样子:这样啊,您和李东印书记原来早就认识!

他两只手握紧方向盘,抿紧嘴唇。冯暖辉自然读得懂,问他都想知道什么。杨青田赌气似的说了:"您都有什么?"

冯暖辉慈爱地连拍三下他的后脑勺,轻轻的,就像在安抚一个小孩子。杨青田本能地闪了下,但到底空间有限。冯暖辉坐端正了自己,目视前方。

"我知道你对我的行为很好奇,其实我一直都想告诉你,却不知道怎么才能说得清楚。我出来就想跟你说说话,我也不想把有些事带进棺材。"

"我哥哥当年骑车到过张北。"杨青田赶紧岔开了话题。感伤的话题他也有点儿经不起。当然,他还有些难堪。领导面前你就是聋子的耳朵哑巴的嘴,都是摆设。这还是当年刚入职时被反复提醒的,何况这还是领导那么久远之前的私事,尤其无须逞口舌之快。冯暖辉不问,他也不好说信息来源。国泰也是在冯暖辉的电脑上偷拍的,他不认识年轻时的李东印,杨青田却一眼就认得出。

"他来张北买小猪。骑一辆铁驴车子,一边驮一个大筐。"杨青田硬着头皮往下说,他是在自己找台阶。

"生产队的年月?"冯暖辉果然被拉了回来。

"是改革开放初期。一九八二年左右吧,村里人说张北的小猪便宜得邪乎,他就跟人来了,我哥那年才十九岁。"

"我见过那种大筐,载满了一边就有几百斤,怎么驮得动?"

"您以为筐里要把小猪装满?那样下边的小猪就被压死了。"杨青田有些懊恼自己的口气,怎么总有些像挑衅。

"为什么驮两只筐?那样远的路,驮一只就够费劲了。"

杨青田叹了口气,说:"驮两只筐是为了车子平衡,平衡了才好骑行。您没干过苦力活,这种事情您不知道。"

沉默了一下,冯暖辉说:"那时东印经常说我缺乏常识。"

杨青田体恤说:"您没在乡村待过,所以有些事情您不知道。"

冯暖辉说:"这不是理由,本质上我是个笨人。"

杨青田看了她一眼。她低调起来就像换了个人。杨青田说:"若是别人说您笨,埧城人民都不答应。"

冯暖辉哗地放出一阵笑。这样敞亮的笑,她在任上的时候才有过。

车子上了京张高速，天空陡然大亮，太阳真是好东西，让整个天地焕然一新。两人情不自禁地调整了一下坐姿，冯暖辉说："你好好开车，我告诉你一些事情。"

放松了心情，杨青田突然觉得自己不是外人。

"我先猜。"

"猜什么？"

"您和李东印书记是大学同学。"

"还有？"

"是恋人。"

"好吧。算你猜对了。"

"东印书记是为了您才到埍城来的？"

"你还知道什么？"

"其实我什么也不知道。"杨青田讪笑了下，拍了一下方向盘，"我就是随口那么一说。"

"他怎么可能是为我来的！你以为一个人想去哪里做官就能去哪里做官？官场哪有这种规则！"

"他做过省长秘书。"

"好吧，我不跟你抬杠。最起码，他没有承认过这一点。你还想知道什么？"

"我其实一点儿也不了解您。"

话说得有点儿灰心，却含了一些幽怨似的，不清不楚。这只皮球踢回来，杨青田彻底心安了。他心安理得地开车，脚下一用劲，车子像箭一样往前飞。冯暖辉为啥要为东山印舍下性命，应该是明白些了，虽然不是很明白。这些话，在埍城的任何场合都不可能谈起，走在通天路上，心上全无挂碍，人也显得轻盈澄明。

"你们是因为什么分手的?"杨青田对这个特别感兴趣。

冯暖辉直视着前方,脸上的神情慢慢变得凝冷。

"事情过去了那么多年,我也不怕丢人了……我们是在大二那年慢慢熟悉起来的。他是团支部书记,第一批党员积极分子,有很强的组织能力。同学们都看好我俩,觉得我们郎才女貌。那年的暑假我们几个要好的同学骑车去了张北,那时路还不好走,我们找附近有树林的地方野营野炊。那时我们都没去过草原,有关草原的印象就是歌里唱的那样。那年干旱,草长得并不好,我们甚至给希拉穆仁草原起名稀拉没人草原……可年轻的人,火热的心,何况两两成对。我和女同学们在草地上跳舞,他和男同学跑到很远的蒙古包里去找水……当然,后来那对同学也没有成,毕业分配是根无情棍,很多情侣一拍两散。李东印就是在那片草原上跟我求婚的,说不论天涯海角,我去哪里,他跟到哪里。也是因为好奇,那年的寒假我跟他去了老家,那是贵州的一个深山区。结果,我让他家的贫穷吓着了。因为我的到来杀了一口年猪,整个村庄都在他家吃猪肉炖豆腐,他家却没有那么多的碗。一个人端着碗吃,后边十几个人在排队。那碗根本就不洗,从一个人的手里直接传到另一个人的手里……我给吓跑了,你知道吗,我给吓跑了……我知道他家在山里,可没想到山里的人是那样生活……关键是,这一切他从没跟我提起过,提起家乡他总是避重就轻。舅舅住在镇上,他是靠舅舅的资助完成学业的,给我的感觉,他应该是舅舅的儿子。在小镇上开一家中医诊所,屋里弥漫着麝香味。他从小就上山采药,被蛇咬过,跌下过山崖。采到过碗口大的灵芝,见识了许多奇花异草……他巧妙地在跟我的交往中遮蔽了什么,所以我对他家乡的印象就是那座小镇,木头房子,屋角挂着蘑菇和腊肉。屋前屋后都是淙淙溪流。他原本不想让我跟他回老家,说那种苦生活我会受不了。我想,还能怎么苦,无非就是吃野菜,喝山泉水。我不娇贵,我有心理准备……可我还是给吓着了,给吓跑了……我很羞愧,整个半年我都没有回学校,后来托了关系办了毕业证……再见面已经是十几年后了,那年我刚当上副县长,为了一个项目我去跑市扶贫办,知道他们新来的主任是从省里下来的。大家还说奇怪,省上下来的干部怎么会在这个岗位上,尤其是,当过省长秘书的人,看来我们市穷也是在全省挂上号的。可也有人说,这个岗位是他主动选择的,他是个务实的人,想干点实实在在的脱贫的事。他说服了省长,下到基层。只是我没想到是他,真的是这个李东印。我羞得恨不得找个地缝钻进去……那天他对我说,你在埧城,既是库区又是老区,包袱重,全市经济总量倒数第一。埧城有资源,应该想法子开发利用。我说,我们就是来争取项目的。他说项目不靠争取,靠因地制宜。扶贫资金可以大把地给,可以后呢?我们很多地方都是越扶越贫。分别十几年,我感觉跟他的思想有了不小的差距。两年以后他空降来到埧城,自己说就是来做扶贫办主任的。我听了,心里很不是滋味。当年被他家乡的贫穷吓跑,始终是我的一个心结。我知道他毕业以后直接进了省政府,在主要领导身边,官运亨通……我很久没跟他打照面,几次常委会我都请了假,我甚至在酝酿调出埧城。有天他单独宴请我,说他不是为了我才来埧城的,让我不要有什么想法。我说,埧城没有茅台,你何苦来这里。他说没关系,他家乡有。我说好好的,你为啥不当省长的秘书了。他好半天才说,他就是想当扶贫办主任……"

冯暖辉的叙述就像她的文笔一样干巴巴的,毫无动人之处。杨青田听得心猿意马。这些于他没有吸引,他在想那座东山印,到底象征着什么。

冯暖辉说,当初建那座东山印她是有看法的,她的看法就是埧城人的看法,被李东印命名为埧城思维。山顶上做建筑,投资巨大,劳民伤财。可李东印最终说服了她。李东印说,东山就是座柴山、土山,遍山灌木,连棵像样的树也没有。打造博物馆不是目的，甚至打造东山也不是目的。打造东山印才是目的。埙城一直在喊旅游，打造中等旅游城市。可从西往东横跨城区不足五百步，城内的宝贝是一座辽代寺庙，比居家四合院稍大，走一个周圆也就十几分钟。这样的规模这样的体量都受局限。所以在山顶上建博物馆，是留住游客的第一步。埙城地处京津唐三角地带，有潜力吸引大城市的注目。完全可以在吃住行、游购娱方面上档升级，来吸引旅游消费，那些沉睡在仓库里的宝贝都是筹码，让它们见了天日，是利民利县的好事呀。

"我被说服了，但我被说服了不意味着我会支持他。埙城官场环境的险恶不是他一个外来人在短时期内能够洞察的。还别说他当过省长秘书，当过国家主席的秘书也不行。我太了解埙城人了！我说他的步子太快，意识太超前，埙城人的思维跟不上。你猜他咋说，发展的机遇都是转瞬即逝，你不发展别人发展，不进则退。为官一任，如果光想四平八稳，还当什么官，干脆进庙去当和尚！

"我就意识到我什么都不用说了。我们的思维不在一条线上。你一定记得那个认捐会，每名领导干部面前都摆着笔和纸。之前我很急，我知道谢大宽想当众发难，他在政府常务会上公开说，跟他走还是跟我走，你们都想清楚。他不是对修建东山印有看法，种种反对的理由都是借口。一座山和它头上有什么样的建筑会有人在意吗？不会有人在意。老百姓可能在意，但当官的不会。他们的心思不在这上面。他们只是反对，让他知难而退，把他挤走。或者，不乐意见他想干的事情能够干成，不希望他干出成绩。就是这么简单……他们想些什么我很清楚。李东印当然也清楚，只是他不相信一件好事会得不到大多数人的支持。埙城的官场难道都是傻子吗？！有人说，那次会议他是为了治骑墙的干部。不是的，他没有那样狭隘。他只是想知道，在不动用埙城财政一分钱的情况下，能有多少干部凭着良心支持他……你看到了,当时我只好第二个站出来。我运了半天气,无数次地千回百转,还是站了出来,把一千九百九十九几个数字写到最大,把冯暖辉的名字签到最大。因为很显然,埧城必须有一个人站出来支持他。我不站出来,就不会有第二个。我站出来了,副书记就坐不住了,组织部长就坐不住了……

"可如果那次会议我不站出来,那座东山印的项目肯定就胎死腹中了。

"青田,你听懂我的意思了吗?"

一股悲怆涌上心头,杨青田抹去了淌下的泪水。他不敢看冯暖辉,此刻,她一定像那座硬邦邦的石头雕塑,端庄而冰冷地矗立。他在想那座县长楼,虽然是二楼,可那一跳仍让人销魂蚀骨。下面的草地像厚实的绒毯。炸药已经上山,一切都箭在弦上。只有冯暖辉这一跳能阻止这一切。就像当年她在主席台的后排站起,袅袅婷婷地走到认捐箱旁……围绕这座东山印,每一次重大转变都与她有关。这不是一方印台,它还是一座可能意义上的历史博物馆。她这一跳应该写进埧城的历史,假如埧城需要书写历史的话。

他当年亦步亦趋地跟着她,却对她一无所知。

车到野狐岭,冯暖辉下了车。她摇摇晃晃的样子有些重心不稳,杨青田推开车门追了上去。张北的草原不开阔,但有着迷人的弧度和曲线。标志牌已经变成了天蓝色,有齐胸高。还隔两步远,冯暖辉突然扑了上去,痛哭失声。杨青田一下愣住了,停下了脚步。空旷的四野回荡着冯暖辉的嘶号,让云朵和草木都情不自禁地发抖。她的肩膀瑟缩着,花白的头发在风中狂舞。杨青田早已泪流满面,他像远途跋涉一样朝她走去,冯暖辉却在瞬间回过头来,一下抱住了他。

"青田，东印他……死得……不明不白啊！"

8

我们这座叫埧的县城，是个乏善可陈的地方，一点点小事，就能被津津乐道很久。何况这不是小事，两个大活人不知什么时候失踪了。秀玲到县政府门前上访，贾主任接待了她。贾主任知道怎么对付秀玲这样的女人，他说："杨青田离家出走，责任在你，你为啥不拦住他？"

秀玲说："他是在执行公务的时候失踪的，政府丢了干部，政府却不知道？"

贾主任说："丢了丈夫，你做妻子的怎么也不知道？"

贾主任凑近了秀玲，诡秘地说："你跟副校长是高中同学，同事之间一直有风言风语，这件事，杨青田是不是知道了些？"

秀玲落荒而逃。杨青田三天五天不回，她恨得咬牙切齿。仨月五月不回，她真慌了，到处寻访未果，她才当了上访户。政府起初没把这个事情当个事，后来秀玲闹得实在不像话，他们才领教了一个小学教师的厉害。她的办法和招数实在是太多了，截领导的车，发小广告，甚至闯常委会议室，就像一个演说家，走到哪里，身边都会聚集很多人。围观的人越多，她发挥得越好。一个人只要撕破脸，就没有什么事情做不出来。政府常务会专门研究杨青田的失踪问题，贾主任牵头成立了事故处理小组，从医院的十五楼开始查起，决心查个水落石出。因为时间久远，监控录像都没保存，但他们找到了一个目击证人，是医院的一个护士。那天家里的孩子发烧，她想偷偷溜回去看看情况。出了医院大门，正好看见冯暖辉上了一辆丰田车。之所以记得清楚，是因为那辆车跟自己家的车一模一样。

"开车的人就是那个杨主任。"护士肯定地说,"他在医院陪护了那么长时间,我们很多人都认得他。"

线索就查到这里。贾主任对秀玲说:"依你看后面会发生什么呢?这辆车是冯暖辉的私家车,可以肯定的是,他们不是去大医院复查了,去医院复查,公家不单会派车,还会让医院联系专家会诊。杨青田不会那么蠢,自己拉着患者上门。那么就是他们私自出院了,跟谁都没打招呼。问题还在于,即使是私自出院,有必要起那么早吗?既然起那么早,就是不想让别人看见。秀玲老师,要是他们不想让别人看见,你觉得会是一种什么情况?"

那段时间,流言比雨后的蚱蜢还多。一个石破天惊的说法是,杨青田跟一个大他十九岁的老太太私奔了。杨青田的心理和身世一下成了破解这件事的两把钥匙。逢遇到相熟的朋友,总有人死缠烂打地问我:"听说杨青田也是罕村人,你是不是了解些情况呢?"

杨青田家里兄弟四个,他是唯一自己考学考出来的。大哥娶媳妇,二哥娶媳妇,小弟盖房子,杨青田都是那个鼎力相帮的人。他们的父母没得早,兄弟之间却并不团结。有一回,杨青田带着秀玲回家过年,却不知因何跟大哥吵起来了。从此再没回家。

有一次,他大哥跟我说,侄子毕业安排工作的事,杨青田一点儿都不肯帮忙,他只管岳家的人。当时我们是在河堤上碰到的,大哥拿着钓竿想去河里钓鱼。我跟杨青田虽然同在坝城,交往并不多。但是有一样我明白,安排工作这样的大事,不是他小小的政府办副主任能够胜任的。所以我跟大哥实话实说了。大哥气得哼了一声,一炝蹶子下了河堤。

我知道的,就是这些。

一觉醒来,我和伊伊到了锡林郭勒。伊伊有些闹肚子,此刻从洗手间钻了出来，佝偻着腰爬上床，一下出溜到了被子里。她昨晚吃肉串喝啤酒，估计是撑着了。伊伊刚从国外留学回来，原本定的是一家三口出行，她说她还没去过草原呢。可她爹临时有事脱不开身，关键是，这样的临时脱不开已经有过两次了，让人非常恼火。时令已到八月份，再不出行估计连草都看不到了。于是一咬牙一跺脚……我也是老司机啊，驾龄八年，第四年的时候已经敢上高速了，能跑一百迈。我问伊伊敢不敢长途坐我的车，伊伊说，有啥不敢。于是午后收拾两个袋子扔车上，打开手机导航就出来了。第一天住赤峰，第二天住多伦，淡季的好处就是，一眼望不到边的天路上经常只有我们一辆车。来到锡林郭勒，我们已经显得从容了。住进提前预订的酒店，在路边的烧烤店里坐到很晚。美丽的夜色清风拂面，让人不舍得入睡，一边规划明天的行程，一边打听附近都有什么好吃的好玩的。服务员用生硬的普通话说："你们明早去吃包子吧，老冯包子在这一带很有名。"

　　一路紧张得没来得及谈心，回到酒店我们又聊了许多话题。伊伊说："有个事情朋友让保密。"我说："既然朋友有要求，就一定要做到。"伊伊说："可我守不住秘密啊。"我严厉地批评了她，怪她不严格要求自己："不能守住秘密的朋友，算什么朋友！"伊伊问我："你守得住秘密吗？"我说："我当然守得住。"伊伊说："守得住的秘密就不是秘密，它非常可能没有传播的价值。"我佯装生气，说："你留学两年，都学了些什么啊。"

　　"起来起来，我们去吃包子了。老冯家的包子据说是天底下第一美味。"
　　"好吃你就捎俩来。"
　　"刚出锅的才好吃，凉了膻死人。大草原的羊也不例外。"
　　"没事，我用酒精炉烤。"
　　"吃完我们正好赶路，今天争取能到克什克腾。"

"昨晚一夜都没睡好,迟一天走就不行吗?"

伊伊一发飙,我就没话讲。拿了几个零钱晃出酒店,阳光明亮,小城真是地广人稀。跟人打听老冯包子铺,原来走过去也就几十米。可出来得太晚,几张餐桌一片狼藉,店员小姑娘已经在收拾了。

"还有包子吗?"我问。

"一个也没有了。"小姑娘边擦桌子边充满歉意地看我。

"一个也没有了?"有一个让我尝尝也好啊。我很失望。

小姑娘喊:"老板儿,老板儿,你那几个包子吃了没?这位顾客想吃一个!"

拉开玻璃门,杨青田端着几个包子出来了,手里还提拎着醋瓶子。我们都愣了好几秒,我抢着说:"这么巧,你也在这里吃包子?"

小姑娘说:"他不是吃包子的,他是老板儿。"

我抬头看了眼"老冯包子"的牌匾,杨青田不好意思地说:"冯县长去买肉了。"我惊得说不出话来。

杨青田说:"她每天的任务就是采买,她喜欢干这个,说自己有眼光。"

"真有你的。"我好半天才长出一口气。

"吓着你了?"

"倒不至于。可你们怎么会在这里卖包子?"

"卖包子挺好的。云丫,我让人给你新蒸几个尝尝。"

于是我吃了顿用心用力做的包子。不得不说,确实是这一路来的美味。临走的时候,杨青田对我说:"云丫,遇到我的事,你能不告诉任何人吗?也别告诉你们家老严。我既然出来了,就不想再回去了。"

杨青田的面孔平平展展,有一种风浪过后深沉的平静。想了想,我说:"你放心吧。"

我和杨青田说话的时候，一辆柿红色的两厢丰田停在了左边的空地上。因为太过专注，我甚至没听见发动机的声音。或是听到了，我没有回头。他们原本是想兜几天风就回去的。可越走越远，越走越不想回家，就这么来到了锡林郭勒，转眼已经出来三年了。"是两年零九个月。"我说。杨青田奇怪我把数字记得如此准确，我告诉他，最近新来的县委书记要重新打造东山印，我们准备了关于东山历史的、现实的种种资料。有人还能偶尔提及杨青田，说若不是当年有人想拆除东山印，冯县长就不会跳楼，杨青田就不会被停职陪护，也就不会出现两个大活人失踪的事了。事实证明，不拆除是正确的。这些信息我传导给杨青田，是想给他些许安慰，或者，由此改变他一些什么也未可知。那些话却像风一样没有惊动他，我甚至不能确定他有没有听入耳。我每天早晨都去东山登山，那里成了一个越来越热的景点，县委县政府决定斥巨资重点打造，东山印不做博物馆使用，而是还原成一座庙，供奉山神，取名东山庙。

"文联的同志来了吗？编个有关东山庙的故事吧，就叫埙城故事。"

林林总总，杨青田谈了过去的许多事，语气祥和，语音平静。我看那辆车的时候，他也回头看了一眼，却没多做解释。我认识冯暖辉县长，但她不认识我。当年她是我们这座城市的风向标，剪个短发都能引领时尚。很显然，我现在也不适合认识她。我又看了眼"老冯包子"的牌匾，是隶书，下角有印章，不是随便什么人随便写就的。

我迫不及待地把此行的奇遇告诉了伊伊。说完才叮嘱她，千万别告诉任何人，包括你爸。伊伊边往脸上涂护肤品边说："你说的这些我不感兴趣。我的包子呢？"

我说："明早你自己亲自去吃吧。"

"只是，"我自言自语了句，"那座东山庙，不知又要改变谁。"

灰鸽子 |

1

"好吧,我是老赵,大家都这么叫我。"

"大家都叫你赵书记,别以为我不知道。我不这么叫,你是人民的公仆,我就是人民。"

"你是哪号人民?"

"我是女人民!"

三疯子翻了下眼皮,说得煞有介事。三角头巾蒙在脑顶上,后面像母鸡尾巴一样翘了起来。她的颧骨有两块驼红,像夏天坐碾盘上的猴屁股,烂眼边上套着红圈,真够十五个人看半个月的。

"你是她老伴儿?"赵宝成故意这样问。其实他哪里不认识苏小抱,就冲揣袄袖的那个姿势,猜也猜得出来。苏小抱有个特点,长了两条小胳膊,就是短。揣袄袖的时候勉强搭上边界,一只手拽另一只手的长指甲。赵宝成没来之前就听说过这对活宝,只是没想到这么快就被他们找上门。眼下苏小抱一直躲在三疯子身后,让三疯子的小棉花桃脑袋遮住半张脸,偶尔晃出来,撞赵宝成的眼睛。赵宝成看他的时候,他看三疯子的后背,不看他了,他像偷鸡的黄鼠狼一样往外探头探脑。

赵宝成气得笑。这世界可真能配，怎么把他们凑成了一家子。

赵宝成说："苏小抱你是不是老爷们儿？是爷们儿就站出来大大方方说话。"

苏小抱这才横着跨出一步，勇敢地迈出了三疯子的阴影。他的两只手在袄袖里转圈，像藏着两只摩天轮，转得赵宝成眼都是花的。苏小抱扯起脖子说："这日子没法过了，你得给我们做主。"

"因为啥事儿？"赵宝成舞动着改锥给一盆富贵竹松土，一下一下剜得特别用力。

"他们总欺负我。"

"欺负你啥了？"

三疯子扯了苏小抱一下，那意思是让她说。三疯子扭动着身体说："就吃他们家几个鸡蛋就说我馋，还说要把嘴给我缝上。我就问问你这当书记的，打人不犯法吗？"

"鸡蛋是人家母鸡下的？"

"我经常喂它们粮食。"

"你自己怎么不养？"

"我闻不得鸡屎味。"

"人家闻鸡屎味你吃鸡蛋，你觉得这世上还有王法吗？"

"反正他不能打人，打人他就犯法。"

"那要看打谁。打你我觉得不犯法。"

"不犯法？"

"不犯法。"

就听嗝喽一声，三疯子一下躺在了地上，手脚抽搐，嘴里大团大团地吐白沫，好像肚子里正在紧急生产肥皂一样。眼白一翻一翻，黑眼球吊了上去，模样甚是吓人。苏小抱急得拍巴掌，说："出人命啦，出人命啦!"

赵宝成站起身喝了声:"你别嚷,我就会治疯病。"改锥抽打着另一只手掌走了过去,踢了三疯子一脚,说:"你起来。"三疯子像鱼一样翻摆,白沫已经淌到了地上,像肺管子里吐出来的一堆雪。赵宝成说:"我要下手了,苏小抱,你把她给我摁住,摁结实,千万别让她动,她动我扎不准。"苏小抱狐疑地问:"你要干啥?"赵宝成说:"我治病。"摇晃着改锥说:"我就会治疯病。"苏小抱说:"你往哪儿扎?"赵宝成说:"我用改锥先扎手指甲再扎脚指甲,给她放放血,她的疯病自然就好了。"赵宝成蹲下身去,右手握紧了改锥柄,左手拽过三疯子的右手,那手像鸡爪子一样瘦弱且肮脏。照准了往下一扎……瓷砖地哨的一声脆响,三疯子突然卷起身子坐了起来,用左手握住了右手,像紧急救助一样。看那手完好,她端起两只袖子抹嘴上的白沫,说:"赵宝成,你不得好死!"

赵宝成呵呵地笑,说:"我没扎,你就好了?"

三疯子站了起来,踢了一脚桌子,啐了口唾沫,扭着腰身往外面走。苏小抱赶紧把门拉开了,抢先跳了出去。赵宝成却把三疯子拽住了,抽出张面巾纸,让她擦地上的痰渍。三疯子不想擦,赵宝成像钳子一样捏紧了她,她像是给焊住了,动弹不得。无奈,三疯子赌气样地把纸攥成团,撅起屁股擦地,大概眼神不大好,鸡刨样地擦两下,也没擦准地方。挣脱了赵宝成,三疯子撒腿就往外跑,两人走过房山,就落到了赵宝成的眼里。赵宝成站在敞开的后窗下,探头朝外看。就听三疯子说:"这个不人揍的,还吓唬不了他。"苏小抱说:"哼,走着瞧!"

三疯子骂人爱骂"不人揍"的,意思就是"你不是人,你爹也不是人"。这话分析起来险恶,话风却显得轻贱和揶揄,在乡间是许多人的口头禅。

赵宝成把改锥在空中耍了一下，笑得特别得意。

罕村竟出邪性人。赵宝成没来之前就听说过。他是从大镇上尧调过来的，算是组织照顾。上尧那个地方，在县境边上，毗邻河北。他在那里待了八年，远只是一个方面。眼见得年龄奔六，华发鬓生，他自己找到组织部长，说："该给我换换地方了。"部长是个年轻人，新从上级机关调来的，对每一个如他这样的老干部都客客气气。部长问他为啥想离开上尧，听说那是个富裕乡镇啊。他没敢实话实说，富裕只是表象。因为地处三不管地界，黑恶势力横行。各种矿藏也被挖掘得差不多了，该富的富了，该穷的穷了。整体环境却是一天比一天恶化，有次山体滑坡，埋了十几个人。多亏滑坡是在邻县的那一面，赵宝成和一班干部站在这边看得心都是寒的。如果滑坡的地方挪过来几十米，正对着一所小学校，那一切就都完了。这样的老乡镇，全县有十几二十几个，实在照顾不过来。于是年终调整，把他调到馒头镇。这里离埧城近，算上地。开车半个小时到埧城。若是在上尧，要一个多小时。所以赵宝成自嘲，虽说没进城，总算进到了一小时经济圈。其实心里的想法是，馒头镇是农业大镇，虽说经济总量小，但面对的困难和责任也小。不像在上尧，就像头上顶着炸药包。

罕村离镇政府三里地，这说的是走大路。如果抄小路，只有一里多一点儿。所以罕村人有传统，就是爱告状。饭碗往桌上一搁，跑到政府说冤情，回来灶膛里的灰还冒火星。办公室的工作人员把那些人的名单汇总了，放到了赵宝成的办公桌上。

"三疯子……她没名儿？"

工作人员说："也许有名，可这些年也没人叫，都忘了她姓啥叫啥。"

"苏小抱……这个是男的吧？"

一条红线把两人连在了一起。工作人员用笔划拉着说："这是两口子。秤杆不离秤砣，老头不离老婆。别看三疯子模样不咋地，苏小抱却看她像朵花。他们告状的理由五花八门，隔三差五就来。"

赵宝成说："我让他来一次就不敢来第二次，你们等着瞧吧。"

大家都说："赵书记在上尧那么险恶的地方都能保一方平安，这回调到馒头镇，我们也该风调雨顺了。"

赵宝成摆了摆手，他不愿意听恭维。上尧那么多开矿老板，巧舌如簧的多了。若听他们的，母鸡不下蛋，公鸡不打鸣。

"明天到罕村转转，别提前下通知，我要微服私访。"赵宝成对秘书说。

2

秦连义在大喇叭里喊了三次，说："那条老街道，还有个别人家的门口不干净。美丽乡村建设是中央提出来的，你不美丽不行，不干净也不行。就算我依了你，镇上、县里、国家也不依你。"秦连义苦口婆心地在那里说，角落里就有人在骂。柴火垛、厕所、煤堆、木头垛，把街道挤成了鸡肠子，前后清理了三次了，但还是没彻底。这次主要是家门口的一些木墩或石块，有些是坐下歇脚的。以后再想出来坐，您得搬板凳或马扎，因为这些地方开春要栽花种草，也在清理之列。

秦连义点了几户人家的名字，老街这边主要是苏小抱家，门口的石头垛一直没动地方。这些石头早年想砌院墙，着一辆四轮车拉了来，苏小抱两口子却没了心劲儿。那时他们还年轻，儿子国东还活着，在镇里读初一，有天回来把百草枯当可乐喝了。他们一直以为，国东就是把百草枯当了汽水。那是个大热天，从天上下火，人站到太阳底下，头发能有种焦煳味。但邻里都不这样认为，他们说，国东是个聪明孩子，从来不像他妈一样贪嘴，咋会把农药当汽水，一喝就是一瓶？如今很多年过去了，也没人愿意再掰扯往事。国东如果活着，孩子都会打酱油了。门口那堆石头，整齐的，见棱见角地都被人明里暗里搬走了，开始说借，后来连话也不愿意搭。因为很显然，苏小抱不准备再砌院墙。剩下的石头没里没面，像蒺藜狗子一样，遗弃在篱笆墙根底下。苏小抱如果要，就得搬到院子里；如果不要，村里就来车拉走，充公。

"我们自己家的石头，都是从北山拉来的，他秦连义说充公就充公？"三疯子站在门口，像母鸡打鸣一样啸叫，没人理会。

她快快地往西走了几步，探头朝长袖家的院子里望。长袖家的院子是一条胡同，两边都是鸡舍。鸡舍是二层楼，下面用铁丝结成一慢坡，鸡生了蛋会自动滚下来。两条垄沟里，经常白花花的。这样的鸡蛋三四块钱一斤，三疯子不馋。她馋到处刨食的那几只小母鸡，跟狗逗着玩，让猫撵得乱窜，有的甚至飞到树上，跳进三疯子家的院子里。这些鸡，罕村人称为柴鸡，外面也有人叫溜达鸡、走地鸡。蛋生得小，蛋清黏稠，蛋黄又大又红，要卖十五块钱一斤。家里有些粮食长虫了，三疯子就喂了那些母鸡，所以三疯子说吃几个鸡蛋不冤枉。她瞅没人就去院子里捡，让长袖看见顶多挨几句奚落。那天长袖也真是气急了，一只母鸡总在外面丢蛋，按照土办法，长袖在窝里多放了几枚蛋，意思是告诉那只小母鸡，别的鸡也在这里生蛋，你也应该认清形势才对。母鸡嘎嗒嘎嗒从窝里跳出来，长袖赶紧跑出来查看，却扫着了三疯子的影儿，窝着身子，兜着衣襟，慌里慌张朝外走。长袖跑到鸡窝一看，不单新生的蛋没有了，原来放的几枚也没了。可窝是热的，鸡身上掉下来一片羽毛，仿佛在告诉长袖，刚才生个蛋费老劲了。长袖气得站在门口骂，说人家的鸡蛋就那么好吃,馋就把自己的嘴缝上!长袖骂的时候,孟先章正好回来,他开着电动三轮车去加工厂兑鸡饲料,一看这阵势,就明白了八九分。他跳下车,像轰鸡一样把长袖往院里轰,说:"你丢不丢人,咋跟他们一般见识。"

长袖敞开嗓子嚷:"她不嫌丢人我嫌丢人?呸……"

三疯子刚一探头,就让长袖呸了回来。三疯子哭着喊:"苏小抱,苏小抱……你就挺尸吧!"

长袖在玻璃窗里看见了三疯子,急忙穿鞋下炕。三疯子其实不拿别的东西,窝里的蛋刚捡回来,长袖完全是下意识地从屋里往外蹿。对这个芳邻,她时刻拉着警惕这根弦。

"你又来踅摸啥?"长袖站在前门槛子里,嘲讽地问。

三疯子有些不好意思,指着院墙外面说:"那些个石头,秦连义说要充公了,你家要吗?"

长袖本能地想说不要,脑子转了转,没有说出口。这大洼里石头是好东西,即便眼下用不着,将来也不一定用不着,还想在后院盖猪圈呢。长袖脸上堆起笑,摆着手说:"那些石头没有一块好的,你给我也没用……要不,先搬进你家院子里,反正你家有的是地方。"

长袖来到窗根底下,踩着凳子朝三疯子家看。见三疯子揪着耳朵把苏小抱扯了出来,说:"你的耳朵塞面团了,没听秦连义喊充公吗?"苏小抱揉着眼睛说:"充公就充公,反正咱家也不想再砌墙。"三疯子说:"那也不能白给他,我还留着解外人缘呢。"苏小抱问她解谁的外人缘,三疯子朝左邻指了指,说:"长袖家,她家想盖猪圈呢,街坊住着,咱得给她留着。"长袖扑哧一笑,马上矮下了身子,谨防他们看见。

大大小小的石头还有几十块，都是一水的大青石，死沉死沉的。他们先从小的开始往里搬，大一点儿的两人抬，干着干着就把什么忘了。他们都是少了一根筋的人，两人加在一起，也难凑上正常人的智商，但有些事情除外。苏小抱说："老婆子，累了吧？累了你就歇着。"三疯子说："老头子，我不累，我多干点儿你就少干点儿。"俩人说话就像说相声，有捧有逗，让正喂鸡的长袖捂着腮帮子喊牙倒了。两人抬一块大青石，苏小抱几乎把石头搂在了怀里，这样可以让三疯子省些力气。三疯子看出了苏小抱的企图，拼力往自己的怀里抢，一个没兜住，三疯子和石头一起摔倒了。

石头捎带着砸在脚指头上。三疯子嘴里吸着气，扯下鞋子和袜子。大脚趾头被砸扁了，指甲盖翻了起来，那肉皮子原本是黑的，慢慢变得青紫，有血缓缓地从指甲的四周溢了出来。三疯子说："苏小抱，快给我拿点灶灰来。"苏小抱赶忙往堂屋跑，像鸟儿在练大劈叉，恨不得一步迈到尽头。他蹲在灶门前，手臂努力往里抓，抓了一把灶灰跑回来，摁在了伤口上。苏小抱脸上都是汗，连声问："你疼不疼？"三疯子先嘬了一下牙花子，然后才扑哧一笑，说："不疼。"苏小抱说："你赶紧上屋歇着，剩下的我来干。"三疯子说："你一个人干不动。"苏小抱说："我有办法，我哪里像你想得那么废物。"

三疯子龇出黄板牙，说："苏小抱，你都多久没抱我了。"

苏小抱用手一抄，三疯子就搂住了他的脖子。三疯子咯咯地笑，她浑身都是痒痒筋。苏小抱因为搬石头多费了力气，此刻手有些抖，腿也有些颤。走到门口时，他让三疯子的后背抵在门板上略做休息，弓起膝盖掂了掂，才把她搬到炕头上。从窗框里就看见院里来人了。三疯子说："这不秦连义吗？那个人是谁，咋看着这面熟？"苏小抱也从窗玻璃往外看，说："那个人是赵宝成，乡书记。他来干啥？"三疯子撇着嘴说:"夜猫子进宅,无事不来。"苏小抱说:"你别动,我出去看看。"苏小抱走到门口,赵宝成已经站在院子中间,秦连义在后面跟着。他们从打门口过,秦连义不主张进来,这幢破宅院,屋脊坍塌了,委身在长袖家的大房子底下,是罕村的创面。可听说是三疯子家,赵宝成不由分说就往里走,他想看看这俩人活成什么样。石头在院子里叽里咕噜,让人心乱如麻。秦连义在后面解释说:"这家是孤寡,都是残疾人……"赵宝成在院子里打了个旋风脚,用手指点着说:"咋这么脏这么乱……这是人住的地方吗?""哦,是苏小抱。你家属呢?疯病好点了吗?"他往堂屋里走,苏小抱起初不想放他进去,门神一样挡在门口。秦连义跑过来拉苏小抱,他才不情愿地把身子闪开了。房里黑洞洞的,没后门,后窗被纸箱板挡着,钉着木条。一张圆桌摆在屋子中央,上面摆满了脏盆子脏碗。这屋里也没啥家具,到处都是破烂,一股呛鼻子霉味。三疯子躺在破烂堆里,人也像破烂的一部分。只是那眼珠分外地亮,像夜空中的萤火虫,不停地从这边转到那边。赵宝成抖了下肩上披着的大衣,打了个惊天动地的喷嚏。赵宝成指点着说:"你们可以穷,但不能这么脏,这么懒,把这屋归置归置、拾掇拾掇……这都几点了,还躺炕上不起来,你以为你是富婆啊?"秦连义说:"这是咱乡里的赵书记……你们听见了吗?回头把家打扫打扫,要讲究卫生。"苏小抱蹭到炕沿边,说:"她把脚砸了,指甲都砸掉了。"三疯子抬起脚来往这边伸,得意地晃了晃。那脚被灶灰涂抹得黑里带灰,像烤熟了的一块白薯。赵宝成情不自禁地把头拧到了一边,用手扇着风,说:"骨头砸碎了也不至于活成这样,你们这是给罕村丢人。"三疯子突然嚷:"我给你丢人了?你算老几!"秦连义说:"你们咋能这样跟书记说话……赵书记,我们走,这屋里啥味……"秦连义拽着赵宝成走到门口,一只硬邦邦的厚袜子飞起来,准确地落到了赵宝成的肩上。

赵宝成嫌恶地回头说了句:"活着干啥?!"

3

"赵书记吗?我是信访局的小程。这里有两个上访人员,你们马上把人接回去!"

"哪村的?"

"罕村的。男的叫苏小抱,女的叫朱桂凤。"

"女的叫三疯子,一言不合就躺地下抽风吐白沫是吧?他们咋去的,你让他们咋回来,我没空接。"

"不用您亲自接,派个人过来就行。"

"大家都忙,哪有人可派?你们如果有空送回来也行。"

放下电话,赵宝成对秘书李亮说:"大眼贼打喷嚏,惯得没样儿。他俩逛县城让我去接?又不是我儿子。"

李亮顺着赵宝成的意思说:"信访局想起一出是一出,你今天去接,他明天还去。明天接不接?"

两个小时以后,一辆丰田商务车停在了馒头镇门口,把人卸下来,那车掉头就走。赵宝成的手机又响了,还是那个有点儿黏糊的小程。"赵书记,我们把人送到镇政府了,领导希望你们做好安抚工作,有问题在基层解决,不要让他们越级上访。"

赵宝成说:"他们愿意到埠城去,你以为是我派他们去的?"

"领导说,跟老百姓打交道要有耐性,别动不动就使用暴力……"

"我使用暴力了?"赵宝成怔了一下,严厉地问,"哪个领导说的?"

小程马上不吭声了。这些乡镇干部都是马王爷,个个惹不起。小程嘟囔的声音渐行渐远,像被大风吹走了,赵宝成怀疑他是否在那辆面包车上。他让李亮过去看看情况,把苏小抱和三疯子叫过来,盘问一下。秘书回来说:"苏小抱和三疯子比兔子溜得还快,早没影儿了。"

两人坐在门口,太阳还疲乏地在西边的天空上挂着。太阳也像他俩一样,挂这一天都累坏了。三疯子坐的那块石头,是砸脚的那一块,正对着门口,因为有一个小的平面,刚好能放个瘦弱的屁股。他们从乡政府抄小路跋涉回来,身上都像散了架。三疯子的兴奋溢于言表,她说埙城马路宽,灯笼多,小汽车一个挨着一个。满街的食物香喷喷,那个驴肉火烧好吃得不得了,煮玉米居然黏牙,白薯是紫的,这在村里都没见过!中巴车原本要去车站,听说他们是进城告状,司机特意多捎了他们一截,让他们在南环路上下车。"穿过那条步行街就是县委,你们要想告状就得找最大的官。"司机像只好心肠的母鸡,循循善诱加谆谆告诫。

原本,他们没想进城去告状,可三疯子半夜做了个梦,梦见跟苏小抱进城了。进城干什么呢?三疯子在梦里着急。像他们这样的人,进城是需要有理由的,没有理由干啥进城呢?是苏小抱急中生智,想起了告状这个理由,他觉得,要告首先就要告大官,他们认识的最大的官就是赵宝成。

"他平白无故进别人的家,让人没有尊严。"

"他还说我们活着干啥。这不是不让人活吗?"

"他不让我们活。"

"他有啥权利这样说话?"

"他没权利。"

县委门口有人站岗,但站岗的人对他们很客气。问他们来干啥,他们说告状。告谁？告赵宝成。为啥告他？他不让我们活。他咋不让你们活了？你们不是活得好好的吗？那人脸上逐渐有了嘲讽。苏小抱有点儿起急，直着嗓子嚷："他说我们活着干啥，这不是不叫我们活？"那人上下打量了他们一下，断定他们是无理取闹，转身不理了。关键时刻三疯子有了主张，她一屁股坐在地上，把鞋子拉下来，露出了皱黑的一只脚，大脚趾肿成了胡萝卜，把指甲盖都顶一边去了，往外淌着有脓水。三疯子把脚高高地扬了起来，给聚拢过来的人看。那人吃惊地说："你这是怎么弄的？"三疯子说："是赵宝成用改锥剜的。不信你问他。"苏小抱从人群里钻了进来，拍着胸脯说："我可以作证，这个确实是赵宝成用改锥剜的。"那人问他俩是啥关系，苏小抱说："我是她老头，她是我老婆。"周围的人都笑。那人咂了咂嘴，说她这个样子容易感染，赶紧去医院处理下。三疯子得意地说："我这是证据，得给赵宝成不人揍的留着。"

告状的有好几拨，最大的一拨有二十几口人，穿统一的黄马甲。他们是企业工人，来要保险的。有一拨是几个老头，手里打着横幅，来告某某某，说昧了他们的血汗钱。还有一个女的，手里拿一块白布，上面写一个大大的冤字。她一直坐在一棵柏树底下，脖子上扎条黄围巾，一张脸绿莹莹的。起初没人注意苏小抱和三疯子，他俩站在人圈外，更像来看热闹的。后来那些企业工人说要堵大门，院子里每有汽车开出来，他俩就直接往上冲，比别人都勇敢。中午，有人来送驴肉火烧和煮玉米、紫薯给那些企业工人，苏小抱和三疯子也分着了一份。那人对他俩说，你们不能白吃，关键时刻还得往前冲。两人边吃边点头。那几个老头儿就没分着，站在柿子树下偷偷看他们，他们相视一笑，特别得意。黄围巾也没分着，背靠一棵树吃自己带来的面饼，榨菜在她嘴里咯吱咯吱响。三疯子吃得很香甜，油流到手背上，伸出舌头舔了舔。有个越野车要开出来，苏小抱下意识地朝前蹿去，两条小胳膊一伸，站在了电动门中间。越野车一边鸣笛一边一点儿一点儿往前拱，那意思是想吓唬苏小抱，关键时刻三疯子冲了过去，顺势倒在了车轱辘底下。这辆车，是真正大官的车，不久，便来了一队警察，把他们分割包围。有个警察拽着一条腿把三疯子从车轱辘底下拉了出来，扔到了一辆面包车上。三疯子不想上去，死死地扳住车门不放，被两个警察揪起屁股向前一推，便像球一样滚了进去。苏小抱也赶紧往车里钻，嘴里说："我们是一家的，我们是一家的。"

接待室是一个长条形的屋子，墙上写着"立党为公，执政为民"。人大常委会副主任葛军坐在了苏小抱和三疯子的对面，今天是他的信访接待日。几拨上访者，都是烫手的山芋。企业职工是锻造厂的，厂子倒闭很多年了，那片土地最近被开发商接盘，他们听见了消息，来要红利。来的是几十人，身后还有几百人。这样的问题，神仙也解决不了。那几个老头儿是参与地下钱庄被骗的，老板跑路了，他们怪政府监管不力。黄围巾的那块白布和白布上的"冤"字在县委门口摆了快一年了，她不说话，谁也不知道她因为什么冤。被公安清理收容了几次，隔三差五又来了。相比之下，苏小抱和三疯子的诉求更容易直观面对，所以葛军决定接待他们。椅子面是皮的，很软。三疯子坐在上面就给苏小抱又动屁股又使眼色，那意思是，给他们泡的茶很香，随便喝。葛军看着他俩，和颜悦色地问："为啥到县委门前闹事？"苏小抱抢先说："我们要见最大的官，我们要告馒头镇的书记赵宝成。"葛军笑了下，说："我就是最大的官，你们跟我说吧。"三疯子适时地把脚举到了桌子上，灰土星星点点往桌子上落，那根大脚趾肿得像根胡萝卜，把另几个脚趾头都挤歪了。三疯子说："看到没有，赵宝成把我的指甲盖剜掉了，我要不是躲得快，这只脚脖子就断了。"葛军赶紧摆手，让她把脚放到桌子下头，问："你们说的是不是真的，赵宝成为什么要剜你的指甲盖？"

三疯子说："他看我们不顺眼，他杀人都不会有理由。"

葛军嘿嘿乐了一下，觉得面前这个人看起来虽然不正常，但说起话来怪有趣。小程就坐在对面管记录，此刻抬起头来说："赵宝成新到馒头镇不久，他跟你们有啥冤仇？"

苏小抱说："他对人民没感情。"

葛军这回笑得捂住了嘴，他没想到苏小抱会说这么文气的话。葛军说："你仔细说说，他咋对人民没感情？"

苏小抱撇着嘴说："他很残忍。"

三疯子摇晃着脑袋说："他不是一般的残忍。"

葛军问："他怎么残忍了？你们得说具体。"

三疯子往后撤椅子，又想把脚举起来，葛军赶紧摆手说："算了算了，我知道了。这么着，你们先回去好不好？回去先治脚伤，把脚治好了才能参加生产劳动，才能过上幸福生活。以后你们就不要到县里来了，罕村离埧城那么远，来一回也不少车费呢。"

三疯子说："听说我们来告状，司机没跟我们要钱，还把我们送到城边子上。"

苏小抱说："还有人给我们吃驴肉火烧和黏玉米。"

葛军说："开春了，也该拾掇地了。家里几亩地？都想种些啥？"

苏小抱说："地都包出去了，我们啥也不用种。"

三疯子得意地说："我们干得粮。"

葛军的脸上稍稍带了些嘲讽，说："不干活还有粮吃，你们是神仙过的日子啊。"

4

春风说来就来了,天气说暖就暖了。三疯子的脚伤总是流脓打水,指甲原本连着一些皮肉,有一天早晨彻底脱落了。三疯子一早起来就开始骂赵宝成,说这个不人揍的,真下得去手。那把改锥就在她的记忆里,呜地往下一戳,正好扎到她的指甲上,她的指甲就像水面的船一样翻了。她每天强化的就是这种意识,她的记忆就在这些动作上闪回,每闪一下,她就坚信几分,就骂几句赵宝成。

石头都搬进了院子里,三疯子觉得有必要去长袖家串个门子,知会一声。她倒背着手,大模大样地走进了邻家的院子,两边鸡棚里的母鸡咕咕咕,咯咯咯,都叫得特别卖力,像是在夹道欢迎。长袖正在梢间拌鸡饲料,瞥见了个人影去了正屋,赶紧放下手里的活计追了过去。长袖问:"有事吗?"三疯子晃着脑袋说:"没事就不许串个门儿?"长袖年龄小,但辈分高,所以她不怵三疯子。"还没到母鸡下蛋的时候呢,你来早了。走地鸡生几个蛋是给城里的小外孙攒的,以后你想吃提前说话。"高门大嗓,话里都是夹枪带棒。

走地鸡是在外边吃野食的,统共养了三只,所以攒上十个八个不容易。长袖的闺女在城里当中学老师,说喂出来的鸡生的蛋不好吃。其实,哪会呢。有一次,长袖各煮了一只蛋让闺女分辨,哪个是走地鸡生的,哪个是笼里鸡生的。剥了皮其实一点儿分不出,可闺女说走地鸡生的蛋有营养,闺女的话就是圣旨。长袖背后说,城里人都活得矫情。

长袖提起城里的外孙,三疯子觉得特别不好意思。那是个洋娃娃似的小小子,专门拿着小筛网追鸟。喜鹊、斑鸠、灰雀子,都爱到鸡食槽子里觅食,它们呼朋唤友来的时候,挤得在槽边打趔趄,一个站不稳,就扑棱棱掉到地上。快速啄食的场面,像影视剧里的快进镜头,不一会儿的工夫，那些嗉子就像吞了铁球一样圆鼓鼓的，再也吃不下了。它们飞得东倒西歪，栅栏上停一下，墙头停一下，树枝上停一下。小外孙拿着筛网追，有的就飞到了三疯子家的院子里。三疯子家的院子就像操场一样平展展，很适合小外孙追鸟。那些鸟也有趣，像是在逗小孩玩，在院子里蹦蹦跳跳。三疯子隔着玻璃窗看着孩子像风车一样飞，把那些鸟吓得叫起来时都走了音。

"那些个石头都给你码得了，你啥时用就去院子里搬。"三疯子说这些时扭动着身子，脸上的表情特别丰富，像是在邀功请赏。"别看吃你几个鸡蛋，没白吃，我对得起你。"

这回该长袖不好意思了，她没想到人家是来通报消息的。那些石头不单是好东西，搬进院，码起来，都好费力气。她转身拿了个苹果给三疯子，一低头，看见三疯子穿了双男人的大皮鞋，一看就是捡来的。三疯子体形娇小，愈发显得那鞋像船一样大，脚背虽然皱黑，但肿得像膨胀的面包，皮肤都要被撑裂了。"你的脚咋了？"长袖很吃惊。

三疯子想说石头砸的，话到嘴边，又咽了下去。她有时候脑子出奇地好使，觉得那样说就像跟长袖表功似的，朱桂凤可不是那种人。"赵宝成那不人揍的用改锥剜的。"三疯子顺着自己的思路，说得咬牙切齿。她的意识中，那柄改锥就是凶器，怎么形容都不过分。长袖大叫起来，说："剜成这样，他还叫人吗……赵宝成是干啥的？"三疯子说："乡里新来的书记，一看就是个土匪。"长袖痛心疾首地说："又去告状了？干点啥不好，非要告状……这回吃亏了吧？"三疯子得意地说："我们又去县上了，吃火烧夹肉、黏玉米、紫白薯，回来还坐小汽车，还受领导接见……"长袖啧啧说："就你那个样，还受领导接见，还不把领导熏一溜跟头？"

长袖摸出手机开始摁键，一串号码像小蝌蚪一样飞了出去。"孟先章,你到哪儿了?该回来不?隔壁三……侄媳妇脚肿得像萝卜,你快回来给她上点药。"话音未落,一辆农用车突突突地开进了院子,孟先章回来了。

他伸着脖子往里看,先去西屋拿百宝箱。他过去当过几年乡医,一应器械都有。只不过过去是对人,现在大多的时候对鸡。比如给鸡打防疫针,他就从不用别人。三疯子早早地把脚晾了出来,功臣样的摇摆。长袖还是气愤难平的样子,说:"现在当官的,咋能这样对人。她去告状是不对,你把人轰出来就得了,哪能把人扎成这样。"孟先章也不说话,朝伤脚看了一眼,让三疯子坐到了沙发上,他蹲到了三疯子面前端详。孟先章问:"疼吗?"长袖抢着说:"你忘了,她没有痛神经,不知道疼。"三疯子说:"砸的时候知道,都走不了道儿。"长袖说:"拉倒,我还不知道你,就是想让苏小抱抱。"被点出了心事,三疯子咯咯咯地笑弯了腰。孟先章说:"长袖,你最大的本事就是同着瘸子说短话。"长袖说:"本来嘛。"又模仿三疯子的语调说:"苏小抱,你都多久没抱我了。"三疯子有点难为情,挥手打了长袖一下。隔得远,她鸡爪子样的手虚张声势了一下。她胳膊肘支在沙发扶手上,手掌端起下巴,朝天翻白眼。这是高挂免战牌了。

孟先章让长袖端盆热水让三疯子洗脚,然后又用酒精棉球给伤口消毒。这样的小手术好处理,用针戳破脓水,挤干净,涂抹消炎药,等着它自己消肿。用纱布把脚包起来,刻意多包了几层,在脚脖子上打了个十字花,系到了腕子后面。

孟先章叮嘱说:"这段时间多休息,少走路,提防感染。家里的活儿多让小抱干。"

三疯子说:"我们家也没活儿。"

孟先章说:"没活儿好啊。"收拾一应器械,站了起来,又弓腰端起了那盆脏水。

三疯子文明地说了声"谢谢",走了。那只苹果还在手里拿着,下到台阶就是吭哧一口。

长袖找了块破抹布擦地,脓血溅到了地板上,边擦边点着名儿骂乡书记赵宝成:"手狠的人必定心毒。"长袖骂完了,一回头,才发现孟先章提着空盆子站在身后。

孟先章说:"三疯子的话你也信?她是个病人,你又不是不知道,经常满嘴跑火车。就她那只脚,能有二两皴,书记倒有兴趣扎她。"

长袖呆了片刻,问:"你说她咋弄的?"

孟先章说:"谁知道。"

离上次来埙城也就十多天吧,路边的柳树都冒芽了,杨树都长吊吊儿了。广场上都是花枝招展的人群,放风筝,踢毽子,跳舞,像唱一台大戏一样。三疯子走到这里就不愿意走了。这城市可真好,就像生活在画里一样。起初,她在喷泉边上坐着,看两个上了年纪的女人跳舞,三疯子寻思,这人大概跟自己的年纪差不多。放音乐的匣子就在不远处,那音乐有很强的节奏感,让三疯子情不自禁地扭动身体。她年轻的时候也是文艺爱好者,至今细胞里还有活跃分子。所以舞曲一催,三疯子情不自禁地手舞足蹈。因为恣意和放松,三疯子的舞姿反而很惹眼。渐渐有人聚了过来,两个女人还以为是自己有了观众,一回头,发现三疯子舞得正酣。三疯子舞得激情四溢、旁若无人,鸡窝头被风吹了起来,糊到了脸上,手脚有韵律和章法地动,像幅图腾。

咔哒一声,音乐没了。女人提着唱匣子走了。城里女人的促狭劲儿一上来,恨不得连广场一起搬走。天地是一种大安静,三疯子像机器人突然没了电,一瞬间,眼前一片茫然,手脚都没处放。围观的人也散去了,三疯子讪讪的,冲女人的背影狠狠吐了口唾沫。苏小抱一直就在人群里,手里拿着几张花花绿绿的小报,他识几个字,是个爱看小报的人。此刻他走过来对三疯子说:"你比城里的女人跳得好。""那还用说?都让我气走了。"三疯子朝女人的背影指点,嘴角出现一抹得意。她问苏小抱刚才去哪儿了。苏小抱说,到商场门口蹅摸一圈,这不,捡到了好几张新报纸。他架了一副黑框眼镜,只有一个镜片,在太阳底下烁烁放光。三疯子看了一眼,忍不住笑了,说:"你戴上眼镜就像个教书的先生。"苏小抱得意地说:"那报纸上的字太小,戴上这个看,清楚多了。不花钱,还能解决大事儿。"说完,把眼镜推到了脑门儿上。

两人往大街的方向走,他们没有目的地,潜意识里,又有大致方向。县委门口有人曾给驴肉烧饼,那股香味他们记忆犹新。街上人多车也多,路边一辆自行车的后座上有儿童座椅,上面放了个饮料瓶。苏小抱看看左右没人,迅疾拿过来夹到了腋下。穿过大街,苏小抱回望了一眼,拧开盖子先给三疯子:"你尝尝,好喝不?"三疯子先尝了下,是甜的,咕咚就是一大口。然后又把瓶子放到苏小抱的嘴边,让他喝。苏小抱没舍得喝,拧紧盖子又夹到了腋下。

"这城市真是好东西,哪里都好看,哪里都让人看不够。"三疯子说这话时满脸都是陶醉。"看那个灯笼,都上天了!"穿过鼓楼,有人在放热气球,大红的标语像飘带一样在风中舞动,又催生了三疯子的艺术细胞。她站在街心,张开手臂,情不自禁地舞动起来。一辆绿条纹的三菱车紧贴着三疯子吱嘎一声停住了,差一点儿轧着三疯子的脚。后边的车窗摇了下来,是一张戴墨镜的脸。

"又告状来了?"赵宝成把墨镜摘了下来,轻佻地说。他把头整个探到车窗外,突然正色道:"苏小抱,回你的罕村去!少到埧城来丢人现眼!"

苏小抱脸涨得通红,这里不是乡政府,苏小抱胆子变大了。他嚷道:"你也少到埧城来丢人现眼!"

赵宝成一推车门下来了,围着苏小抱转了一圈,说:"你再把刚才的话说一遍。"苏小抱立刻不言声了。赵宝成站到了苏小抱的面前,歪着脖子,点着苏小抱数落,说:"我不跟你的女人一般见识,因为她是三疯子。你也是一把年纪的人了,别好歹不知。我再说一句,你现在就回罕村,赶快,马上。别让我在埧城看见你!听到没有?"话没说完,人已经上了车,砰地关上了车门。

三疯子踹了两下车轱辘,突然蹿到了吉普车前边,趴到了车盖子上。赵宝成命令司机开车,司机小心地看了他一眼,下车把三疯子拉开了。司机回到车上,刚一轰油门,三疯子又扑了上来。司机往右急打方向盘,三疯子落了空。赵宝成嘲讽地说:"得亏我这车结实,要不还得让她撞一窟窿。"

司机从后视镜里朝远处看,苏小抱正在把三疯子往马路边上拖。

这里其实离县委很近,下班的很多人都看见了马路边上躺着的三疯子。她的唇边淌着许多白沫,她生气的时候,就像怕热的螃蟹一样,嘴里自动生产白色泡沫。额头磕破了,丢了一只鞋,那只伤脚原本有些消肿了,愈合的伤口又重新渗出血来。苏小抱坐在旁边抹眼泪,嘴里叨叨说:"大路朝天,各走一边,我们没碍着你,你干啥跟我们过不去?"人来人往,车来车往,没人停下脚步。两个中学生走到这里,停下了。女生蹲下身子问:"你们怎么了?"苏小抱呜呜地哭出了声。男生拉了女生一把,示意她别管闲事。女生甩了一下袖子,跑到了马路对面。那里是个卖葱油饼的店,女生躲闪着车辆,跑过来说:"她是不是饿晕了?这家的葱油饼好吃,你们快尝尝。"葱油饼的香味有一种神奇的作用,三疯子突然坐了起来,先骂了一句赵宝成,然后接过了葱油饼,狠狠地

137

咬了一口。女生满足地笑了,拉了男生一把,说:"我们走吧。"

5

电话嘟嘟响,秘书李亮说:"又是那个小程,接不接?"赵宝成说:"不接。"这是在开会前。馒头镇坐落在大洼的边缘上,经济基础薄弱,如何向大洼要效益,是会议的重点议题。主席台下原本是张老板椅,八项规定出台,老板椅备起来了,换了张方椅子,可还是比普通椅子大一号,坐垫是软的。电话又响的时候,李亮把电话拿过去给赵宝成看,赵宝成烦道:"让你别接你就别接,磨叽啥?有本事让他们使去。"他与其说生苏小抱和三疯子的气,还不如说生信访局的气。他觉得,信访局整天闲着没事干,拿苏小抱和三疯子两人穷逗闷子。

关于养殖和种植,赵宝成有许多想法。他是个有想法的人,上尧的许多矿坑,都是他指挥挖出来的。大洼的土地是碱性,可以栽种蓝莓。蓝莓这种果实产量高,效益好,既可生食,又可做酱酿酒,不失为发家致富的好门路。赵宝成讲得兴致勃勃,李亮又把电话拿了过来,赵宝成一摆手,李亮却没有退回去,小声说:"我听不出是谁,好像是位大领导。"赵宝成嘴有点敝,随口说:"能大哪儿去?比我还大?"大领导不会把电话打到秘书的手机上。他想,肯定是那个叫葛军的人大常委会副主任,是从政策研究室提起来的,一辈子务虚,现在仍然务虚。他们这些在基层打拼的,顶瞧不起这些虚头巴脑的人。关键是,年龄到坎儿了,职级到顶了,没啥额外的想头,也不怕得罪人了。何况面对着手下那么多的兵,他也想拿出一股气势来。

"我说葛主任,我们忙得脚丫子朝天,您老行行好,让我们踏踏实实干点事,行不?"会议室里回荡着赵宝成中气十足的声音,大家都竖起了耳朵。电话里面说:"宝成,我是老廖。"赵宝成的脑子转得比陀螺还快,眼神往下一撂,急忙起身走出了会议室。"哎呀,是廖书记……您怎么不打我手机?"廖书记说:"今天是我的信访接待日,我的手机临时出了点故障。小程的电话你们怎么不接?"赵宝成说:"我们正在开机关全体会议,研究落实中央一号文件。"廖书记说:"开会重要,处理好信访问题也很重要。要做好他们的安抚工作,不要让矛盾激化,造成越级访。如果他们跑到省城去,我们就被动了。"赵宝成飞起一脚,把一块小石头踢飞了。他咧着嘴问:"您指的是谁?"廖书记说:"罕村有叫苏小抱的吧?"赵宝成哈哈一声,说:"书记您就放心吧,他们连省城的门朝哪边开都不知道。"廖书记凛然说:"我不放心!他们腿下有脚,想去哪里岂是你能预测的?必须防患于未然!你知道进省城接一次访要浪费多少人力物力吗?"一句紧逼一句,句句都有分量。赵宝成憋了一口气,脑门子开始冒汗。他努力调和着语调说:"他们没啥冤情,可能就是去赶大集了,不一定是上访。"廖书记提高声音说:"你的意思是,我接的是假访?我问你,朱桂凤脚上的伤是怎么回事?"赵宝成说:"我不认识朱桂凤。"廖书记说:"就算你不认识朱桂凤,那么我现在告诉你,她是罕村人,脚上有伤,伤口化脓,有感染的迹象。眼下正是春播春种的关键时候,人误地一时,地误人一年。作为父母官,你看着办吧!"

啪的一声,电话挂了。

为官这么多年,赵宝成还没受过这个。他梗着脖子,喘了半天粗气,暗自思忖自己比书记年龄大,让他这样当孙子训,还不都是因为那个苏小抱和三疯子。他发了狠,调专门人看着,就不信看不住他们。活动半径控制在村南的一线穿以内,只要越过那条马路,就算违规。两人一组刚值了一个夜班,转天跟赵宝成汇报,夜里天凉,车子轰着马达取暖。可一只狗叫,全村的狗都跟着叫,左右邻村都不安宁。后来想了个辙,晚上撤回来,一早再去蹲守,在门拉吊上别根稻草或麻绳做记号。早起一旦发现有异,就证明他们又去信访了。然后赶紧派人派车去埧城把人追回来,不给他们喘息的机会。折腾一阵子,人就疲乏了。苏小抱和三疯子活动也没个规律,让人防不胜防。赵宝成也泄了气,说:"爱访啥访啥,听天由命吧。"

葱油饼店跟县委只隔一座钟鼓楼,是明代的建筑物。过去车马行人都从鼓楼下面走,年深日久,青石板被车辙碾出了凹槽。后来规划出了左右两条路,城门附近就成了一块公共绿地,栽了些花草树木,鼓楼被当作文物保护起来了。三疯子躺在葱油饼店对面,说走不动路了。其实苏小抱知道,她是在等那两个中学生,他也愿意等。葱油饼的香气就在对面发散着,只是他们没有钱。那香气像长着弯钩一样勾他们的胃,让舌苔底下生出了很多唾沫。放学的时间到了,蓝白格的校服流水一样过去一大批,没见着那俩学生的影儿,或者,他们看见了,可能也不认识。那些学生娃的容貌和体态都差不多。他们眼巴巴地看了半天,也没等来谁过问一句话。他们很灰心,只得转移到了县委门前。电动门闭合得严严实实,就像从没开启过一样。有时候,这里很热闹,男女老少各色人都有,叽叽喳喳说些什么,谁也听不清。有时候,这里很冷清,只有一个保安像根柱子站在一块垫脚石上。那保安的脸像变色龙一样来回变,一会儿孤傲,一会儿谦卑。苏小抱和三疯子坐在马路牙子上,让太阳晒得有些发蔫。他们不喜欢冷清,左顾右盼地希望能见到那些个讨要工资的企业工人,吃他们分的驴肉火烧。可那些人似乎是地遁了,一个也不来。

每天都到这里打一晃,其实他们越来越不明白来干什么。告状的事,在他们的思维里盘桓了一些日子,然后就忘了。但埙城不一样。高楼、宽阔的马路、马路两旁挂的红灯笼,都让灰尘染旧了,但在他们眼里,依然崭新、漂亮、魅力无穷。罕村和这里没法儿比。这儿人们的衣着鲜亮,女人抹着红嘴唇,穿着高跟鞋。三疯子特别喜欢看那些化了浓妆的女人,觉得她们妖冶得就像戏里的人物。他们越来越喜欢到埙城来,两人躺在被子里,回忆有关埙城的点点滴滴。驴肉火烧、黏玉米、紫白薯、葱油饼,他们贫乏的想象力总是在这些香气四溢的食物上打转。还有那一条街的海棠花,三疯子的鼻子闻见花香就刺痒,喷嚏打得惊天动地。一条街的月季花,还有一条街的白玉簪,都长在柿子树下,叶子湛清碧绿。这是城市吗,这是花园啊。三疯子从打年轻的时候就喜欢花,那时大家都叫她朱桂凤,她绣的鞋垫上开满了并蒂莲。有个影子样的人在张家口当兵,她每年要绣很多鞋垫寄到部队上。后来人家提干了,后来那人就真成了影子,把她绣的鞋垫都退了回来,那样一大包,没有一双鞋垫是新的。

有一天早晨,有人见她挂在了榆树上,脚下踢翻了一个水桶缸。人们慌忙把人放下来,都以为她不行了。后来缓了上来,却不灵醒。不认识人,管妈叫表妹,管爸叫表兄,看见穿军装的就往人家身上扑。后来好歹出嫁了。苏小抱比她强,但也是个猪油蒙了心的,念到小学三年级,还不会写自己的名字。老师问他为啥不会写,他说自己胳膊短,够不到上边的笔画。

他们的儿子是个机灵的孩子,村里人都说,这一对二货终于有靠了。谁知又出了百草枯的事。在这之前,孩子从没喝过饮料。有一次,长袖家的外窗台上放了一只罐头瓶,里面是黑乎乎的汤水。三疯子以为是可乐,顺手牵羊拿回来给儿子喝。儿子呛得差点没背过气去,原来那是淹糖蒜用的老醋,又酸又辣。孟先章用温和的苏打水给孩子冲洗肠胃，这样可以减少对胃黏膜的伤害。

三疯子几乎一天都不想待在罕村了，她从没觉得这个家那么让人腻歪。屋子低矮皴黑，到处都是破烂，蜘蛛网挂满了屋顶，外面一刮风，就往下落灰吊子。院子里飘满了鸡屎味，尤其是夏天，苍蝇各个膘肥体壮，稍不留意就在酱碗里、咸菜缸里生许多孩子。那些孩子可不像长袖的外孙，一点儿都不受欢迎。有一天她问长袖："你为啥要养臭烘烘的鸡，你就不能养花种草吗？埧城到处都是花，香得不得了！"长袖没好气地说："我就是受累的命，哪有你的命好，整天去看花。"三疯子抿着嘴咯咯地笑，得意得不行。长袖更生气了，说："你吃鸡蛋的时候就没吃出鸡屎味？"三疯子落荒而逃了。她越来越听不得"鸡蛋"两个字，那两个字让她觉得羞惭。过去，长袖指着鼻子骂她的时候她都没有害羞过，城市的花香，让她有了开蒙的感觉。

苏小抱也喜欢去埧城。因为埧城有人发报纸，商场门口、医院门口，总有各种各样的套红小报让苏小抱着迷。关键是，人家还不收钱。城市居然有这么好的事，白送东西！有些报纸是光面，有些报纸是麻面，都是白纸黑字，但字与字不一样，白与白也不一样。那些光面的报纸，他不戴眼镜也能看得见，而那些麻面的报纸，他戴上眼镜仍然看不清楚。但这都不影响他重复拿，反复领，多多益善。每次回家，他腋下都夹着厚厚一摞，那上面写满了传奇的故事、包治百病的神丹妙药、像唱歌一样的格言警句，都让他着迷。报纸在炕脚码放得整整齐齐，是整个房间最亮眼的风景。埧城多让他们喜欢啊，那里就像人间天堂啊！只是很多时候，埧城不欢迎他们。那么多的饭馆、餐饮店、卖小吃的摊位，都热气腾腾、香气扑鼻，他们走过去，被人当鸡一样地轰，当狗一样地往远处撵，还要遭很多白眼。那个卖馄饨的摊位，老板从滚锅舀了一勺汤，直奔三疯子泼来，多亏三疯子跑得快，否则肯定会烫坏……可这有什么要紧呢，他们总有办法填饱肚子。有一次，苏小抱在垃圾桶旁拣到了几个包子，盛在一只塑料袋里。女孩丢它的时候说，都是肥肉，腻死！还有一次，三疯子站在了一个买菜饼子的女孩身后，女孩一回头，顺手就把菜饼子给了她。那菜饼子是玉米面，两面炸得金黄，烫得在手里倒来倒去，那野菜的香味，三疯子从来没吃过。

　　他们越来越知道该去哪儿了。看够了花，跳够了舞，在街上喂饱了肚子，就到县委门前的马路牙子上面来休息。这里很宽敞，他们发现，这里不单人少，车也少。宽宽的路面，有时候就他们俩。三疯子捡到了一个包，里面塞了几件旧衣服，可以当枕头。苏小抱捡到了一个呢子大氅，正经的海军蓝，只是后背烧了一个大窟窿。铺在地上，既隔潮气，又不硌得慌。天气暖了，他们甚至在埧城过了一个夜！夜半他们睡不着，手拉着手从城市的主街道上漫步走。从东到西，从南到北。人都睡了，但路灯没睡，喷泉没睡，星星没睡，月亮没睡！城市的夜里只有他们两个人，空旷、岑寂、怡然、愉悦。这满街的各色鲜花，在明亮的路灯底下静静地开放。这清冽空气中的混合香气，不属于那些沉入梦乡的人，而只属于他们，属于他们俩！三疯子情不自禁地手舞足蹈，手臂大张开，天地都跟着她旋转。苏小抱给她打着节拍，大幅度地，响亮地击掌。他们都像喝醉了酒，脸上盛满了笑意。他们就是在这微醺里，感觉街道、天空、城市，连同天上飞着的蝙蝠都是他们的，他们像上帝一样，是这一切的主宰。

　　一觉天就亮了，连梦都来不及做。小汽车一辆接一辆地开进了大门口，那个电动门不停地开开合合。他们把东西卷了起来，塞进袋子里，离开了。这一宿觉睡得辛苦，身上皱巴巴的，骨头被硌得生疼。说句良心话，没有在炕上睡觉舒服。可他们都不贪恋那舒服，那舒服在他们的意识里一点儿地位也没有！肚子里早就咕咕叫了。一条街从这头走到那头,东方亮出了银灰色,城市大睁了两只眼。出没的汽车像儿童玩具一样在地面滑行,它们也似没睡好,在曙色中神情倦怠。卖大饼油条的、卖小笼包的、卖朝鲜面的、卖煎饼果子的,每个摊位他们都多看一眼,预测着种种可能。后来,三疯子看出了门道,油条摊上总有别人吃剩下的,三疯子总是以迅雷不及掩耳之势抢到手,回身送给苏小抱。苏小抱躲在廊柱后面吃了一根,三疯子又送来一根。有位女士受不得三疯子眼巴巴的目光,把几根油条一起推给了她。

太阳升高了,空气慢慢就有了温度。肚子里有了储备,脚步就显得轻松而愉快。两人由西往东走,一辆面包车停下了。小程从车上下来,说:"你们还认识我吗?"三疯子摇头说不认识。苏小抱眨巴一下眼,说:"你是那个'立党为公'?"小程怔了一下,想起了墙上贴着的标语,后面还有四个字"执政为民"。小程赶忙说:"是我,你记性真好。我特意来找你们,先上车吧。"

三疯子兴高采烈地上去了,坐在坐垫上,颠了两下屁股,那弹簧非常有弹性。三疯子说:"这辆车我们过去坐过。"

小程坐在了副驾驶,回头说:"你说得对,我送你们回去过。"

苏小抱有点惶恐,他管小程叫同志,说:"这是要带我们去哪儿?"

三疯子振振有词:"接见领导!"

廖书记的信访接待日,不是普通的日子。每个县领导都有信访接待日,有点儿像轮流值班。廖书记很久才轮到一回,是有人自动替他补位。他工作忙,难以有时间上的保证。这天早晨坐到办公桌前,廖书记一翻日历,对办公室主任说:"今天该我接信访,我这大半年都没有接信访了吧?"办公室主任说:"这大半年除了开会就是安排人民群众的生产生活,您哪有时间!"廖书记说:"再没有时间也要安排一次,否则上半年就过去了。"

消息传出,车动铃铛响。信访局发了愁。他们紧急问县委办公室:"最近门口有信访吗?"办公室问保安,保安说没有。那一对疯子夜里睡在了大门外,天一亮就走了,不知去了哪里。信访局的人很着急。书记接信访,没有信访不行,有太大的信访不好解决也不行。这里仍然有个分寸需要拿捏和把握。比如,如果葛军葛主任接信访,他们情愿没事儿干,跟葛主任喝茶聊大天儿,天上地下无所不谈。葛主任是研究理论出身,对方针和政策总有自己的说道。在台上讲是一回事,在私底下谈又是一回事。但书记来就不能这样了,必须全员紧张起来,应对可能出现的任何状况。通过紧急磋商,信访局还是决定找到那对疯子,他们总在县委门前晃悠有碍观瞻,相比较而言,他们的诉求比别人容易解决。

信访局的领导跟廖书记进行了汇报:"今天的上访者,是一对老夫妻,总赖在县委门口不走,似是有隐情。上次葛主任接待了一次,却没能解决根本问题。"

为了了解情况,廖书记跟葛军通了一个电话,那个电话足足谈了半个小时,葛军主任把许多细枝末节都讲得恰到好处。很难说,葛军对赵宝成有什么看法,他们没有一起共过事。味道都是擦肩而过时闻出来的,就像两匹动物,气息能不能相容,在几十米开外就有所察觉。所谓相看两不厌是一回事,彼此看不惯又是一回事,有时候就是一个眼神,或一句言不由衷的玩笑,就能引发心中打无数个结,随手能提拎出来一串。

眼下就是这样。

葛军介绍苏小抱和朱桂凤的情况,用轻松的语调说:"事儿不大,很容易解决。"事隔很多天,葛军仍能准确地叫出他们的名字。他说:"那是两个可怜人,不是想闹事儿。如果我们的工作和态度稍微柔和一些，他们也许就不会到县里来。"然后又是一个关键词：改锥。葛军说："您能想到改锥派上用场吗？"葛军几乎是用开玩笑的口吻介绍："这个赵宝成，居然用改锥剜人家的指甲盖，我还以为是小孩子过家家。"廖书记难以置信，说："用改锥剜指甲盖？你听谁说的？"不可能吧？葛军佯装不在乎，说："我也不相信，他肯定是想吓唬一下当事人。赵宝成在上尧待八年，那里的形势错综复杂，不用特殊手段根本干不成事。前一个书记，哦，那时您还没来，上任不到三个月就说啥也不干了，宁可当老百姓，也不当上尧的书记。赵宝成不单能待住，还能待得好。您没有去过他在上尧的办公室，桌子都比您用的桌子气派，据说是黄花梨的。"葛军这一席话，可以说有心，也可以说无意，该点的都点到了，句句都能正话反听。廖书记半晌没言语。葛军有些不自在，说："您没别的事，我先挂了。"

见到了三疯子，廖书记先查看她的脚，吃惊地发现，那脚窝在一只船样的大鞋里，散发着一股难闻的气味。肉开始糜烂，指甲掉的地方露出了骨头，白森森的，都被鞋壳染上了颜色。整条小腿像棒槌似的又红又肿，皮肤薄得吹弹可破，看上去比另一条腿年轻了不少，另一条腿简直就是根干柴棒子。廖书记半天回不过神来，随之怒不可遏，说："你们应该马上去医院，这脚……是用改锥剜的？他真的敢用改锥剜人？"苏小抱有些不忍心，抢着说："她不疼。"信访局的人也说："朱桂凤没有痛神经，她是一个特殊材料制成的人，就是把她的腿整个锯掉，都不用打麻药。"这些都是第一次见到三疯子时听苏小抱说的，眼下他们当笑话讲了出来。廖书记眼里却含了泪，他指着周围的人说："她不疼，你们也不……疼？她是……病人啊！"

场面一下安静了，大家面面相觑，都不知道该怎样接书记的话。

"赵宝成干的好事！"廖书记啪地一拍桌子，站了起来。

小程躲出去给李亮打电话,本意上他想通个消息,书记发飙是大事。他觉得,因为接访的事,他把馒头镇的领导得罪了,现在正好借机弥补一下。如果电话打通了,他想请李亮代为转告,廖书记正在气头上,让赵宝成有个心理准备。可电话一直没打通。他去了趟洗手间,回来继续打电话。来到办公室门前,正好听见有人说:"赵宝成的电话打不通,谁有他秘书的电话?"

小程手里的电话刚好通了。那边李亮"喂"了声,小程本能地跨进门去,把手机给了廖书记。

6

孟先章每天都回来得晚。罕村南面是条通天路,连接沿线的十几个村庄,所以那条路又叫一线穿,从东一直穿到西。孟先章是个活络的人,总是最大限度地发挥农用车的作用。有一天,他去加工鸡饲料的路上捡了对母女,刚下长途汽车。天快黑了,女人对孟先章说:"我们要去葵庄,大哥捎我们一截吧。"孟先章说:"我回罕村,不去葵庄。"女人说:"葵庄跟罕村隔不了三里地,要不是孩子小,我就走过去了。大哥就当做生意,出租车收多少我给大哥多少。"孟先章心里一动,让母女坐到了饲料口袋上。孟先章想收十块,人家给了二十。

这二十块钱要卖五斤鸡蛋才能得。这件事孟先章很受启发。从此孟先章就存了这个心,没事儿就到路边逛,等着捡人。

有一天,他的农用车跑三十里地去送人,回家天都大黑了。手机没带在身上,让长袖骂了个狗血喷头。

长袖说:"还以为你被拍花的拍走了,让打劫杠子的给劫了,让国民党给抓壮丁了,让阎王爷把魂勾走了!"

骂够了,长袖突然不说话了,怕冷一样地抱住了肩膀,身上忍不住要打摆子。孟先章奇怪地看了她一眼,说:"你的牙这样敲,难道要吃人?"

长袖哆嗦着说:"吓死我了,今天真是要吓死了。"

孟先章困惑地看着长袖,心想,长袖不是撞见了鬼,长袖不怕鬼。她肯定是以为自己在外面出事了,没往好处琢磨。孟先章把口袋里的钱全掏了出来,说:"今天挣了两百多,你数数,能买五天的鸡饲料。你不用担心,我走夜路加着小心呢。"

长袖却动也没动,她看着孟先章说:"我没担心你,三疯子被大变活人了。是她把我吓着了。"长袖突然用双手捂住了脸。

傍晚,长袖卖了一车鸡粪。现在的一车鸡粪比化肥值钱。所以,四轮车开走以后,长袖把颠撒下来的鸡粪扫成了一堆,一直扫到了三疯子家门口。长袖刻意往台阶上用力扫了两下,心想,知道的我是在扫鸡粪,不知道的还以为我给三疯子家扫门口呢。三疯子可恨的时候可恨,不可恨的时候也可爱。想起院子里的石头,长袖心里便觉得有些慌愧。因为几个鸡蛋骂那样难听的话,长袖觉得很不应该。她趴门缝往里看了看。两扇木门锁了不知多久了,长袖又看那锁,锁头斜挂着,分明还是昨天、前天的样子。长袖觉得有些奇怪。过去他们也爱出去闲逛,但像现在这样一出去就是好多天,还没有过。因为他们基本没有亲友可投靠。隔着门缝能看见堂屋的两扇门,一扇关着,一扇敞着。长袖突发奇想,他们会不会就在里面,外面的门是被别人锁上的?这样的感觉有些不祥,长袖自己直起冷痱子。她喊了两声苏小抱,一只黑猫突然从屋门里跑了出来,蹲到了两家的墙头上。长袖不知道怎么称呼三疯子,按乡俗,长袖应该叫她侄媳妇,可这样正规的称呼长袖喊不出口。于是喊了两声朱桂凤。长袖自己叨咕,这名字喊起来咋这别扭,根本不像三疯子本人。

身后停下了一辆出租车,苏小抱从车里下来了。然后是三疯子苍白的一张脸,毫无血色。头发短得只有寸把长,根根朝天。比脸更白的是那条右腿,白花花的,绷带一直绑到了膝盖上。长袖的一声惊叫憋在了胸腔里,她发现,三疯子那条小腿齐牙牙断掉了,她成了一个金鸡独立的人。

长袖捂着嘴半天回不过神儿来。她帮着苏小抱把人背进了屋里,三疯子往炕上一骨碌,便躺得四仰八叉。长袖赶紧跑了出来。她一刻也不敢留在那个屋里。那屋里白花花的,断掉的那根腿在空中飞。长袖觉得,空气里到处都是血腥气。

"真的没了一条腿?你确定没看错?"孟先章问。

长袖的眼泪一下涌了出来,说:"我眼睛又没毛病,这样大的事怎么会看错。"

"她没说是怎么断掉的?"孟先章也很惊奇。

长袖仍是心有余悸的样子,"我没问,没敢问。"

"难道她遭遇了黑社会?黑社会要她的小腿有什么用?"孟先章皱着眉头纳闷。

"她一定是招惹祸端了。谁让她没事儿老往外跑。"

孟先章扒了两口饭,就把筷子放下了。"不行,我过去看看。"

没容长袖阻拦,孟先章已经闯进了黑夜里。被惊扰的母鸡咕咕地叫,屋檐下的几只蝙蝠扑啦啦飞了起来。

没过一刻钟,孟先章又回来了。饭碗已经凉了,他顺手提起暖瓶,在碗里兑了白开水,他的手有些抖,水洒落在桌子上,又滴落到衣襟上。不等长袖问,孟先章不耐烦地说:"他们也不知道是咋回事。"顿了顿，孟先章生气似的说："腿好像没长在他们自己身上。"

7

廖书记的办公室是东数第二个门。廖书记之前，是苏书记。苏书记在任时，赵宝成是这里的常客。赵宝成去上尧就是苏书记亲自送过去的，苏书记说："宝成，好好干，给其他乡镇当个标杆。"

标杆的其中一个标志就是产值要过亿。事实是，赵宝成上任三年，产值就过了十个亿。附近的矿山发现了稀有金属，各路人马比着赛地往这里扔钱。赵宝成常说，在上尧，钱就不是钱，就是一团纸。如果能当烟纸，那些老板恨不得用钱卷烟。到处都是热钱，经常有人拉开皮包，那里面都是一沓子一沓子的人民币。他们管一万两万人民币叫一个两个，这样的称呼，也只有在上尧才有。偏远的乡镇能给县级财政贡献大宗税收，这在当时是了不起的事。

不能说是上尧成就了赵宝成，因为在赵宝成上任之前，这里穷得叮当响，经常三五个月发不出工资。如果苏书记不出意外，赵宝成铁定能进县委班子。只是世事无常，苏书记在一次醉酒后没醒过来，于是许多人的人生轨迹要重新规划，赵宝成不得不在干满两届后退而求其次，来到了馒头镇。

他眼里都是沙子，只是没有哪粒沙子能硌他的眼。站在馒头镇的院子里，格局显得小，天空显得矮，屋舍显得破旧，人显得没有分量。总之，一切都不在他眼里。

何况苏小抱和三疯子。

所以当有人告诉他，他的问题缘起苏小抱和三疯子时，他没当回事。那人问："你当真把上访人的指甲盖用改锥剜去了？"他仍没当回事，反问："咋了？"那人说："你咋能干这事儿，干这事儿犯法你不知道？你以为法律是儿戏啊！"他觉得人家是在跟他开玩笑，没有人开得了他的玩笑，只有他开别人玩笑的份儿！赵宝成理直气壮地说："我就犯了，咋着？"那人气得声音都变了，说："你还这么牛皮哄哄，真是不知死的鬼。那个疯婆子神经末梢的骨头坏死，险些要了一条命。我咋着不了你，你就等着组织找吧。"他这才有些慌，说："你等等，我只是用改锥吓唬她，我没真动手。"那人冷笑了一声："这些跟我说有什么用，你还是去跟有用的人说去吧。"

公务员是一张标志性的笑脸，说："廖书记正在会客，您有没有打电话预约？"赵宝成说："我等会儿。"赵宝成不回答有没有预约而是说我等会儿，这里有气度，是他说话的风格。这种气度和风格伶俐如公务员者如何会看不出来。公务员什么也没说，转身走了。赵宝成进县委机关，神态和步子与其他人不一样，他想一样也不能，是这些年的日月叠出了他的分量。这些分量，其实不止一个人看在眼里。他脚步重，出气粗，骨子里总有一种不肯屈就的东西，就像在说"你奈我何"，仿佛什么都不在话下。这院子里的树、车、平房、楼房，都像冷兵器，发散着一股威权和霸气。当然，这只是赵宝成个人的感觉，就是因为有这样一种感觉，他才会有一种挑战的心态：你奈我何。全县的税收上尧曾占四分之一，也就是说，四分之一的公职人员需要上尧供养，赵宝成居功至伟。苏书记在任的时候，无论个人还是集体，大小荣誉赵宝成从没遗漏过。他去人民大会堂领奖，受党和国家领导人的接见。县里开会时，他的位置总是离主要领导最近。广播喇叭里经常出现他的名字，就像风云人物一样，他任何一个动向都能构成新闻。后来风向突然就变了，如果苏书记不出意外，他不可能去馒头镇工作，也就不可能遇见苏小抱和三疯子。

休息室里等候的几个人一个一个被召见了，有的时间很长，有的时间很短。公务员是个小女生，走路像小猫一样轻手轻脚，声音吞在喉咙里，像热天中暑的蚊子。赵宝成倚着窗站着，抽烟，眼眯了起来。窗户开了一条缝，能看到远处的群山和山巅上的转播塔，塔身透明，像一颗蓝色的玻璃珠子。屋里突然安静了，只剩下了赵宝成一个人。楼道里又响起了脚步声，赵宝成赶紧把烟蒂从窗缝扔了出去，他觉得，书记总该召见他了。

"不好意思，赵书记。"小女生只在门口现出半个身子，语气匆忙地说，"廖书记有接待，已经去宾馆了。"赵宝成追问啥时走的，小女生说刚下楼。赵宝成提起自己的文件包就往楼下赶，廖书记正要上车。他在楼梯门口喊了声"廖书记"，廖书记停顿一下，却没有回头。

赵宝成僵在那里，一瞬间通体冰凉。他没怎么跟新书记打过交道，自认为廖书记不该对自己有成见。可此时他体会到的是冰冷和拒绝，县委书记拒他于十几米之外，很明显的不屑一顾。

他的不安就是从这个时候开始的。过去的林林总总，电影一样在脑海里回放。他知道他风光的日子里得罪了不少人，也知道自己过去的所作所为并非无懈可击。所以，有些事情，他必须要跟书记讲清楚。

不断有人从他的身边经过，上楼或下楼。有人看他一眼，点下头。有人则佯装看不见，故意朝远处多走几步路，绕过他。过去不是这样的，认识的不认识的，熟悉的不熟悉的，都愿意往他身边凑，让支烟，给张笑脸，说几句恭维的话。或者问，苏书记有空吗？还会有人请他一起去书记办公室。苏书记不是一个好说话的人，有他在，谈话的氛围总是愉悦轻松，苏书记凡事喜欢听他的意见。"宝成你说呢？"这是苏书记的口头禅，眼睛热切地看着他，就像他是一奶同胞。甚至干部调整这样的大事，苏书记也经常听他的意见。所以在埧城的官场，说赵宝成一人之下万人之上一点儿也不为过。眼下，有一种寒透了的凉意像蛇一样从小腹直冲脑顶，甚至从两只瞳孔往外冒，他突然发现，眼花得厉害，天地都在旋转。没有空隙，空隙的地方都是水的波纹，在眼前剧烈地抖。炎凉可能就因为他去了馒头镇。他情愿相信这是因为自己离开了上尧的缘故，馒头镇是农业大镇，经济基础薄弱，与上尧比简直是天壤之别……否则，哪会有其他理由。

还是那句话，你奈我何！

奥迪绝尘而去。赵宝成狠狠碾碎了半只燃着的烟，一缕微弱的烟火明灭了两下，被他的大脚几乎踩进了砖缝里。他大步走出了院子，上了车就开始拨电话。赵宝成大声说："如果我想去你的公司，现在还晚不晚？"

这是邻县的一家规模很大的私企，经营矿物储备。老板跟他莫逆之交，他在上尧的时候隔三差五就得见个面，属于"一日不见，如隔三秋"型。赵宝成这个时候拨电话，确实有一走了之的想法。所谓"此处不留爷，自有留爷处。处处不留爷，爷才当干部"。

对方说："欢迎欢迎，热烈欢迎。下周跟我去德国订货，就缺你这只三只眼。"

赵宝成的心里一下就敞亮了。他发狠地说："我没跟你说笑话，我要扒了这身官皮，不再受这鸟气！"

手机里一下没了声音。沉默了片刻，对方说："赵书记，您在馒头镇不是挺好吗？现在在公司形势也不好……不比您在上尧的时候，企业难做呀……您肯屈驾到我这儿来，我当然求之不得，可是……"

赵宝成没等他"可是"后面的话说出来，就把电话挂了。

天气已经热了，鸡窝里浓烈的气味发散出来，这一条街都是腥臭腥臭的。所以鸡粪是上等的肥料，比羊粪或牛粪有养分。若是发酵不好，能把秧苗烧死。鸡粪为什么有养分呢？因为鸡饲料里都是粮食、豆饼、麦麸、鱼骨粉，与食草动物的粪便不在一个系列。长袖在院墙外挖了一个坑，自己做鸡粪的发酵工作，用做种菜时的底肥。自家院子里没地方，她跟苏小抱商量，把种子撒在他家院子里，啥也不用他管，到时等着吃菜就行。苏小抱求之不得，他做不好这类精巧的活计，院子里除了长草，啥也不长。他还戴着那个一只镜片的小眼镜，出来进去拿张报纸，若是外人看，会以为他是文化人。其实报纸上的很多字他都不认得，但他愿意看，也愿意读给三疯子听，囫囵吞枣。若天气晴好，苏小抱会扶着三疯子出来晒太阳。三疯子拄着一只拐，她嫌拄两只拐寒碜。即便不出自家院子，三疯子也有一种扭捏的心态和萌动的意识，就像青春期的小姑娘一样。苏小抱的肩头就是拐杖，搭着三疯子的一只手臂，他们从低矮陈旧的堂屋里走出来，就像一幅美好的画面，足够清新也足有韵味。苏小抱提前搬了把椅子放在院中心，侧过身来想扶三疯子坐到椅子上。可三疯子搂着苏小抱的脖子不放。她这可是故意的，就像鱼儿离不开水，瓜儿离不开秧。苏小抱只得自己坐到椅子上，把三疯子搂在怀里。三疯子娇小的身子像只猫一样团缩，脑顶蹭着苏小抱的下巴，半边脸贴着他的胸口，情状就像个吃奶的婴儿。这一切，长袖是站在椅子上偶然看到的。她的心里涌起温情，可也酸酸的，像吃了粒还没成熟的葡萄。长袖手里拿着长竹竿，在鸡棚顶上挑一块塑料布。一阵风刮来，塑料布飞到了三疯子家的院子里。长袖试探地敲门进去，连苏小抱坐的那把椅子都不见了。

这院子悄无声息，像从没住过人一样。

很多天，孟先章没跟长袖谈三疯子的事。长袖也不问。他们之间似乎有默契，一张口，那块疮疤就被揭了盖子。而那个盖子底下的内容，他们都不想面对。再说，有什么好说的呢，事情就是这样，明摆着的。虽然不清楚明摆着的事情是什么，可那根不知去向的小腿，总之是不知去向了，那可是天大的秘密啊。外面其实有传言，说三疯子自打被锯了腿就再不去信访了。还有人说他们得了多少钱，每天都在炕上数钞票。也有人来问长袖，说你们住得近，总知道些什么情况吧。长袖摇头，从不介入此类话题。有一天，一辆黑色的汽车停在了长袖家门口，长袖放下手里笤帚偏着头往驾驶室的方向看，闺女的车是银白色，可有时候她也开着别人的车回家来。除了闺女、姑爷，再没有亲戚开车来家里。长袖正狐疑，三个车门一起推开了，下来两男一女三个人。长袖连忙迎了出去。年长的男人问："孟先章是住这里吧？"长袖问："你们是谁，找他干什么？"女的说："我们是县里的，来找他了解些事情。"长袖本能地有种敌意，说："我们啥也不了解。"年长的男人笑着说："我们还没说了解啥事呢……"长袖固执地说："我们啥都不了解。"女的像是没听见长袖的话，闪着身子往东边看，说："这街坊的篱笆墙可是够破的，这是朱桂凤家吧？"长袖心里一动，似乎明白了他们的来意，可嘴里说："她的事我们更不知道。"女人长了一双大眼睛，忽闪忽闪地说："不知道的就别说，知道的再说——能不能请我们去屋里坐会儿？"

长袖这才发现，自己无力抵挡这三个人。他们似乎带着一股无形的力量，自己的抵挡比陈年的废纸还要薄脆。给他们沏了茶，一瞬间就决定了该说什么不该说什么。她想，苏小抱和三疯子都不是正常人，原本就缺少生产和生活能力，如今成了残疾，日子就更难过了。如果这些人是公家人，何不趁机反映一下情况。要是能帮一下那两口子，也不枉街坊一场。可客人并不急着问情况，他们环顾这屋子，夸长袖勤快，柜子一星尘土也没有，屋顶一丝蛛网也没有，地面比脸蛋都干净。"院子里还养了那么多鸡,有几百只吧?"长袖说:"有两千只,这棚两面是窗,里面的空间很大,不像看起来那么狭窄。"女人夸张地张大了嘴巴,说:"大姐你真能干。"长袖不满地看了她一眼,说:"我闺女都比你大,外孙都四岁了。"

年长者问孟先章去了哪里,能不能请他回来。另一个年轻的男人拿出了手机,说:"您把电话号码给我,我打给他。"长袖不情愿地瞥了他一眼,自己拨了下电话。孟先章第一时间就接了,他说就在不远处,有十分钟就可以到家了。

孟先章比长袖对人客气,进屋先掏烟,问他们是哪里的。他们仍说县里的,却不具体说哪个部门。县里就代表公家,孟先章让长袖准备午饭,说家里有走地鸡生的蛋,炖只小母鸡,什么都现成。人家说不用,还有别的工作要做。长袖借机去了堂屋里,没走远。搬了个板凳贴着墙身坐着,择韭菜。年长者说:"我们这次来就想调查一下朱桂凤的事,希望你们把知道的情况说一说。"孟先章问:"她的腿是怎么割掉的?"年长者说:"那些事不归我们管,我们只想了解朱桂凤的脚伤是怎么引起的——听说你给她换过药?"

孟先章的眉眼一下立了起来,说:"我就给她的伤口消毒消炎了,用的都是国家正规的药品,不包好,但也绝对不会有坏处。"

长袖猛地挑起了门帘子,说:"她丢腿跟我们没关系。"

年长者赶紧解释,说:"我们只是了解情况,没说你们在这个事件中有什么责任。"

长袖说:"赖我们也赖不上,三疯子知道好歹。"

年轻的男人说:"我们只是想问问她脚伤的最初情形,你们知道什么就说什么。"

长袖放下了门帘子,嘴里嘟囔说:"腿都没了,还问脚伤有啥用。"

可她嘟囔的声音，足以让屋里人听到。

大眼睛女人看出了门道，把帘子打了起来，这让长袖完全暴露在屋里人的目光底下。他们之间没了屏障，长袖特别不适应，她欠起屁股，把板凳往旁边挪了挪，侧了身子朝向外。这样，屋里人就只能看到她的小半边侧脸。大眼睛女人耐着性子说："刚才我们领导说过了，她的腿不归我们管，我们来了解之前的事，她的脚伤到底是怎么弄的？"

长袖没好气地说："你们应该找他们去了解。"

年长者说："你们是邻居，听说关系还不错，肯定比我们知道的情况多些。那一对夫妻说话经常前后矛盾。你们是离他们最近的人，她又来换过药，应该知道些内情。所以请你们谈一谈第一时间了解的情况，也许对她的将来会有帮助。"

孟先章朝长袖摆了摆手，说："领导话都到这份儿上了，你就别说用不着的了。"

孟先章把那天换药的情况说了一遍。因为不是新伤，伤口已经感染得厉害，有脓血，像烂柿子一样，一挑扑哧一下，都溅到地板上。用的消毒酒精是正规厂家出的，云南白药是从城里的正规药店买的，技术上更没问题，因为他当过很多年的赤脚医生，处理这样的小手术，是小菜一碟。女的插话说："当时朱桂凤的伤口什么样？"三个人都殷殷看着孟先章，年长者甚至鼓励地冲他点点头，说："你别有顾虑。"孟先章反而有顾虑了，因为这三个城里人对他都太有所期待，他不知道他们的问话有什么用意。他当然记得三疯子是怎么说的，可他不太认可三疯子的回答，因为很明显，伤口的表面平整，不太像用利器剜的。

可时过境迁，孟先章也有些拿不准，所以他不方便说出自己的想法。

"她的那只脚，伤口是什么形状？"年长者启发似的问。

孟先章愣了一下，反复想，说："那只脚，只是化脓和感染。她坐在沙发上，应该是右脚。"孟先章自己复原当时的情景。又问长袖："你记得吧？就是化脓和感染。"

长袖没好气地说："我不记得。"长袖的意思是，我没必要记得。

大眼睛女人问："她为什么会有伤口？"

年长者问："她有没有提到过改锥？"

长袖忽然变得气鼓鼓的，说："她当然提到过。没有改锥她就不会受伤，有权有势的人好了不起，他们不拿别人当人。"

孟先章赶忙说："也不能完全听她的，她有时候说话就像个三岁孩子。"

长袖说："三岁的孩子更不会说假话！"

年轻人说："就因为她不是正常人，说话往往才可信。比如，伤口感染得那么严重，还到埧城去唱歌跳舞。"

大眼睛女人说："她如果不去唱歌跳舞，那腿说不定就不会丢了。"

年长者说："是啊，一个不幸的人。"他站起来和孟先章握手，说："今天的事谢谢你们。"三个人一起往外走，长袖提起板凳给他们让路，她的韭菜还没择完。一方面，她择得有点儿仔细。另一方面，他们真的没坐太久。长袖仰脸说："你们也不给她送些钱？"都装听不见。他们下了台阶，长袖翻了个白眼。孟先章跟在后面送，他还是觉得这事情有点儿搭不上茬儿，可又搞不清哪里有茬口儿。站到那堆鸡粪旁，他们迟迟没有上车，隔着矮墙头朝隔壁院子张望。他们知道这是三疯子的家。长袖开的几个菜畦绿油油的，菠菜都有一拃高了。年长者说："他们挺会种菜的。"孟先章说菜是自己家种的，但他们可以随便吃。年长者问："朱桂凤没有痛神经的事，你们是什么时候知道的？"孟先章说："她嫁过来的时候，大家就知道她是个不怕疼的人，还有人给了她十块钱，让她用石头砸手指,结果手指砸扁了,她眉头也没皱一下。"年长者叹了一口气,这口气叹出来,仿佛叫朱桂凤的女人就更不幸了。

8

孟先章走进堂屋,秦连义一家正在吃晚饭。他去葵庄送人,走半道上,他让那人下来了。"就这几步路,你走回去算了,我也不要钱了。"

孟先章把秦连义拽到外面的香椿树下,问:"县里人来村里的事,你知不知道?"秦连义有点儿不相信,说:"县里来人找你了?咋没通过我?"孟先章说:"我也不知道。"秦连义说:"要说三疯子告状,最早还是与你家有关,吃了你家几个鸡蛋,长袖骂她干啥?"孟先章有些不好意思,道:"要说不当骂,邻居住着。"秦连义说:"这一骂,把她骂到镇里去了,赵书记新来,不知道他们是啥情况。"孟先章问:"你也相信赵书记用改锥剜她?"秦连义说:"扯。赵书记能碰她?她得是仙女才行。"孟先章说:"县里人好像啥都知道。"秦连义说:"听上去有点儿复杂。剜指甲与断腿有啥关系?"孟先章说:"不知道呢……肯定是,因为剜指甲感染呗……关键是,他们自己也不知道腿是咋没的。苏小抱说,锯了条腿,医院一分钱也没收。听上去像是拣了大便宜。关键是……谁成心锯她腿……又不让他们花一分钱,关键是……这对谁有好处?"秦连义说:"你的'关键是'可真多。"俩人借着一个火点着了烟,秦连义又说:"这下省得到处告状了。"孟先章意外地看了他一眼。秦连义赶紧说:"我就这么随口一说……也真是,谁要疯子的那条腿有啥用?"

孟宪章闷头抽烟,他有些心烦意乱。这事情似乎没他们的事,可往深处想，又似乎处处与他们有关联。

"你都不知道他们是干什么的，没问清楚，你干啥让他们进家门。他们有证件吗？"秦连义有事后诸葛亮的精明和洞察。

"公家人嘛……我回来的时候他们已经在家里了，往外轰也不合适。"孟先章使劲吐出一口烟，似乎是想连心底的郁闷一起吐掉。

"是为三疯子来的，这个总没错。"秦连义说，"不是有人成心锯她的腿就好。"

"有人调查就好，说不定会给他们个说法。"孟先章其实是在驳斥秦连义的说法，"你说，会不会是医疗事故？那样得赔不少钱吧？"

丢了烟头，秦连义随手撅了根树枝剔牙，他觉得，他跟孟先章已经无法再交谈下去了。他们根本就没在一条道上说话，况且，这种事他不宜随便表态，他毕竟是村里的当家人。

秦连义说："谁知道是咋回事，也许她让车撞了。"

孟先章赶紧说："她没出车祸。县里人说，她不丢腿就得丢性命。"

秦连义说："关键是，那是县里的什么人。"

孟先章说："我记住了他们的车牌号。"

"有卵用。"秦连义说。

赵宝成出事的事，也传到了罕村。离得近，镇里放个屁，罕村都能听到响动。据说，赵宝成正在睡午觉，门被人敲开了。那些人进屋就翻抽屉，床铺底下，犄角旮旯，连耗子窝都没放过。据说也没翻出什么，除了几条烟、几瓶酒。那烟和酒经常摆在会议室的桌子上和公共餐桌上。他有啥好东西都让大家分享，所以，赵宝成是有名的仗义。

可也有人说，他在上尧的时候不去翻，才来馒头镇不久，哪能翻出多少东西？黄花梨的办公桌他没带过来，谁送的，他又让谁拉走了。他是朝里有人，给他传递消息。也有人说他不是一般的狡猾，再好的猎手也斗不过有准备的狐狸。

馒头镇的八百亩蓝莓启动仪式后的第三天，赵宝成被免职。之前组织部门挨个找人谈话，焦点还是那把改锥，从赵宝成的花盆被取走，据说是去做DNA。私下里，大家觉得是个笑话，赵书记剜一只脚的指甲盖，那人难道是死的？在全员大会上，李亮公开说：“朱桂凤的脚伤，他没有看见是怎么弄的，所以他不敢断定是否与赵书记有关。但可以确定的是，那天他们确实曾经来镇里上访，赵书记的花盆里确实有个改锥。”赵书记曾经找过他，让他证明自己没有对朱桂凤动手，李亮拒绝了。因为他没看见他赵书记动手，也没看见赵书记不动手，他不在现场。所以他不能出具任何证明，只能相信组织的调查结果。结论出来之前，不信谣，不妄议。这没什么可说的。李亮升任镇长，算破格。他谆谆告诫大伙儿，要善待人民群众，水能载舟，亦能覆舟，前车之鉴，血的教训，谁不吸取谁就是傻子。

新书记到位，蓝莓工程搁浅了。上任的第一天，就留一个上访的人吃饭。那是葵庄的一个傻子，被嫂子打了。新书记就坐在傻子的对面吃，一点儿也不嫌弃他。饭后，着人喊来了傻子的哥，教训了一顿。机关整顿作风，人人写感想，谈体会，每人三千字，在会上交流。认识不深刻的，重写。一个普通的上访事件，稍微耐点心，就能够圆满解决。可赵宝成采取了极端行为，导致受害人严重肢残，自己也付出了昂贵的代价，还给工作和事业造成了难以估量的损失。他的目的是让人怕。他在上尧也是这样，曾把一个上访户的小媳妇在树上绑了一天一宿，夏天夜里喂蚊子。裙子都让蚊子叮出洞来了。这个人就是土匪作风，干出什么事来都不稀奇。

这些信息都能在通报里窥见一鳞半爪。除了致人残疾的事，还有抽高档烟、用黄花梨办公桌、小圈子里拉帮结派等等腐化问题。他与许多开矿老板不清不楚，互相称兄道弟。晚上嘴馋了，几辆大奔呼啸着去北京的王府饭店，甚至用警车开道。大家都猜测处理结果，没想到组织上宽大为怀，撤职而没查办。

电视里公开报道了好几天，强调干群的鱼水关系。电视里有三疯子的镜头，飞机头剪成了寸把长，穿蓝条格的病号服坐在床上，脸上洋溢着喜悦。她拍着自己的那条断腿不停地说着什么，唾沫飞扬。

馒头镇新来的书记坚决不用赵宝成的办公室，他说那个指甲盖一直没找到，也许还在屋子的哪个角落里隐匿。李亮粉刷了一下，自己用了。搬进来那天，李亮对自己说："我才不相信那个指甲盖呢。就那只臭脚，谁敢上手摸？"

该做饭了，长袖就去东院薅两根葱，掐一把菜。屋子里总是静悄悄的，一点儿响动也没有。苏小抱就像做贼一样，看见长袖进院，紧着往屋里跑。三疯子过去是一个多奔放的人哪，长袖经常听见她的闹腾，唱，跳，被长袖说是鬼哭狼嚎。可现在一安静，长袖又觉得不好受。那天她拿了六个鸡蛋想送进屋，没想到苏小抱死活不开门。长袖喊了一阵朱桂凤，说："我给你拿的走地鸡生的蛋。"三疯子在里边说："你就放外窗台上吧，我没脸见人了。"

长袖跟孟先章说："这三疯子莫非不疯了？过去她从来也不知道啥叫没脸见人。"孟先章说："她的疯病还是有限度，你瞧她跟苏小抱多恩爱。"长袖说："也不知他们俩吃啥喝啥，难道有黄鼠狼专门给送油盐？"乡间是有这样的传说，得了道行的黄鼠狼不吃鸡，专门救助穷人。过去罕村有一户孤寡信佛，黄鼠狼就从别人家里搬运东西，供养他们。一辈一辈的人都信这个传说。"从谁家搬的，都搬了什么？"长袖问。好歹也是初中毕业,不好糊弄。孟先章拍了长袖一掌,说:"现在哪里还有黄鼠狼,养了这些年的鸡,一次都没被黄鼠狼咬过。"

长袖忽然从被子里坐了起来,说:"有个事我一直忘了告诉你。"

"啥事?"

"三疯子的脚其实是石头砸的。"

孟先章也霍地坐起身,说:"这话可不敢乱说。"

长袖说:"不乱说,我亲眼看见了。"

长袖把那天苏小抱和三疯子如何搬石头的事描述了一遍。她看见了三疯子砸脚,还看见了苏小抱抱三疯子进屋,三疯子说"你都多久没抱我了"。

"哎呀呀,我嫌牙碜。"长袖吐了口唾沫。

孟先章呆住了,说:"你为啥不早说,为啥不跟县里的人说?"

长袖说:"三疯子搬石头是为了咱们家,她过来问我要不要那些石头,我想将来垒猪圈也许用得着。这些如果让别人知道了,我们还要不要活?"

"可那也不能让别人背黑锅啊!"

长袖又躺进了被子里,闭着眼睛说:"当官的背一下就背一下,没有这个锅还有那个锅,只要有人让他背,他准能背得上。"

孟先章说:"你这话说得倒像个干部。"

长袖翻了下身,侧卧朝外。长袖说:"我哪有那个命。"

孟先章想了两天,也没想出所以然。他被这件事情绊住了。"三疯子的指甲既然是石头砸的,就应该报告镇里。"孟先章摸了支烟点上,他觉得,隐瞒这件事有失厚道。可长袖说,三疯子去馒头镇告状也与自家有关。这还真是一个抖落不清的麻烦。他叹了口气,说:"她偷几个鸡蛋你何苦骂她，你不骂她，她就不会去告状。"

"谁知道她会丢条腿。"长袖嘟囔，"这可怨不得我们。"

9

起初，赵宝成给自己化了个妆。他买了个假头套，下巴上粘了部大胡子，就像马克思一样。衣服也拣了别人的旧衣服，与自己的风格一点儿不搭调。一双老头乐布鞋，让大脚趾顶出了窟窿，脚面上脏兮兮的，都是污渍。他用炭笔自己在白布上写了个冤。他不说话，就坐在门口的松树底下。长帽檐把脸遮出了阴影，上下班的人一个一个从这里过，没人看他一眼。

他这样做纯属心血来潮。被撤了职的干部有点儿像无业游民，没人说没人管，过去手机总叫个不停，现在一天也难以有响动。过去那么多酒肉朋友，一个一个都地遁了。他装作误拨电话的样子拨出了一个号码，然后紧急掐断，感觉中那人应该回拨过来，因为两人曾有着不浅的交情。等了又等，终是无望。

辞职的事他想过，那天从县委出来，真恨不得此刻就摘掉那顶乌纱帽，再不受谁的鸟气。想是这样想，真被人摘了乌纱才知道，自己终是不甘心。赵宝成二十三岁做乡镇副职，是全县最年轻的后备干部。从二十九岁备到三十几岁，书记县长换了一茬又一茬，用流行的话说，把人都备成"干儿"了。说新人不理旧账，更有新人不理旧人。所谓一朝天子一朝臣，古往今来莫不如是。他在深山区工作了七年，干得有声有色，雹灾让果树受了伤害。为了统计数据准确，他把全乡所有的山地都走遍了，用尺子量雹子砸的坑，南山与北山不同，东山与西山不同，山前与山后不同，大树与小树不同。数字报到了县政府，县长批了一句话：这样的干部，可用。

他三十八岁提正职，调到了库区。那年发大水，他组织转移两万多老百姓，几千头大小牲畜。副县长来检查情况，他把县长领到了山巅上。从山上朝下看，山坳里骡马成群、猪羊遍地，就像个大养殖场。各山头都有人把守，以鼓号为令。他对县长说，这里都是食草动物，提前几天就都轰了来。山里有的是草，它们都饿不死。没有这些牵绊，老百姓转移就不会拖泥带水。

这位副县长，后来当上了县委书记。上尧镇因为毗邻河北省，民风强悍，尤其善与官斗，有恃无恐。所以上任书记只待了三个月，就撂挑子了。关键时刻苏书记想起了当年库区移民的事，他在常委会上说，如果没人可派，就把赵宝成派去试试，他点子多。

"宝成，好好干，给其他乡镇当个标杆。"县委书记破例为他设了顿壮行酒。

赵宝成没有辜负厚望，把上尧建成了明星乡镇，会议室里挂满了从国家到省市领导来视察的大照片。领导是走马灯，每幅照片里都有他灿烂的笑容。

处分决定一下来，赵宝成就知道自己是被黑了。宣布决定的人是组织部的一位周副部长，过去一起搭过班子，例行完公事，别人都走出了会议室，周部长退后一步，用无奈的口吻悄声说："三哥，知足吧。你以为还是过去哪！"话没落声，转身即走，头都没回。一声"三哥"，一声"知足"，一个转身，让他陡然明白了很多事，自己风光的年月不定伤了多少人，落井下石者也许能排支纵队。所谓三哥，并非他行三，而是从座山雕那儿来的。上尧一座山叫虎山，他初来到这里，便说自己是明知山有虎偏向虎山行。于是有人喊出三爷，他给改成三哥。他说上尧更像聚义厅，聚来八方好汉。多好的饭食他都吃过，龙虾一尺长，王八脸盆大，光用裙边做羹。食堂外表不起眼，掌勺的师傅都是从五星级酒店请来的。但他不收钱，明里暗里都不收。有人说他清廉，却不知这是他跟苏书记有约。上尧发展出了规模，苏书记对他说："若想要前途，就别贪财。否则，别怪我不救你。其余的事我兜着。"

这等于是张免死牌。也只有到今天才知道，听了苏书记的话有多庆幸。否则，哪里是免职这么简单。

只是，许诺成了泡影，苏书记自己先有了意外，他死于心肌梗死。前后大约只有十几分钟，根本不容任何办法施救。赵宝成从上尧调到馒头镇多少人为他想不通，觉得他是从金窝挪到了草窝。但赵宝成的想法很明确，既然大势已去，就该规避风险。

没想到风险还是来了。

他一直在想那一天，自己除了气盛些，别的无可指摘。难道吓唬吓唬就不行吗？她还吓唬我呢，学螃蟹，躺地上吐白沫，若不是提前知些情，真就让她唬着了。可是谁暗里用了这张牌，而且用得恰到好处？他想不通。

世界上的冤情肯定很多，但都不会像他赵宝成冤得这样莫名其妙。听说三疯子丢了腿，他简直大骇！他马上想到了三疯子的脚是证据，有人为了构陷他在推波助澜！

可惜，他到哪里都打听不出一个字。过去他跟医院院长是好哥们儿，现在电话根本就打不通，他被整个世界屏蔽了。所以他心思一动，来到了县委门口。他成了一个上访者。这身份让他觉得可笑，可眼下，这是他唯一能做的事。他不能耗在家里，那样会把人憋疯。县委门口经常有很多人，有别人上访他就躲，门口没人了他再来。他不想跟其他上访者混为一谈。没人主动与他搭讪，他幻想着被收容，被接待，能有人听他陈述冤情，重启调查。连三疯子都有人理，他不相信自己没人理。有两次，他看见了廖书记从大门口进出，公务员提着包在后面跟着，脚步匆匆。他知道，这是去对面的礼堂开会。按时节算，他甚至能推算出是经济工作会议还是农业工作会议。如果不被免职，他也是与会者之一。他心里有想法，把书记拦住，问书记什么时候有空，约定一下时间。想是这样想，终是没有胆量。散会回来，各位领导一窝蜂，他赶紧躲到了松树后。用面具遮住脸，他才有勇气到这里来，可有了面具，他的冤情又无从谈起。他陷入了自己的逻辑怪圈。这时才发现，自己原来是一个胆怯的人，从某种程度而言，甚至不如三疯子。

"我是女人民！"第一次见面时，三疯子说得煞有介事。

有一天，他在大门口看见了葛军，莫名地他对葛军怀着一些敌意。现在，他对整个世界都怀有敌意，他故意挡住了葛军一下。葛军闪了身子，问："你想干什么？"他冲口说："打了一辈子雁，让雁啄了眼！"四目相对，就像铁碰到了铁，钢碰到了钢。但只是一瞬，葛军的一个轻蔑眼神先淬了他的火，他忽然变得惶恐而又不安。他闪开身子，葛军走进了大门。

电动门恰到好处地在他跟前闭合了。他朝里看，葛军头也没回。他手脚冰凉，心脏突突突乱跳。一会儿庆幸葛军没认出他，一会儿觉得葛军已经认出了他。

他不知道，第三十九次常委会正要召开，研究全县的信访稳定。又有几个去了省城，扰乱了全县一盘棋。第三十八次常委会研究他的处分决定，也是在这间会议室。这是办公楼的四楼，临街。远眺可以看见一湖碧水。廖书记说自己为一个上访者流泪，还是第一次。那是一个无行为能力的人，甚至连话都说不清楚。对那只带脓血的脚的描述，廖书记用了诗的语言。廖书记是个诗人，有悲天悯人的情怀。廖书记的眼泪像电流一样会传导，很久以后还能生出电光石火。于是那天的会变成了控诉会，大家群情激愤，历数了赵宝成的种种劣迹。如何骗取贷款，如何欺上瞒下，如何为虎作伥，如何虚报业绩。会议从没开得那么敞亮过，众口一词，众声一音，众抒一见。真可谓心往一处想，劲儿往一处使。人人都在急于表白，划清界限。会议结束时，有人因激动手脚发麻，搓了半天也站不起身。

这样的能量发散开，赵宝成还能是什么。

廖书记还没来，大家都凑到了玻璃窗前，看着电动门外的他。他是车轴汉子，只比电动门高二十公分左右，他手臂匍匐在电动门上，适度仰着脸，半阴半阳的面孔从帽檐下面显露出来，与楼上的人形成了对峙。有人问葛军："刚才他跟你说什么了？"葛军说："他以为我认不出他，还是那么张狂。"

"聪明过头了。"说话的是纪委书记。

"当时如果不让他去馒头镇就好了。"宣传部长是女的，话说得有些悲悯，"他就不会伤害那个疯子了。"

"不伤害这个也会伤害那个。"政法委书记有些愤愤。

廖书记匆匆走了进来，大家不等招呼，纷纷回到了座位上。廖书记说："同志们，我们开会了。"

他的情绪忽起忽落，眼前到处都是铁幕，哪里都撕不开一道缝。他想了很多法子，比如写材料，比如打匿名电话，再比如也去省城信访，把全县折腾个天翻地覆。没有哪个能付诸实施。官场待了这些年，他太知道那些法则了。别人可以，他不可以。没人理他，还是没人理他。他自己仰望着天空纳闷，怎么连警察都不理他呢？有一天，突然起了暴雨，大雨似打翻了江河，倾盆而下，保安都缩屋里不出来。他的心情变得无比恶劣，天空忽然炸了一个雷，就在他的头顶上。蓝色的闪电像游龙一样在空中游走。暴雨冲刷到脸上，他一把把胡子扯掉了。他仰天啸叫了几声。雨水落到嘴里，腥的、咸的、涩的。他没有吞咽，而是把口腔变成了一个器皿，器皿装满了，像泄洪一样往外流淌。

电动门正好有一道缝，他一缩肚子，挤了进去。他想，这样的天气县委书记不忙，正好是个天赐良机。横竖都要见个面，除了书记，没人能管他的事。

刚走进去几步，后面炸雷似的喊："赵宝成，你要干什么！"

他陡然停下脚步，大个子保安猛熊一样扑了过来，他顿感灵魂出窍。原来保安知道他是谁，原来人家平时假装不知道！他悲怆地站在那儿，觉得整个世界都倾覆了。面前只有那个保安，通天扯地。说时迟那时快，又一个小个子保安也冒雨冲了上来，上前一蹲，就把他搂住了。两人一个扳脖子一个搂腰，他拉开架势才没被摔倒。若论力气，他单人徒手也不会占下风，可是他没动。他被两个人裹挟着推到了门外，一个趔趄摔倒了。

他狠狠地骂了一句："看门狗！"

大个子说："看门狗也比你强，呸！"

世界骤然安静了，只有暴雨冲刷的声音。他躺在马路牙子下，肋骨有些疼。帽子不知落到了哪里，他伸手抓下了头套，那些头发像披毛僧一样遮住了肩胛，此刻湿冷地握到手里，沉甸甸的，像一匹死了的动物。他许久没再动一动，他问自己是谁，你难道就是个笑话？

10

孟先章湿淋淋地站在李亮面前。大雨猝不及防，打湿了一车鸡饲料。横穿马路时他遇到了险儿,农用车险些让大货车带飞了。他扎到了马路下面,被惯性甩了出去,哆哆嗦嗦爬上来,大货车早走远了。农用车和鸡饲料在大雨的冲刷中动弹不得,他放弃了解救他们的愿望。他顺着一条路照直了走,走了好远才发现,他把罕村的路口错过了,馒头镇政府的门口就在前面。

白底黑字的大木牌从上到下淌着水,雨水在木牌底部汇集了一下,把土地冲出了一溜沟。拣来的这条命瞬间有了想法,他觉得,这是命运在给他颜色看,他应该把事情跟公家说清楚。

他不认识赵宝成,他觉得赵宝成是冤枉的。

他找到了镇长办公室,李亮一个人在下象棋。他下棋不是消遣,是为了琢磨棋局。孟先章推开门,风雨跟他一起闯了进来。李亮抬头说:"你有什么事?"

孟先章说:"朱桂凤的指甲不是赵宝成剜的。"

"你剜的?"李亮挑起眼皮盯了孟先章一眼,又撂下了。

世界上是有他们这种夫妻的。三疯子无论干什么,苏小抱都会用欣赏的目光看她,从打年轻的时候就这样。第一次见面,苏小抱就觉得三疯子是个美人。"人家若没有毛病,会嫁给我?"这是苏小抱的口头禅,他经常满足地这样说。他庆幸她有毛病,自己才能占得便宜。所谓毛病,就是三疯子的疯病,时好时坏。她不舒心了,不愉快了,就发一回疯。乡间管她这种情况也叫气迷心,疯起来就浑身抽搐,口吐白沫。起初,苏小抱很害怕,他怕她会因此死掉。他娶个女人不容易,即便是个疯子,他也视若珍宝。可三疯子疯劲过后没事儿人一样,苏小抱就放心了。跟长袖打架也犯过疯,却没能吓着长袖。长袖年轻的时候当过铁姑娘队长,是个见过大阵仗的人。疯过那一次,三疯子就不再疯了。很难说她是装的，潜意识里，什么时候疯什么时候不疯似乎可以掌控。三疯子从来不对苏小抱疯，她就喜欢让苏小抱抱在怀里。"你胳膊短，抱着我费劲吧？"好在三疯子从来不长肉，总是瘦丁丁的小巧模样，苏小抱勉强能抱动她。"要是背着，我就能走好远。"苏小抱说。

没腿的那天夜里，三疯子甚至很得意。她说："你以后要见天背着我。"苏小抱说："我以后见天背着你。"苏小抱在医院的走廊里捡了个发夹，给三疯子别到了头上，医生护士谁都夸她好看。"你年轻的时候一定是美人儿，是不是？"护士把点滴给她扎到静脉里，逗她。

也有人问三疯子是谁，医生护士为啥对她这样好。三疯子得意地说："我是县委廖书记送来的病人。"

因为是廖书记送来的病人，三疯子不单受了优待，还免除了费用。更重要的，三疯子的骨坏死病在往上转移，如果不及时动手术进行截肢，她的生命就危险了。

一晃就是很多日子过去了。春天坝城开了许多花，开花的日子三疯子还能跳舞。三疯子原本不想出院，她喜欢医院那个地方。白的墙壁、白的床和铺盖散发着消毒水的气味，白的医生和护士都很温和。饭菜很香，每天都能吃到鱼和鸡腿，这可比驴肉火烧和黏玉米好吃。医院的一切都让她喜欢。外面的花园开着大簇的白玉簪，苏小抱每天都采来一大把，分别插在输液瓶子里。他采的花也是白色的，散发着一股迷人的香气。那些花别人采不得，要遭医生和护士训斥。也有人不服气，为什么那个小胳膊就可以采？那个小胳膊是个特殊的人，他在医院可以为所欲为。"我们做手术都不用花钱，你行吗？"三疯子很得意。

也有人问三疯子指甲是被谁剜去的。时过境迁，三疯子已经淡忘了往事，她这样回答：谁知道哪个不人揍的（剜的）。

她就爱骂这句话。

病房住了六个人，其实谁都知道三疯子是怎么回事。她脚烂了不知道疼，小腿的骨头坏死了。像她这样的人原本来不起医院，只能在家等死，可她遇见了贵人，县委廖书记在关键时刻帮了她。廖书记指示：要不惜一切代价抢救！书记为啥要帮她？因为她的脚伤是用改锥剜去指甲造成的，这个比鬼子还狠毒的人叫赵宝成，是个大贪官。

也就是说，三疯子的脚伤帮助了反腐，她是有功之臣。

外面的传言基本就是这样一条逻辑链。

当然这只是其中的一个版本。这一个版本也不甚完善，逻辑上存在漏洞。可所有的消息离真相都有距离，人们习惯了一鳞半爪，只有这样，事情才有可能在想象中丰富和发展，才可能走向曲折和诡异。有人神秘地问苏小抱："你老婆的腿，是不是给人做假肢去了？"

苏小抱摇头说："不可能。"那条锯下的腿，他看见了。真的不像从人身上锯下来的，其中一根骨头都发黑了。医生问他是要腿还是要命，"那还用说？要命。医生，不用给她打麻药，她不知道疼。"苏小抱说得很慷慨，仿佛医生要锯的是根冬瓜。

像有些人一样，苏小抱也认为腿可以移植，将来三疯子还可以再装一条真腿，当然，那条真腿是别人的。当然这得医学进一步之后。"以后装腿还来找你。"医生客气地说。

即使百般不愿意，出院的日子还是来了。护士提前把属于三疯子的物品准备好，为他们叫了一辆出租车，相关医生和护士送他们到电梯口。苏小抱冲着医务人员鞠了一躬，三疯子坐在轮椅里，招手说："谢谢你们，你们辛苦了。"像来视察的领导一样。

一觉醒来，三疯子就说要去埙城。"我憋得慌。"三疯子给自己找理由,"我都多久没去埧城了。"苏小抱故意说:"你连街上都不去,连长袖都不见,去埧城干啥?""我散散心,我的心都憋倭瓜大了。"三疯子用半截梳子给自己梳头。她的头发白灿灿的,披到肩上来了。三疯子虚浮的脸有些苍白,太久不见日光,苏小抱怀疑她得了自闭症。"自闭症就是不愿意见人。"苏小抱戴着一只镜片的小眼镜,扬着手里的小报说。苏小抱很高兴她想去埧城,她总不见人,这样不好。长袖包了一回韭菜饺子,烙了一回葱花馅饼,给他们端了来,三疯子都让人家放外面。"我没脸见人了。"三疯子拍着自己的腿说,"我没以前好看了。"

为了不遇见人,他们起了个大早,抄小路上河堤。三疯子起初吊在苏小抱的胸前,后来爬到了他的背上。那只裤管扎紧了,他们紧贴着的样子,像土里钻出来的人参果。苏小抱歇一歇,重新把她背到背上。三疯子说:"我愿意让你永远背着我。"苏小抱说:"背着走得远。"

跑埧城的客车司机都认识他们了。他们尤其看着三疯子金鸡独立的样子稀奇。

"还去告状?"

"还去告状。"

三疯子朝苏小抱挤挤眼,神情里都是鬼魅。

"国家给了你们多少钱?"有好事者问。

苏小抱含糊地说:"我们咋能要国家的钱呢?"

"国家锯了你们的腿啊!"

"是我们自己愿意锯的。"苏小抱说。

"指甲呢?也是你们愿意剜的?"

他们都不接话茬,这话茬仿佛跟他们无关。

苏小抱背着三疯子来到了广场,广场都是晨练的人。唱歌跳舞踢毽子打太极,三疯子看见这种场面就兴奋。喷泉附近有几个大理石的台阶,苏小抱小心地把三疯子放下来,两人坐了上去。苏小抱的两只手都勒出了凹痕,他交换着使劲搓。太阳升起来了,广场瞬间明亮了很多。因为不能融入,三疯子很快就寡淡了。"我饿了。"她有些扭捏地说。左面是加州牛肉面馆,陆续有人进出。三疯子一直在朝那里看。出来的人都面色红润,用纸巾擦嘴,吐痰,打嗝,对三疯子都是吸引。三疯子说:"我们去那边。"苏小抱把三疯子放到面馆外面的台阶上,跑进去好几次,也没能捡来一碗面。三疯子把那条残腿平放着,下面像扎口袋一样打了个死结。旁边的廊柱是大红的,有一只鸽子在柱子后面咕咕地叫,三疯子挪了下身子,一把抄了过来,是只灰鸽子,明显受了伤,翅膀根处有血迹,身上湿漉漉的。鸽子浑身发抖,三疯子也跟着抖。她哆嗦着把鸽子抱在怀里,对苏小抱说:"家里还有治伤口的药,我们赶紧回家。"

苏小抱应了一声,人就蹲了下去,把人和鸽子一起背在了背上。

远处有人在往这边跑。是馒头镇的人来找他们,以为他们又来上访了。

四月很美

1

　　小葵的儿子结婚,让我去当证婚人。这样的角色我平生还是第一次,所以很当一回事。着正装,穿高跟鞋,翻出了许久不用的口红,早早去了婚礼现场,是想帮小葵一些忙。可没想到,我在签到的地方看到了一个熟悉的身影。她也在交份子钱,有些结巴地说了句:"五……五百。"一件格子罩衫裹着瘦弱的肩,短发扎到了脖领里,侧起的面颊像刀刃似的有锋芒。我拍了她一下,她一回身,惊讶地搂着我说:"云丫,我还能见到你啊!"算起来,打从她结婚我们就再没见过面,屈指一数,也有二十五年。我拉着她找僻静的桌子说话,那话题真是无穷无尽。俊以与小葵是堂姐妹,跟我则是从小学到高中的同学。我跟小葵是玩伴,俊以长我们三岁,童年的许多回忆中,没有俊以的影子。从名字也可以看出,俊以是与我们不一样的人。她的爸爸在国务院做事,是电工。但也能跟国家的领导人打上交道,因为领导人的家里也要安灯泡。她家的许多照片都是天安门的背景,那时候不像现在,我们眼中的天安门,就像在天上一样。

　　婚礼结束以后,我邀请俊以到家里坐,并允诺开车送她回家。俊以跟我那个不舍，眼神黏稠得像初恋情人。但她老公在那边一皱眉，俊以马上就改了主意。我与俊以互留了电话号码。一两年的时间，其实我们谁也没有使用过。那天我回罕村，正好碰见了小葵也回娘家。我问这段有没有见到俊以。小葵说："她哪有空，假都请不下来。"我问她在干什么。小葵说："啥也没干，就是她老公不批假，她就回不了娘家。"我骂了句"他奶奶的"，说："这年头还有这么受气的媳妇？"小葵说："她回娘家也不得烟儿抽，嫂子们不给好脸色。"

我还要问下去，小葵赶紧说，你知道四虎奶奶摔了跟头吗，她这次如果能熬过去，就能活成百岁老人了。

这话转移了我的注意力，我们又说了几句闲话，分手了。

四虎奶奶家离我家不远，下了坡，拐个弯儿就到。我趿拉着拖鞋过去看了看，四虎奶奶在炕上躺着，嘴咧着吸气。老而弥坚的几粒牙齿隔三差五，却能支撑起上下嘴唇不瘪咕。这让她躺在那里，一点儿也不像活了九十九年的人。我问四虎奶奶哪里疼，她说尾巴骨疼。我建议到医院去拍个片子，四虎奶奶用手盖着额头，不屑地说："我这一辈子没吃过药片，更别说登医院的门了。"

外面有人瓮声瓮气地说："那么多钙片都让谁吃了？"

四虎奶奶高声说："钙片跟药片是一回事吗？你让云丫说说，是一回事吗？"

随后就是水桶放到缸沿上的声音，倒进缸里的哗啦声，咚的一声，空水桶又落在了地上。我先朝四虎奶奶挑了下大拇指，然后再挑开门帘朝外看，见邻居张德培正用扁担勾空的水桶，放到了肩上。我看了眼水缸，搭讪说："这一缸水，得吃好几天吧？"张德培明显带着情绪，说："好几天？顶多三天。"他跟我努了一下嘴，小声说："别看岁数大，费水着呢。"我点头，知道四虎奶奶是个特别爱干净的人，抿头发从不用洗脸的水,一块手绢要洗五六回。我表示心领神会,大声说:"张帅啥时回家?"张德培挑着水桶往外走,说:"该送钙片了就回家。"我笑着说:"张帅可真孝顺。"张德培又回头努了一下嘴,说:"摊上了这样的,不孝顺有啥法儿!"

我笑意盈盈地回了屋里,四虎奶奶像是成精了,她侧过身子朝我看,说:"张德培给你使眼神儿了吧?"

我遮掩说:"他给我使啥眼神。"

四虎奶奶哏着劲说:"他一准儿跟你使眼神了,说我岁数大了,还费水!"

我说:"他家压水井里有的是水,还在乎您这一缸?"

四虎奶奶说:"他挑够了。二十年前我就知道他挑够了。可这怨不得我,阎王爷不收我,你让我有啥辙?他总不能挖坑儿埋了我吧!"

我大笑,问:"他挑多少年了?"

四虎奶奶说:"到今年四月二十八号,整挑二十九年了。"

我说:"哈,真的啊,都快三十年了!"

四虎奶奶得意地说:"写字据那年,张帅读初中,现在张帅的儿子都上学了,可不都二十九年了。张德培时运不济,也赖他爹名字起得孬。德赔德赔,不好好过日子,得意着赔呗。不是我做长辈的嘴损,他这一辈子就是干赔一柱的命。"

我说:"人家是培养的培,不是赔本的赔。您别把两个字弄混了。那两个字不一样。"

四虎奶奶说:"有啥不一样?在他身上就都一样!不管哪个赔,反正他这辈子遇到我,就是赔定了!"

我哈哈大笑,说:"四虎奶奶,您这是成仙了啊!"

2

四虎奶奶的丈夫,我们自然叫四虎爷爷。只是去世得早,在四虎奶奶七十岁那年,一个跟头摔死了。其实四虎爷爷也是高寿的人,他比四虎奶奶大十六岁,用现在的话说,四虎奶奶算是大叔控。我们小的时候,经常听大人讲笑话。四虎奶奶十岁过门儿,二十六的四虎爷爷待她,就像老猫戏弄小耗子,等她长大,把四虎爷爷急得用头撞墙。他们一辈子没有儿女,便有人猜男的女的都没病,就是茶壶茶碗不配套。四虎奶奶大概是小时候"趔"住了,不往高长,也不往宽长,来时啥样长大了还啥样。小四方脑门,上面一格一格长抬头纹。发髻像用笔画的,汪一层油。她差不多是全村最矮小的人,人送外号"小人果"。生产队的年月,能干的妇女挣八分,她永远挣五分,走路跟不上趟,饭不如鸟吃得多。可四虎爷爷对她好,有刻薄的人说,四虎爷爷这辈子是缺媳妇缺的。

一所宅院几十丈长,院子里都是香椿树。这是四虎爷爷的祖宅。当年他们一门四兄弟,死了两个,逃了一个,偌大的宅院就归属了他们。香椿是一种会长腿的物种,你只要栽一棵,来年就能生一串。四虎爷爷活着的时候,每到春天都会用斧子间伐,后来年龄大了,砍不动了。多少年下来,院子简直成了原始森林。那些椿树长得快,高的高来矮得矮,密实得连脚都放不进去。春天,整个一条街的人家都到这里来采香椿芽。那时我还待字闺中,我妈经常喊,云丫,去四虎奶奶家!我就知道该去干啥。竹竿上面带一弯钩,我扛在肩上去够香椿芽。嫩的叶子炒着吃,做馅。稍微老些的叶子腌咸菜,饭桌上从春到夏都是香喷喷的味道。

后来这种局面结束了。四虎爷爷在世的时候,知道自己要走到四虎奶奶的前头,曾对四虎奶奶的未来日子做过谋划。他家跟张德培家宅院一样宽窄长短,张德培先提出,他负责给二老养老送终,然后两家的宅院并成一家，翻修房屋，留着给张帅娶媳妇。这样的愿望，估计张德培已经盘算了很多年，只是等到四虎爷爷老了才说出口。张德培说了不止一次，四虎爷爷都没接话茬。罕村人都知道张德培是个特别能算计的人，他的算计朝里不朝外，虱子都能炸出二两油。两家虽是紧邻，但交情并不深厚，四虎爷爷信不过他。四虎爷爷中意小葵的哥哥满多，那时满多还没结婚，家里弟兄多，没房娶媳妇。四虎爷爷找满多商量，说："你养我们一老，家产全归你。"满多一听就炸了，说："我没房去跟蚂蚱做伴，也不能认你们做爹妈，差辈分啊！"

这其中有误会，满多理解歪了四虎爷爷的意思，他以为四虎爷爷想过继他。但这个误会伤了四虎爷爷的心，从那以后，再不提这个话茬。四虎爷爷去世得仓促，临走一句话也没来得及交待。去世一个月，张德培又来找四虎奶奶说赡养的事，四虎奶奶一口答应了。四虎奶奶比四虎爷爷好商量，找村长写了字据，四虎奶奶一个大字不识，她听村长给她念：如果能生活自理，四虎奶奶自己洗衣做饭。如果不能自理，张德培包管一切，包括医药费、生活费诸如此类。白纸黑字，永不反悔。

签下字据，张德培做的第一件事，就是把大大小小香椿都砍倒了，只留下一株，移到了自己家的院子里。张德培的这个举动，遭了一条街的人骂，但他不在乎。他说四虎奶奶的宅院属于他了，他没有义务供大家吃香椿。

那年张德培三十几岁，他有两个儿子。大儿子张帅十三岁，小儿子张新五岁。张德培经常指着西边的宅院对张帅说："看见没，将来就在那里给你娶媳妇。"张帅是一个乖孩子，爹说什么他听什么。没事的时候，他也隔着院墙朝这边张望，潜意识里，他已经把这边当成家了，他的新娘就在小格子窗的里面，红盖头下，有一张朦胧的脸。张德培是这样算计的，四虎奶奶再活几年，张帅也到了娶媳妇的年龄。存些钱把房子翻修一下，把两家的隔断墙拆除，是方方正正的一个大院子。两个儿子两所宅院，傍着一条通天路，占尽了罕村的风水。张德培的这个算计，可谓是一本万利。村里人都说，他占了大便宜。谁不知道四虎奶奶又节俭又不贪嘴，还不像别的老人那样难伺候。只要有一口吃喝填肚子，就是快快乐乐的一个人。

当然，村里人也说张德培欠厚道。张帅一天一天长大，四虎奶奶一天一天变老。他恐怕总嫌四虎奶奶老得不够快。瞧他端着饭碗蹲在四虎奶奶家门口的样子，脸像灶膛一样黑，脑筋转着九曲十八弯，肚肠里不定翻腾着啥算计。

事实证明，人算不如天算。罕村人彻底领略了老天对一个爱算计人的惩罚。所有的算计都不在张德培的掌控之内。四虎奶奶越活越精神，从八十奔九十，眼下这都快满一百了，还伶牙俐齿。罕村人不明白，她年轻的时候可是废物人，吃跟不上趟，干跟不上趟，话板儿也不行，有口舌之争总受人欺负，老了反而精气了，难道真有返老还童这回事？张帅上学时成绩一直不好，勉强考上了普通高中，高三的时候家里就预备给他说媳妇了，可张帅看着四虎奶奶一点儿也没有要老的样子，知道住她的房子无望，一咬牙开始五加二、白加黑，发誓离这房子远点。这年高考，他居然上了一本线，毕业以后，直接留省城当了公务员。

啧啧。村里人说，四虎奶奶给张德培家带来了福气。大儿子当了公务员，小儿子上了军校，瞧他挑水还垮着个脸，一点儿也不知道谢谢四虎奶奶！

张德培真是百口莫辩。一副水桶他从三十几岁挑到现在，自己都有孙子了，还得给一个外姓人当孙子使，这上哪儿说理去？

得！

四月的罕村是一个大花园。养花种树是最近几年的事,你种他也种,你养他也养。你养白的我养粉的他养大红的,比赛上了!过去村里都是杨树柳树柴榆树,偶有一两棵杏树,开伶仃花,结小酸杏,没人拿它当回事。现在争奇斗艳了,也舍得给树上农家肥了。尤其村西新修了一条路,通往村南的省道,相当于村里的外环,只是没有弯儿。百十米的路段,两边栽了碧桃、百日红、丁香、龙爪槐,要红有红要绿有绿。人一老还不只升了辈分,还有地位和尊严。三婶子,二大娘,一个七十几,一个八十出头,都弯腰驼背,脚步不稳了。再看四虎奶奶,年轻时啥样,老了还啥样。一身碎花衣裤,自己去大集挑来的。头发白里透黑,后面的篡圈子是假的,就像年轻人的辫花一样。眼有点儿花,耳朵稍微有点儿聋,但脚下的步子很有章法,甚至称得上身轻如燕。往年都是她招呼,说咱去逛街景了!于是后面跟着好几个老太太,拿着板凳或坐垫,还有老爷子汕汕地在后跟着。村西有点远,四虎奶奶不招呼,他们谁也不好意思往那里走。人老成一把骨头,就剩吃闲饭晒墙根儿了,哪好意思再往花跟前凑,让儿女看见了,要遭呵斥;让外人家看见了,要笑掉牙。但四虎奶奶没有这样的想法。笑话我?我还不定要笑话谁呢!花开了她去看花,柳绿了她去看柳。她一招呼,一条街的老人都蠢蠢欲动。说是老人,八十的有,七十的有,六十的也有。真的真来假的假。于是村西的那支队伍蔚为壮观,羞羞答答,扭扭捏捏,奇奇怪怪。遇有人丢来不解的眼神,神态自若的大概只有四虎奶奶一个。"我九十九了,我怕啥?变成蜜蜂我能采蜜,变成蝴蝶我能唱歌。我笑话别人那年,你爷才刚生出来。"

喊!这个四虎奶奶!

3

母亲从外回来,脸上挂着不自在。她从园子里拔了一把小葱,我想择,被她挡了。母亲说:"你少去四虎奶奶那里,张家人对你有意见。"我问:"咋了?"母亲说:"你一定跟四虎奶奶说了不该说的话。刚才张德培点我了,说你家二姑娘真闲,没事儿就别去挑唆四虎奶奶了。"我开始倒带子:"跟四虎奶奶说啥了?没说不该说的啊。"母亲说:"你说村西的花都开了,柳都绿了,让四虎奶奶心眼儿活动了。"我说:"四虎奶奶问起村西的花啊柳啊,我昨天从那里过,都看见了,就是实话实说。怎么,这就叫挑唆了?"母亲说:"反正你给德培叔找麻烦了。四虎奶奶今天早起就闹着要去看花,还说四月很美,她要去享受春天。"我哈哈笑了一通,说:"四虎奶奶啥时变成诗人了。"母亲说:"你还笑,德培叔差一点儿气死,早上他跟我说话直喷吐沫星子,说四虎奶奶跟他吵了一早晨。"我问:"就为看花?"母亲说:"还能为啥。你不知道四虎奶奶是多好美的人?"我哪里不知道,头发不梳光了不出来见人。有一次,她的篡圈子丢了,头发蓬了起来,她央人去大集上买,买不来硬是不出屋。我知道德培叔是一个嘴不好的人,但心眼儿不坏。心眼坏的人哪能挑二十九年水,不定想啥歪道道了。我说:"这么点事也不值得吵,我开车拉着四虎奶奶溜达一圈。"母亲摔打了一下小葱,说:"你就别添乱了。你德培叔那么要脸面,会让你开车拉着?"我说:"这有啥?"母亲说:"啥都有!"我还是择了一棵葱,搞不懂这个"啥都有"里都有啥。我有点儿郁闷。我问母亲咋办。母亲说:"这不关你的事,你闷着。四虎奶奶若真是想看花,一准儿是你德培叔用车推着,走大道。四虎奶奶坐你的车去村西,是打他的脸!"

话说得我都有点儿蒙:"德培叔真会这样想?"

母亲说:"要是说错了,我这一把年纪就白活了。"

太阳就像攀高枝的小媳妇,不到九点,就上树梢了。春天的太阳通透澄明,天地万物都似新的。母亲的小葱择得没完没了,她坐在门侧,路过的人看不到她,但她能看到外面。有些小葱细得简直就像头发丝,我可没有耐性择,回屋去划拉手机。时辰不大,母亲嘘着声音喊我:"云丫,云丫。"我赶忙跑了出来。母亲暗示我去看外面,我只看到了一个推车人的背影,敦实的身材,两只外八字脚,茅草似的一脑袋乱头发。就听德培婶子跟人打招呼:"老太太好心情,要去看花!园子里的菜该浇了,张帅的爸没有闲工夫……我不闲,可看花打紧。谁让老太太好福气,遇到我这样好说话的人……"

段玉春身子一扭,拐弯了。我对母亲说:"到底还是四虎奶奶占了上风,她遂了心愿。"

母亲撇了下嘴,说:"你知道什么,段玉春从不登四虎奶奶的门,张德培这是让她向村里人显摆孝心呢。其实谁不知道她,四虎奶奶分了几粒钙片给别人,她隔着墙头骂,说钙片是我儿子买的,你倒会解外人缘,难怪生了绝户心!"

我说:"有意思。四虎奶奶为啥要把钙片分给别人?"

母亲:"张帅对她好,一买钙片买好几瓶,她把钙片当糖吃。她身子骨好,大家就说她是吃省城的钙片吃的。"

哈,这一家人真够复杂。

母亲起身用笤帚扫葱毛子,外面倏忽一闪,张德培骑车过去了。母亲追到门外看了一眼,说:"这一家人,一早上不太平。"

我说:"德培叔也去看花了?"

母亲说:"看花要是能看出钱来,他去。看不出钱来,搭一眼的工夫,他也舍不得。"

我说:"他的儿子都出息,德培叔不该再这样算计。"

母亲说:"他是算计惯了,哪天不算计,他会觉得天上的星星都没出齐。"

架子车还是过去那个年代的产物,独轮,上面卧着铁皮斗。也就是张德培这样精细的人,能把这样的老物件保存这么多年。也就是四虎奶奶这样瘦小的人,能囫囵个儿地坐在车厢里。车架子年年上油漆,车轮年年上油,铁圈用砂纸打磨出光亮,车还似新的。铁皮斗里铺上垫子,靠背垫两个枕头,张德培对媳妇段玉春说:"你推四虎奶奶去看花。"段玉春说:"我不去。我连我妈都没推过。"张德培眼一瞪,说:"你妈才活六十岁,能跟一百岁的人比吗?"

段玉春不言语了,她说不过张德培。

张德培开始给段玉春上课,从战略高度到现实意义,从识大体、顾大局的角度,从省城一直说到罕村,总算把段玉春说活泛了。段玉春亲自登门对四虎奶奶说:"我推着您去看花,这回您称愿了吧!"四虎奶奶喜不自禁,指挥段玉春翻出压箱底的衣服穿在身上。段玉春说:"又不是上花轿,穿那么新干啥?"四虎奶奶说:"我这是给你长脸呢。"段玉春说:"可别,我的脸面不值钱,您不用给我长。"

按照张德培的设想,村中心的这条街,会有许多人。谁看见段玉春推车都会问,这是干啥去?推着四虎奶奶去看花,这是大新闻,传出去,说不定能够上广播,登报纸。现在又有微博又有微信,若是能传到省城和部队,多给儿子长脸啊!张德培一再嘱咐段玉春,见人别垂丧脸,要满面春风,要让别人看出你推着四虎奶奶去看花很情愿,而不是不情愿。嘱咐得再好,段玉春心里还是有疙瘩,她就是觉得四虎奶奶一直在占张家的便宜。她一直都闹不明白,四虎奶奶何以能活那么久,这不就是存心跟自己家过不去吗？还就是老天有眼，让张帅考上了大学，如果在村里娶妻生子，就得跟四虎奶奶住在一个屋檐下，张帅也叫她奶奶，但到底不是亲奶奶，张帅不别扭，段玉春别扭！

段玉春心里的疙瘩，一直在解，但一直解不开。张德培说她没文化，属于擀面杖吹火——不通气儿。他说："四虎奶奶也不是自己想活那么久，阎王爷不收她，你让她有啥法儿？"

段玉春说："河里没盖井里也没盖，她咋就没办法？"

张德培听出了她话里的险恶，痛斥她说："放屁！放屁都不臭！"

张德培出了家门往西拐，有一个上坡。他下了车，推着车子往坡上走。有人跟他打招呼："德培叔干啥去？"张德培说："你婶子推着四虎奶奶去看花了，她们走的大道。我不放心，从这边迎迎她们。""看花？看啥花？"张德培不厌其烦从四虎奶奶栽跟头说起："那天去大堤，往下走时出溜了一下，摔了个屁股蹲儿。这几天就总闹尾巴骨疼，走不了路。可听说村西的花开了，眼睛馋，非要去看看。这不，你婶子用车推着她，老娘儿俩去看花了。"张德培走了一路解释了一路，也有人出言不恭："七老八十的人了，看啥花。"张德培挑着高音"嗯"了一声，表示不赞同："爱美之心人人都有，四虎奶奶活了百岁，更是美不够！"

远远就看见花开得热闹，白的像雪，红的像霞，粉的像胭脂。空气香得让鼻子刺痒，忍不住打了一串喷嚏。这一条路静悄悄的，一个人也没有。张德培出来得晚，路上又最大限度地耽搁了时间，按照他的算计，这个时候段玉春正好出现在路那头才对。她推着车，缓缓地走，四只眼睛左看右看，指指点点，身后跟着一大群村里人。大家七嘴八舌说："四虎奶奶当年多亏签了协议，晚年才这么幸福。让人推着看花，就是亲娘老子，你干吗？还就是人家张德培，还就是人家段玉春！人家自己优秀，培养的儿子也优秀。他们是罕村的楷模！"

张德培陶醉在自己的想象里，把自行车停放在路边，叉着腿站在路中央，从兜里拿出了手机。手机是儿子用剩下的，大屏，还是九成新，能录像，能照相。张德培早就搞清楚了功能，他曾经把菜园里的蔬菜拍成照片发给儿子，张帅鼓励他说："真好。同事们都羡慕我有这样的老爸，老爸经营这样的菜园，有个成语叫馋涎欲滴啊！"张帅真的把同事带回来过，男男女女一车人。他们把葱叶揪下来直接填进嘴里，把莴苣菜劈下来直接填进嘴里，连韭菜都有人往嘴里填，嚼得牙齿都是绿的。他们给蔬菜这么那么照相，还有人发到了网站上，让更多的人流口水。张德培都看得懂流口水的那个小脑袋瓜，小圆脸，两只小眼睛，嘴边吐一堆泡沫沫，这就是馋嘴啊！眼下张德培不馋，他给大街照了相，又给海棠和丁香照了几张。粗糙的大手总也戳不准那个按钮，照片划拉出来，红的绿的，也都有模有样。他不时往路的尽头瞅，段玉春还没出现。难道是大街上人多，她跟人家扯上闲篇儿了？这个老婆子是有这个毛病，分不出事情的轻重缓急，你扯闲篇可以，别今天扯啊！今天的主要任务是看花啊！张德培还等着给她们照相录像呢！今天争取能传到儿子手机里。当然，张德培没告诉段玉春自己今天摄影师的身份，他担心段玉春心里有防备，有了防备，她这一路都笑得不自然。路上还是没有人影，张德培把手机揣进了兜，骑上车往前走，路走到头了，段玉春仍没出现。拐上一个弯，这里能看见村头，村头有座石桥，桥边晃着许多脑袋瓜，下棋的、打牌的，闲人都在那里汇聚。还是没有段玉春的身影。今天也是神了，前后左右都没个猫影狗影，这人都去哪儿了？都像土地爷一样隐遁了？

好不容易看见了满多从村里出来了，他骑着车，车上载着喷雾器。张德培赶紧把神情上的紧张放下了，装成悠闲自在的样子。他招呼满多说:"这么早就给果树打药了?"满多回身看见是张德培,赶紧从车上跳了下来。满多说:"德培叔你还在这儿看闲景呢,我婶子推车把四虎奶奶栽了,她正在大街上哭呢!"

张德培慌忙骑上车,回身问:"四虎奶奶摔得重不重?"

满多说:"让四虎奶奶坐独轮车,亏你们想得出来!"

4

罕村的这条主街就是通天道,南北贯穿。这条街的繁忙应该显而易见。今天真是奇了怪了,街上一个人也没有,大小孩儿都看不见。这让张德培的嘱托显得多余。他告诉段玉春,遇见村里主事的人要放下车说话。段玉春问谁是主事的。张德培说:"村长、书记、妇女主任、电工。"段玉春说:"电工不算主事的。"张德培:"你干别的不行,抬杠倒行。电工走东家串西家,他不主事你主事?"按照张德培的设想,这一路应该遇到很多人,很多人都会问相同的问题,推着四虎奶奶干啥去?摔跟头和看花,一定要重点说出来,否则中心思想不突出。

没想到一个人也碰不见,让段玉春越走越生气。她叨咕说:"天天你算星星算月亮,就没算出我今天倒血霉。"四虎奶奶知道她心不顺,搭话说:"这一路让你受累了。"段玉春说:"谁让我命不好。"四虎奶奶说:"要我说,你命好着呢。"段玉春说:"命好我坐车,哪像这样费心巴力推着人家走!"四虎奶奶说:"你这话说得没自在,谁好好的愿意坐车?"段玉春把这话听进去了。可不是,站的别羡慕坐着的,坐着的没眼羡躺着的,有人躺下就永远起不来了!想是这样想,段玉春嘴巴到底不饶人,扯着声音说:"别站着说话不腰疼,我都多少年没摸车把了!"

四虎奶奶咯咯地笑，说："我知道你委屈。可我还活几天，说不定这是最后一次看花了。"段玉春说："这句话您年年说，年年说！可您年年看花，年年看花！"四虎奶奶说："年年能看花，这也是我修来的福分。"段玉春觉得手有些磨得慌，突然把车把放下了。四虎奶奶没提防，身子朝后仰了一下，差点儿闪出车厢。段玉春没好气地说："啥是你修来的？不是我好心把你推出来，你看啥？连花的影子都看不着！"四虎奶奶也生了气，大好的情致段玉春不知道珍惜。四虎奶奶说："我这一辈子，没做过一件亏心事，没说过一句亏心话。能活九十九，不是修来的是啥？"段玉春想了想，一件陈年旧事突然冒了出来，说："您把自己说的都是溜光面，当年偷人家的衣服被嘎拉村的人扣起来，是谁把你赎回来的？这样的事都忘光了？"

就像晴天突然响了个霹雳，四虎奶奶一下子就给震蒙了。温暖的天空下，四虎奶奶打了个寒噤。她扭过身子想说点什么，车子突然失去了平衡，朝一侧歪去。段玉春哎哟哎哟地急忙去掌把，还是晚了十分之一秒。车子一下倒在地上，把四虎奶奶摔出去一个骨碌滚儿。一瞬间，那些土行孙不知都从哪里都冒了出来，围过来许多人。满多也正好从这里过，掏出手机要打120，说送四虎奶奶去医院。四虎奶奶吸着气说："满多，我不去医院。我都土埋脖颈子了，还给医院送啥钱？"满多说："您就知道给德培婶子省钱，省钱她也不说你好！"

段玉春挥手打了满多一耳光。满多立起眼睛一龇牙，没敢还手。段玉春看着自己的巴掌不知如何收场。她把一早上张德培嘱咐的话都忘光了。没人问起她们干啥去，大家反而关心四虎奶奶偷衣服的事："这是啥时候的事，我们怎么没听说过？"

段玉春不耐烦地说："云丫的爸知道，你们去问他。"

有人说她："废话，云丫的爸死了十年了，怎么问？"

旁边正好有个小超市，大家七手八脚地把四虎奶奶抬到了台阶上，四虎奶奶的额头创破了皮，半边脸上都是土。有人给她活动胳膊腿，骨头没碍事。

段玉春赶紧说："骨头没碍事就是没事儿！"

满多不满地说："尾巴骨不是已经摔坏了吗，这一摔难道又给摔好了？"

段玉春坐在地上嚎啕大哭，她说满多和四虎奶奶合起伙儿来欺负她，她今天没活路了。

在梦里，小葵似乎喊了我一声：王云丫，你该写写我啦！

哈，我郁闷半天了。也不知道四虎奶奶摔成啥样了，用肉眼瞅不出来啊！可四虎奶奶不说去医院，别人都顺水推舟。小葵你说这事可咋弄，愁死人了！

小葵说，你还是继续写小说吧！

对。一想到要写我们的小时候，心里的郁闷立刻化开了。可是小葵，下面的故事里，你不是主角啊！

终于该讲讲我和小葵的故事了，我都看到她着急了。她是急脾气，这一点跟俊以一点儿也不像。前面我说过，俊以比我们大三岁，她是蹲班生，跟我从小学到高中都是同学。小葵跟我一样大，可她整整比我晚了三个年级。她太贪玩，家里也不催她去学校，她十岁才上一年级。那时我都能看书看报了。

我和小葵的童年跟四虎奶奶密切相关。只要放了学、放了假，母亲就把我往外推，去，看看四虎奶奶该拾什么了！那时一年三季闲不住，我们跟在四虎奶奶的屁股后头，拾白薯，拾芝麻，拾黄豆，拾黑豆，拾棉花，拾花生，拾玉米，拾高粱，拾谷穗，拾甜瓜，就更别提拾柴挑菜了。母亲愿意我们跟着四虎奶奶，是因为跟着她确实能拾来东西。若是小葵我们两个出去，不定躲在哪里吃甜棒，或者到河里去洗澡，能把拾东西的事忘到爪哇岛。不得不回家了，才发现筐里是空的，好歹采把草，剜些菜，偷偷放到羊圈里了事。母亲如果追问，就说草都让羊吃了。

因为撒谎的事，我和小葵都没少挨巴掌。可挨过了就忘了，下一回还是去河里洗澡或去田里吃甜棒。事实证明，这样的事更吸引我们，我们为啥不能顺着自己的心意呢！

但跟四虎奶奶出去就不一样了。她会给我们讲古记，走一路讲一路。狐狸精、白面鬼、黄鼠狼装小孩哭、聚宝盆、老大傻老二奸、肉饺子素饺子……故事真是无穷无尽。跟四虎奶奶去拾白薯，是童年深刻的记忆。白薯死沉，拾的时候欢欣鼓舞，唯恐笼筐不满；往家里走时垂头丧气，我们麻秸秆样的胳膊，根本拎不动。四虎奶奶发明了好办法，她用长柄三齿当扁担，把我和小葵的笼筐挑起来，前面是小葵的，后面是我的。小葵还小性儿，若是她的笼筐放身后，她就不放心，怕大块白薯丢了。四虎奶奶用的是左肩膀，右胳膊拐着自己的筐，就这样还给我们讲古记呢。路上有外村人问这俩孩子跟四虎奶奶啥关系，四虎奶奶敞亮地说："我孙女！"

我和小葵甩着手臂在旁边走，走得心安理得。其实我们的身量跟四虎奶奶差不多高，尤其是小葵，甚至称得上人高马大。我们讨论过这个问题，得出的结论是，四虎奶奶虽然个子小，可她是大人。大人就应该关心小孩，否则，她为啥叫大人呢！

那个时候，我家穷，小葵家更穷。我们拾来任何东西都会受两个妈妈欢迎。但俊以不一样，她家放空汤都炸油锅，香味也飘出三里地。俊以的衣裤总是穿得整整齐齐，脚上是新鞋，走路鸟悄鸟悄，唯恐踩着狗屎。这样的俊以却不受尊敬,小葵从来不喊她姐,总是直呼其名。她家住在胡同里,我们拾东西回来,总见她站在胡同口,眼馋地问:"又……又拾啥了?"必须说明,她不是对我们拾来的东西眼馋,她是眼馋拾东西这种行为,能走很远的路,能见很多的人,能看很美的风景。运气好还能搭马车,拾的东西能放到驴背上,让驴驮着走。我和小葵每每回来都走得器宇轩昂,像是打了胜仗的女将军一样。

俊以不止一次地表示:"我……我跟你们一起去拾吧。"

我和小葵学她说话:"往……往后再说吧。"

但小葵招呼我,我招呼小葵,我们从来不招呼俊以。俊以知道我们什么时候回来,但从来不知道我们什么时候走,盯梢也不行。

有一年夏天,小葵拉痢疾,脸眼瞅着小了一圈,走路打晃,说话有气无力。四虎奶奶问我去不去大洼拾麦子,我说去。咋能不去呢!大洼有传说中的石头王八,有穿铠甲骑白龙马的小李广将军,还有刘伯温在大洼深处挖地的传说。我对后一个故事感兴趣,据说刘伯温曾经想把北京城建在这里,挖一锨土盖进坑里,土高出地面很多。说明这里的土肥,土肥人就懒,定都会亡国。他继续往北走,走到了北京的地界,挖一锨土盖进坑里,坑里只有半下。刘伯温很满意,回去告诉了朱元璋,说这个地方地贫人听话,适合定都,于是建立了北京城。这个故事我还是听四虎爷爷说的,据说大洼的边角四至,跟北京城一模一样。四虎爷爷是故事篓子,然后又传给了四虎奶奶。传说中的大洼我还没去过,如今要亲眼见识,我哪能放过机会呢。我去找小葵,把大洼说成了一朵花,也没能让小葵动心。小葵捂着肚子哼哼说:"你瞧我这样,走得了那么远的路吗?"可我不能一个人跟四虎奶奶走,我习惯了身边有个伴儿。没奈何,我去找了俊以,俊以一听就很兴奋,告诉她妈她要去大洼拾麦子。她妈却不放行,说我们家不缺那把麦子。俊以靠着墙根儿装哭,总算让她妈动了心。她妈领着俊以找到了四虎奶奶，说："我把孩子交给您了，您可别让她累着，也别把她弄丢了。"

四虎奶奶认真地说："要是真遇见拍花的呢？"

传说中的拍花人，模样就是普通人，可他只要跟你一搭讪，你就自觉自愿跟他走，谁也拦不住。总有左右邻村的孩子被拍花人拍走的传言，但罕村一个也没有。

俊以妈说："真……真遇见拍花的，不……不是还有他们家云丫吗？"

把我妈气坏了。我妈找上门去跟俊以妈理论，说："拍花的就拍我们云丫，就不兴拍你们家俊以？"

俊以妈跟俊以一样，越着急越说不出话。她说："我……我……我不是那个意思，我……我……我的意思是……"

我妈说："你……你……你就别说你的意思了，告诉你，拍花的专门拍小孩，拍走了剜心挖眼……人家可不管是叫俊以还是叫云丫。"

5

大人们争吵，我们老少三人上了路。俊以穿得多，没走出多远就开始脱衣服。她脱一件让四虎奶奶抱一件，又脱一件，四虎奶奶又抱一件。我一路走得心不在焉，跟俊以搭伴多少有些不习惯。四虎奶奶又在讲狐狸精，说一家只有姐妹俩，狐狸精一进门就吸鼻子，说生人味生人味。原来这家门后藏了一个男人。狐狸精这是要吃人了。狐狸精管吃人不叫吃人，叫吃饭，它说我的饭就在门后藏着呢。这故事让我的耳朵起茧子了，但俊以听得津津有味，她蹭着四虎奶奶走，脸侧向她，像个傻瓜一样。

这天奇热，太阳简直要烫死人。我们好不容易来到了大洼的边沿，让太阳一晒,刘伯温、小李广、石头王八,啥都想不起来了。那大洼就像聚火盆一样,让人睁不开眼,腾腾地从地下往天上蹿火苗。远处有人在锄地,衣服都在脑袋上顶着,更像在刨地。锄头举得高,落到地上咚咚响,像是擂鼓一样。大洼是黏性土,雨天拔不出脚,响晴的天气地一干就透,横七竖八裂口子。大洼有三宗宝,臭鱼烂虾泥粘脚。到处都是水塘,水塘里都有活物。但这年似乎是少有的干旱年景,水塘里没有水,白花花的鱼躺了一地,都晒成干了。俊以哪里受过这个罪,她是特殊体质,不出汗。脸上的汗出不来,皮肉憋得就像煮熟了一样。还没开始捡麦子,她就嚷渴。她嚷渴的时候也结巴,渴渴渴渴出来一串,让你觉得下一分钟不喝水就渴死了。四虎奶奶拣了两只杏核,用手摩挲干净了让我们含嘴里,说这样可以生津。俊以嫌脏,不肯含。她也不肯捡麦子,奔着一棵树去找阴凉。这里曾经是一眼望不到边的麦田,眼下麦子收割了,麦田玉米刚拱出地皮。若不是那股青草味太难闻,都恨不得把玉米秧揉到嘴里嚼咕。这个时候我特别想变成一只羊,因为嘴唇干得像是在磨沙子,

  四虎奶奶肯定也很渴,杏核在她嘴里骨碌骨碌地转,能听到牙齿与杏核的摩擦声。她让我在她的左侧捡麦子,有一点儿偏西风,这样就能顺风听她讲古记,也能走在她的阴影里。现在想一想,四虎奶奶的用心多周全啊!可当时想不到,就觉得理所当然。四虎奶奶朝那棵树看了一眼,那真是大洼里唯一的一棵柴榆树,歪脖。树下坐着好命的俊以。俊以的旁边有一堆水红,像一朵花一样。那花似乎是专门为俊以开的。我催四虎奶奶快讲,再不讲我都要渴死了。四虎奶奶把嘴里的杏核用舌头顶到了一边,说这个古记过去从来没讲过,你听完了肯定不渴了。过去有一个小仙人,跟后妈过日子。有一天,小仙人去井里打水,一下落进井里了。井里又湿又冷,小仙人冻得直哆嗦。他大声喊救命,可谁也听不到。过路的一个老神仙听到了,去喊小仙人的后妈。后妈过来看了看,

说井太深了，救不了小仙人。说完，就一个人回去了。老神仙非常生气，他让小仙人生出了翅膀，变成鸽子飞走了。

小仙人不是小神仙，是白天乐，就是眉毛、头发、皮肤都是白白的那种人，据说是一种血液病，罕村就有一个，而且也是跟后妈过日子。后妈对他不好，有一次，他也曾经掉进了井里，坐着箩筐被人抻了上来。我还是渴，我不冷也不哆嗦。这样的古记根本吸引不了我，我清楚这是四虎奶奶临时编出来的。编出来的古记不圆满，一点儿都不像狐狸精的故事能打动人。若是往天我跟小葵在一块，她忍我就能忍。我忍她也忍。饥饿、口渴、劳累，我们什么都能忍。可现在不一样，俊以坐在凉阴里，还用手当扇子，呆呆地朝我这里看，让我觉得非常不公平。虽然我已经拣了三把麦子了，麦芒金黄金黄，像待发的羽箭一样。秸秆又干又脆，稍微一碰麦穗头就掉。为了防止掉头，我总是让四虎奶奶捆成把儿，为了能把秸秆润湿当绳子用，四虎奶奶要在嘴里抿很长时间。

……俊以能在树荫下乘凉，为什么我就不能呢？

那些锄地的人往我们这边走来，他们问我们是哪个村的，我抢着回答，罕村的。我多少有些炫耀，因为罕村离这里十几里，他们一定会很惊讶，进而会表扬我。瞧人家的孩子，这么小，多能吃苦！可他们只是嘲笑了我们，说："这地方被人拣了不知多少遍了，哪还有多少麦子啊！这么热的天跑这么远来捡麦子，哪里值得。"他们说说笑笑地走远了，一个大姑娘垂着两只大辫子，很好看。别人头上都顶着一件衣服，她却穿一件有肩襻的小背心，胸脯和肩膀都白花花的。她用锄杆顶住了下巴，问我几岁了，我说十一了。她说那一个呢？我朝她的手指的方向看，俊以转到树后去了，但能看到她的半边身子。我说，俊以十四了。大姑娘说，十四的还不如十一的懂事，一看那就是个秧子货。

表扬我了！我用胳膊抹了一下脸上的汗水，讨好地看着大姑娘。她如果再表扬我两句，我就把斗志鼓满了。可惜她去追赶队伍了，能看出她把地耪得潦草，锄头拉得很长，只把一层浮土遮盖了地表。我一下泄了气，觉得头昏眼花。我没跟四虎奶奶打招呼，就朝那棵歪脖树走去。我渴望在那棵树的凉阴里坐一会儿，用手当扇子扇风。我有些奇怪，那朵红花不见了。俊以蹲在很远的地里像是在解手。我仔细看了下，却没看到她的白屁股。我朝俊以走了过去，俊以有些惊慌地站起身，抿了双腿，明显有遮挡的意味。我朝她的脚下看，发现那地里是揉搓过了的新土，新土上开了一朵小红花。

我指着那朵小红花说："那是啥？"

俊以用脚碾了一下，说："不……不……不知道。"

四虎奶奶在凉阴下朝我们喊："喂，你们俩！我们歇着啦！"

我和俊以先后回来了。我还回头看了一眼，奇怪那朵小红花一点儿也不是花的样子。

我说："四虎奶奶让歇着了，你甭歇，你都歇半天了。"

俊以说："歇……歇半天我也累着呢。早……早知道这么累，我……我就不出来了。"

四虎奶奶跟我商量，鉴于俊以没有捡多少麦子，我们分给她一些，好让她回去不挨骂。"俊以怎么会挨骂呢，"我说，"她空手回去也不会挨骂！"四虎奶奶讪讪地说："空手回去总归不好看，跟我们一起出来的，怎么能让她空手回去呢？还是分一些给她吧。"我答应了，我拣的麦子有十几把，因为支棱着，看上去好大一堆。我拣小的瘪的麦子给了俊以三把。四虎奶奶挑大的给了她四把，我们用绳子打成捆，把麦子夹在腋下，回家了。

走出大洼，就是石头王八落脚的地方，那里还有砸碎了的汉白玉石头。四虎奶奶说，马车走到这里，若是不给石头王八嘴里抹些油，三匹马拉一辆大车也走不动。后来小李广将军气不过,用铁锤把石头王八砸碎了。我建议在这里歇一歇,好好看看石头王八待过的地方。麦捆刚放到地上,一群人提着锄头呼哧呼哧跑了过来,把我们包围了。跑在前头的是大辫子姑娘,她尖声喊老太太,说:"你别跑,你不能偷我的衣服!"

二十几个人把我们围到人圈里,我们三个人自动背靠背,谁也看不到谁的脸。四虎奶奶张皇地说:"我没看见你们的衣服啊。你们俩有谁看见吗?"

我说没看见,俊以也说没看见。大姑娘一下就哭了,说那是婆家给的彩礼,的确良啊!

一个年龄大的老头儿从人圈里走出来,徐徐善诱说:"老太太,看着你是个面善的人,把东西还给人家吧。那件水红衣服就在歪脖树下,大洼里没有旁人,你们一直在那里拾麦子,不是你们拿的是谁拿的?"

我突兀地喊了一声:"不是我们拿的!"

这个时候的我有点儿逞英豪,我想我们不亏心,完全不用怕他们人多势众。只要不遇见拍花的,我谁也不怕。

老头儿一下沉了脸,说:"别敬酒不吃吃罚酒,罕村离这里十几里,不交出衣服,你们休想离开这里半步!"

6

小葵的家在村南,她哥满多跟村里要了宅基地,把老宅子跟俊以的哥哥俊卿置换了。俊卿不孝顺,他老娘经常蹲在墙角哭,磕磕巴巴喊俊以爸的名字:"徐……徐成刚,你个该死的。你……你走带上我啊!"徐成刚已经走了很多年了。那时他还没退休,休假回家从大集买了只野兔。他剥兔子时蹲得腿麻,想站起身,却一下子摔倒了。

俊以妈经常哭这样一句话:"我……我就是属兔子的,你……你这是剥我的皮啊!"

每逢俊以妈哭,俊卿的媳妇四翠就撇嘴。她鄙夷地说:"你都哭多少年了,要是真想让死人带走,早走了。"

听说我回了家,小葵从村南来我家住了一晚。我们睡在一张床上,聊四虎奶奶。那个跟头栽得神奇,四虎奶奶一个骨碌滚儿,居然真是没大碍,只是没能去看花,让张德培用独轮车又推了回来。难道那些钙片真很神奇,让四虎奶奶从此变成了钢筋铁骨?要知道,老年人的骨头比麻花都脆,稍微碰一下就能骨折。可四虎奶奶回家却做病了,她不吃不喝,神情恍惚,嘴里喊王大山的名字。王大山是我的父亲,已经去世十几年了。张德培说,四虎奶奶得了撞客,得猜。他故意把镜子端到大街上,手里握着一枚鸡蛋往镜子上戳,嘴里念念有词:"王大山你站住。王大山你站住。你在那边需要啥,跟我说,我烧给你,你可别迷四虎婶子,她身子骨弱,经不得!"

我父亲活着的时候,跟张德培就不是一路人,他们俩是正副队长,没少争争吵吵,他多少有点怕我父亲,因为父亲是个炮筒子脾气,得理不饶人。张德培猜撞客,有夹带私货之嫌,这一点,我看得真真的。而且又是在大街上秀,更是醉翁之意不在酒。我很愤怒,说他若真有孝心,就应该把四虎奶奶送医院去,做全面检查。拿个臭鸡蛋瞎捣鼓什么!母亲对此无动于衷,她远远看着张德培念念有词,说他爱咋折腾咋折腾,管他干啥。母亲平和的一句话,灭了我心中的火。想起张德培的百般算计,我也懒得跟他再说什么。

上一次见面,我跟小葵说了我要写四虎奶奶的故事。小葵有点兴奋,说:"能捎带上我不?"我说:"如果捎带上你,我就用小葵这个名字,我懒得给主人公起名,麻烦。"小葵说:"没问题,只要不用大名就行。"

小葵问我小说写到哪儿了,我说:"写到跟着四虎奶奶拾白薯、拾芝麻、拾棉花了……"小葵说:"拾黑豆、拾黄豆、拾花生……你给我念念,我看写得像不像。"我起身拿了笔记本电脑放到床上,用手膜开机,把那一大段文字念给她听。小葵失望地说:"你没写全啊。有一次我们过河,四虎奶奶的小脚不敢蹚水,是我把她背过去的……还有一次,也是我背过去的……这些你咋都没写上?"我说:"我写的不是表扬稿,你做的那些好事我用不上。"小葵说:"可你写了张帅买钙片!"我说:"张帅是买了钙片啊。他们这一家,我就觉得张帅是在凭心做事,他对四虎奶奶有感情。"小葵说:"张帅买钙片不定是因为啥呢。"我说:"因为啥?"小葵说:"不管因为啥,他也不会啥都不因为,他是张德培的儿子,做事没有目的,你信?"我笑了,说:"这种阴谋论你从哪学来的?"小葵也有点儿不好意思,掀开被子放了个屁。好响啊,像放了个小炸弹一样。小葵鬼魅地说:"是好人你也得把他往坏了写,这样你不就报仇了?"我说:"我跟他没仇没恨。"小葵说:"张德培说你挑唆四虎奶奶,这不是仇恨是啥?"

哈。要笑死我了。

小葵不满地说:"你吃笑药了。"

我跟小葵交代这个小说的背景。那年大旱,洼里没水,水塘里的鱼都晒成了干儿。如果洼里有水,是会写到涉水的故事的。我记得很清楚,四虎奶奶第一次蹚水,脚小站不住,水流一动人就倒,裤子都打湿了。后来再遇到水都是小葵背,我背不动。所以小葵有理由对我不满意。小葵说:"我看出来了,你也愿意写俊以。那时俊以漂亮。"我说:"我愿意了吗?"小葵说:"里面都是俊以的事情啊。"我想了想,告诉她,我写俊以是因为小葵那天拉痢疾,没有跟我们去大洼。否则,这个小说里连俊以的名字也许都不会出现。因为,故事也许会走向反面。小葵不会去歪脖树下乘凉,也不会有关于水红裤子的故事。

当然,如果当年把俊以换成小葵,那次大洼捡麦子的经历也许根本就无从写起。

小葵说:"段玉春说四虎奶奶年轻的时候偷衣服,她偷了谁的衣服?"

我说:"当年的事你不记得了?"

小葵说:"当年的什么事?"

我说:"四虎奶奶偷了谁的衣服不重要,重要的是她偷没偷。"

小葵说:"她到底偷没偷?"

我说:"你说呢?"

小葵说:"说别人偷有可能,说四虎奶奶偷,我不信。"

我说:"我也不信。难怪这件事现在还能戳痛四虎奶奶。段玉春也是好记性,她拿这件事攻击四虎奶奶,意欲何为?"

小葵说:"你这样说话,我有些听不懂。"

我说:"段玉春不说,连我都把那个地方忘了。"

小葵说:"哪个地方?"

我说:"你不知道,嘎拉村。"

嘎拉村就在大洼的边沿上,是一个柴火垛模样的小村庄。罕村有八个生产队,嘎拉村却只有两个,我们一个生产队有三百二十三口人,他们一个生产队,只有五六十口人。这些是我后来听说的。我们老少三人被嘎拉村的二十几个劳动力围在石头王八待的地方,开始是好言好语,让我们交代把衣服藏在哪里。后来变成了恶语相向。我们的身上,包括裤腿深处都被人摸遍了,一把一把的麦子破散开,查看里面有没有藏衣服。开始我们谁也没有惧怕,可时间一长,天要黑了,蚊子下来了。俊以首先哭了,她喊妈呀妈妈呀,快来救我啊。仿佛她妈是天兵天将一样。她哭我也哭,我一边哭一边偷眼看周围。四虎奶奶也哭了,嘤嘤的像蚊子在叫。我们开始是站着哭,后来是坐着哭。可我们的哭声并没有换来那些人的怜悯,他们要回家了,却不放我们走。四虎奶奶一声接一声地乞求,说自己没有儿女,要那鲜红的衣服没有用,带着两个孩子出来,家里的大人不知道多惦记。四虎奶奶说什么那些人都不信,大辫子姑娘说:"衣服没藏在你们身上,一定是被藏在地里了。你们明天后天再来捡麦子,顺便就可以把衣服取走。"她一把薅住了四虎奶奶的头发,往下一摁,四虎奶奶的整张脸就朝天了。大姑娘恶狠狠地说:"你说,是不是这样?"大姑娘长了一个蒜头鼻子,在地里的时候,我觉得她很好看。这个时候,我觉得她就像吃人的狐狸精,专门欺负生人。可大姑娘的话,像一阵风在我脑子里掠了一下。她说把衣服藏在地里,藏在地里,就得挖坑,就得掩埋,否则水红的衣服在长着小玉米苗的地里很打眼。如果掩埋得不彻底,会不会在地面开一朵花?这让我想起俊以的惊慌,以及地上开的那朵小红花。我刚要仔细看,俊以把那朵花碾在了脚底下。这些画面一闪而过,并没有在我的脑子里做哪怕片刻的停留。我那时确实还没有开窍,没有能力把这些事情串起来统一思考。要过三四年以后,我才对这件事有了新的认识。我们就像战败的俘虏,抱着破散的麦子捆,被人簇拥着来到了嘎拉村。嘎拉村到处都是柴火垛,晚饭几乎家家都是烙大饼的香味。我们被带到了生产队的场院里,引起了更多人的围观。那些人说,衣服一定是中间那个老太太偷的。右边那个有点小,一看就是个二货。左边那个一看就是富裕人家孩子,穿得那么整齐,不会偷别人的衣服。俊以的罩衣是豆绿色,领子是圆的,带一圈荷叶边。总有人围着她观瞧,就像观看一只猴子。四虎奶奶的头发披散开了,她没了眼泪,脸上都是羞赧和憔悴。俊以总是抽抽搭搭地哭,一刻也没有停止过。我早不哭了,四处打量这个陌生的村庄以及这些陌生的人,她们叫我二货,我知道这是骂人的话,我很委屈。那些人轮流回家去吃烙大饼,没有人请我们吃一口饭,喝一口水。我对那个嘎拉村的人痛恨死了。晚上九十点钟,父亲和张德培以及另几个社员来了,原来嘎拉村的人辗转去报了信儿。父亲他们费了许多唇舌,嘎拉村的人只肯放我和俊以走。他们坚定地说:"只要不找到那件水红衣服,就坚决不放四虎奶奶回家。"我坐在父亲的后车座上,俊以坐在张德培的后车座上,我们迅速离开了嘎拉村。父亲路上问我有没有拿人家的衣服,我坚定地说没有。父亲问我有没有看见那件水红的衣服。我的脑子里又掠过了歪脖树下的那朵水红,但我坚定说没看见衣服。

我没有把那堆水红和那件衣服联系起来,即使大姑娘明确了衣服就放在了歪脖树下。我仍然没能把它们联系在一起。嘎拉村的人说得对,我那时确实是个二货。

千辛万苦回到了罕村,饿了一天,我觉得连屁股都给饿瘦了,让后车座的边棱硌到了骨头。村头有个人影在走溜溜,即使天黑得伸手不见五指,我还是肯定地提醒父亲,这是四虎爷爷。几个人都没带来四虎奶奶,四虎爷爷很气愤,他觉得父亲他们不尽心,只顾及自己的孩子。父亲的火爆脾气受不得委屈,在那里跟四虎爷爷掰扯。父亲心里也有气,孩子毕竟是跟四虎奶奶出去的,丢这样大的人,很难说四虎奶奶没有责任。他们吵他们的,我和俊以溜下了车,用最快的速度跑回了家。下一分钟不吃饭,就有饿死的危险。这一刻,我们都把四虎奶奶忘了。

四虎奶奶是转天被四虎爷爷赶着队里的马车接来的。嘎拉村的人当然不放人,四虎爷爷把火柴点燃了,扬言要烧掉嘎拉村。

许多年以后,嘎拉村有个姑娘嫁到了罕村做媳妇,提起当年的那一幕,新媳妇还心有余悸。她说四虎爷爷把嘎拉村的人吓坏了。嘎拉村的人庄小人窝囊,没见过大阵仗,从没见过像四虎爷爷这么难揍的人。

哈,四虎爷爷在罕村,可是有名的老好人!

7

那堆水红是水萝卜皮的颜色,在很多年前是四虎奶奶的噩梦,只要见到那个颜色,四虎奶奶就会打冷战。我记得很清楚,有一次,姐姐新穿了的确良衬衣,四处去显摆。去四虎奶奶家时,被四虎奶奶轰了出来。四虎奶奶说:"你快走,你快走。你待在这里我乱心。"姐姐不乐意地回家来抱怨,我听见了,如同没听见。时过境迁以后,大洼灰蒙蒙的如同一片影子,没有在我们的记忆里留下什么。但四虎奶奶不一样,那一夜的难堪,浸淫了她很多年。两个孩子都走了,场院里只剩下了四虎奶奶一个人。他们把她用草绳绑了,扔到了麦秸垛里,回家吃饭了。夜里天突然有些凉了,四虎奶奶窝着身子倚紧麦秸,那麦秸被碌碡轧扁了,也是一种光滑地凉。天地万物都静,那些她讲过的鬼怪妖魔一齐朝她挤眼。四虎奶奶不是胆小的人,那一夜却把胆子吓破了。她把头使劲往麦秸深处扎,那种好闻的甜香气息一点儿都不能挽救她。夜色越来越浓,四虎奶奶也越来越绝望。她屏住一口气,想一下死了算了。可那口气不由自主,自己把嘴角撑破冒了出来。嚓嚓嚓地传来了脚步声,四虎奶奶不敢抬头,她怕来个红毛绿鬼。那人说,你还在这儿吧?四虎奶奶听见是人声,赶紧答应了。借着星光,看清了是一个年龄相仿的女人,摸索着给她解开了草绳。女人说:"这大洼里有狐狸,夜里不安生。你去我家睡一晚吧,明天一早再到这里来,我把你绑了,你同意吗?"四虎奶奶赶紧说:"同意。"女人说:"家里还有粥,还有烙饼,你好歹吃一口,这一天怕是饿坏了。"四虎奶奶跟着女人深一脚浅一脚地往家里走。女人一直也没有问她有没有偷衣服，仿佛四虎奶奶跟那件事一点儿不相关。

转天天还没亮，四虎奶奶先醒了。她摸索着出了门，找到了那片场院，把草绳披挂在身上，又扎进了麦秸垛里。四虎奶奶想，女人是好心，咱不能连累了人家。

大辫子姑娘先来到了场院，她问四虎奶奶为啥没逃走。四虎奶奶不像昨晚那么可怜了，她硬气地说："我不是贼，我不逃走。"大辫子姑娘说："你不是贼是啥？那件水红衣服到底在哪儿？我明明叠好了放在歪脖树下，只有你和两个丫头在那儿捡麦子，你说，不是你偷的还会是谁偷的？"四虎奶奶眼睛转了转，她想说也许是狐狸把衣服叼走了，狐狸可耐色呢！可歪脖树下那一摊红突然晃了她一下，那红仿佛会流动，一下就把她的记忆填满了。当时俊以在那里乘凉，俊以在那里乘凉！四虎奶奶一下弱了音，她仰头看着大辫子姑娘，结巴说："你……你在周围找找，是不是有人埋起来了？"大辫子姑娘忽然尖叫着冲撞过来，撕扯着四虎奶奶说："贼，你个死贼！我的的确良，埋起来衣服就糟蹋了！死人才把衣服埋起来，天啊，你这是在咒我啊！"

我去单位上了几天班，再回来，村里好像有点儿不一样了。母亲神秘地告诉我，俊以妈的脑子像是出问题了。她在没人的地方拣地上的菜叶吃，还一个人唱小曲。我问唱的啥。母亲说唱的《秦香莲》。还有身段，带比画，差点没把媳妇四翠气死。我说气死算了。母亲说你这是啥话。我问四虎奶奶咋样。我上班的时候没有哪天不惦记。母亲说："四虎奶奶被张德培推回来时还好好的，到家就不行了，一阵明白一阵糊涂，前几天喊你爸的名字，这两天喊俊以，她都多少年没看见俊以了，喊俊以干啥？"

我心里一动。段玉春挑起了她的心病，说她年轻的时候偷衣服，那件事与俊以有关。

母亲说："你可别多事。她都那么老了，也该糊涂了。"

我说："她不糊涂，当年的事还在她心里窝着，留着引信。段玉春一点着，大概就爆炸了。爆炸的结果是，她把自己炸糊涂了。"

我问母亲："当年她被嘎拉村扣下的事您还记得吗？"

母亲说："咋不记得。她被你四虎爷爷接回来，头上扣着大草帽，一整天不出屋。转天晚饭以后来咱家，就靠门框站着，让她坐也不坐。咱家人正在炕上吃饭，她对你爸说，队长，那件衣服不是我偷的。你爸不以为然，说我原本也不相信你会偷衣服。那个嘎拉村指甲盖大，他们的东西值得咱偷？偷那是高抬他们！她脸上落了泪，扭身就走了。"

我说："我咋不知道这一幕。"

母亲说："你是睡着了还是找小葵玩去了，我忘了……对了，她还带来了五个粽子，你记得吃粽子的事吗？"

当然记得！我立刻兴奋了，那是我第一次吃粽子啊！真没想到世界上还有那么好吃的食物，黏黏的，糯糯的，又香又甜。枣子没有核，我第一次知道，这个世界上，还有不长核的枣！苇叶煮熟的味道非常好闻，那简直是天底下最好吃的美味！

我吃了粽子就去找四虎奶奶，问这样好吃的东西是怎么来的。潜意识里，我其实没吃够，还想看看四虎奶奶那里有没有。四虎奶奶说，粽子是四虎爷爷拣的。就是从嘎拉村接四虎奶奶回来的路上，驾辕的马不走了，低下头，撕扯一个布兜。四虎爷爷从车辕上跳下来，才发现布兜里有六个粽子。他拿起来给四虎奶奶看，说咱拣着？四虎奶奶说，就怕是美帝从飞机上扔下的，里面有毒药。四虎爷爷说，也是。这么金贵的东西也有人丢，分明是故意的。四虎爷爷站在那儿，抱着鞭子低头瞅粽子，踌躇了好一会儿，到底没舍得丢下，他马马虎虎地把布兜扔进了车厢里，就在四虎奶奶的脚边。到了晚上，四虎爷爷又想起粽子的事，回队里取来了布兜。他们小心地剥开了一个粽子，先闻味，再用舌尖尝，再用凉水冲洗，没发现异常，满屋子都是粽子的香味，四虎奶奶咽了口唾沫。四虎爷爷说："咋办呢？是你尝还是我尝？"四虎奶奶说："你工分挣得多，还是我尝吧。"四虎爷爷说："也好，但别现在尝，咱说会儿话。"他们俩从八点说到十点，感觉没说够，又说到十一点。四虎奶奶的眼睛打轧板儿了。四虎奶奶说："我尝了啊！"四虎爷爷："再等等，我想想还有没有别的话。"没想出来，四虎奶奶把一个粽子已经吃完了，和衣而卧。这一夜，四虎爷爷根本没睡觉，他就在旁边瞅着四虎奶奶，手边预备了旧棉絮，防止四虎奶奶七窍流血。隔一会儿就趴在四虎奶奶的鼻尖上，看她有没有呼吸。四虎奶奶这一夜睡得很沉，早上一睁眼，见四虎爷爷大虾一样垂着腿在炕沿上坐着。四虎奶奶一骨碌爬了起来，说："粽子没毒！"

四虎奶奶让四虎爷爷也吃一个。四虎爷爷看了看，没舍得。他说他不喜欢吃黏米，粘牙，还是留着她慢慢吃吧。晚上四虎奶奶就把粽子拿到了我们家，我们家正好五口人。

往事像珠链串成了串，越来越清晰。我给小葵打电话，我说："你来罕村吧。"

小葵问我有啥事，我说你来了我再告诉你。小葵问："你小说写到哪儿了？"我说："四虎奶奶糊涂了。"小葵说："她到底年纪大了，不经折腾了。"我说："我想去找俊以，你跟我一起去吧。"

小葵答应了。小葵说："我不见俊以也很多年了，当年人家的命多好啊！"

俊以结婚的时候，我买了条大床单当贺礼，花了二十三块钱。我结婚的时候，曾寄希望于俊以回个礼，但我的希望落了空。那时我们都刚高中毕业，高考没上线，俊以因为大了三岁，每天都出去相亲。那时刚推行土地承包，把俊以吓坏了。她干不了庄稼活儿，不止一次被庄稼活儿吓哭。所以她嫁人的条件是，弟兄一个(怕受妯娌欺凌)，公婆身体好（能给她下地干活），丈夫会手艺（能挣钱）。她干啥呢？生孩子。俊以急匆匆地结了婚，一连生了六个女孩，送给人家三个，想要的儿子一直没有踪影。俊以因为这个也自卑，在家里也没地位，仿佛生不出儿子都是她的罪过。

小葵告诉我，俊以从打结婚也没顺当过。结婚第一年，公爹死了。第二年，婆婆死了。男人虽然会木工手艺，可手艺人很快就不吃香了。男人在外干啥啥不行，但就是能把俊以管得死死的。俊以年轻的时候回一次娘家哭一场，那时她爸还活着，无奈地看着俊以和母亲抱头痛哭。这个国务院的电工，能跟天安门合影，却帮不了自己的女儿。后来俊以就很久不住娘家了，婶子想她，就走十几里路去看她。她骑车把老娘送到村头，连家门都不进。

我说："她这是干什么。"

小葵说："日子不如人，她大概也自卑。"

我叹了一口气，当年心高气傲的俊以啊！

8

那个村庄名叫马家港，离罕村有十五里。俊以结婚的时候小葵曾来过一次，多少有些印象。屋前有座坑塘，院门朝西开。我们把车停在坑塘边，沿着一条小路走了过去。小葵对那座房子还有印象，是新盖的，没留后窗。当时就奇怪，农村的房子，哪有不留后窗的人家啊！我问有啥讲究，小葵说碍着风水。我说："我怎么没听说过？"小葵说："俊以多半辈子都不顺，能说与这个无关？"我叹息了一声，说："这谁知道。若是有后窗就有风水，那就多留几个，让风水大风一样朝里灌。"小葵说："多留一个都是错，你还多留几个？"

还是那座老房子，屋脊都有些凹陷了。小葵对我说："这就是没有儿子，若是有儿子，屋子早翻修了。"按说我也应该叫俊以姐，因为打小就没叫过，所以叫不出来。但管她丈夫叫姐夫，必须的。小葵先叫，我后叫。姐夫看上去是个老实人，个子不高，有些谢顶。颧骨有两块赤红，一直发散到了眼角。他有些不知所措，想去倒水，却把茶杯碰翻了。俊以看到我们有些激动，她面容不显老，眉眼还是那么俊俏，头发还很浓密，但花白了。她眼神扑闪，问我们怎么想起来她家。按事先商量好的，我说出来逛风景，逛着逛着就走到这庄上来了。房间里的陈设很简单，一个大衣柜，一个高低柜，上面放一台老式的电视机，带旋转按钮。衣柜橘色的油漆都脱色了，大概还是结婚时哪位木匠师傅打的。见我盯着那些物件看，俊以努力板着语气说："家里穷，让你笑话了。"

"你说哪儿去了。"我笑了一下。

俊以说："你和小葵都是有手艺的人。你会写小说，小葵会做账，就我是废物点心一个，几十年过成现在这个样子。"

俊以慢声细语说话，听不出结巴了。

小葵响声说："这个样子有啥不好？我们在城里也累着呢！现在大家都往乡下跑，乡下又吃香了。"

姐夫坐在屋角，有些局促地说："要我说城里没有乡下好。买一把葱要钱，买几头蒜要钱，吃水花钱，上厕所要钱，挣得少根本生活不好。城里的空气还不行，雾霾比乡下严重，得癌的机会就多。"

"对。"我表示赞同。

俊以说:"你,你们,挣得还多呢!"

姐夫不满地白了她一眼,俊以立时闭上了嘴巴。

小葵伸着脖子看窗外,问姐夫园子里都种了啥。不等姐夫回答,她招了下手,姐夫跟她出去了。我一下松弛了,说:"俊以,你这个村子好难找啊!"

俊以说:"村子不傍着柏油路,所以出行也困难。"我说:"这个村好小,跟嘎拉村差不多大。"俊以问:"哪个嘎拉村?"我凑近了俊以坐,握住了她的手,她的手很糙,握在手里像一柄小木锉,但难掩当年十指尖尖的俊俏,每一枚指甲都是朵指甲,不像小葵,两手王八盖。当年俊以一双好看的手,曾经让我们多么自卑啊!时不我待,我赶紧说:"俊以,你还记得当年吗?我们跟四虎奶奶去大洼拾麦子,被嘎拉村的人扣下了。"俊以怔了一下,抽出了手,理了理头发,说:"那么远的事,谁还记得。"我说:"我也忘了,可段玉春说四虎奶奶偷衣服,把四虎奶奶气糊涂了。"我观察着俊以,俊以果然有点儿不自在。她起身给我添了水,说:"在家里吃饭吧。"

我说:"俊以,跟我回趟罕村吧。"

俊以警觉起来:"我……我回罕村干啥?"

我说:"当年你在歪脖树下乘凉,那件水红的衣服是不是跟你在一起?"

俊以无辜地看着我:"说什么水红衣服?"

我说:"后来你离开了歪脖树,我以为你去解手了……我走过去时,旁边刚好有一朵小红花,被你踩在脚底下。"

俊以说:"什么小红花?"

我说:"你好好想想。"

俊以说:"我想不起来。"

我说:"那朵小红花是水红衣服的衣角。"

俊以直视着我,有些气恼地说:"你……你说这些是什么意思!"

我说:"衣服是你埋起来的吧?"

俊以的脸涨红了说:"你……你以为是我偷了衣服?"

我说:"你把衣服埋起来肯定是因为好玩,临走却忘了把衣服扒出来放回原处,才让那些人拎着锄头追我们,然后,把四虎奶奶扣在那个嘎拉村一宿。"

俊以看似轻描淡写地说:"有这样的事?我忘了。"

我说:"小时候的事都是闹着玩,咱去四虎奶奶跟前说一声吧。她一百岁了,还有人说她偷衣服,她承受不起了!"

俊以说:"这……这跟我有啥关系。"

我说:"俊以,俊以。"

俊以说:"你甭喊我。"

我说:"四虎奶奶总喊你的名字。"

俊以嘴皮子忽然变得流利,她提高声音说:"她不会喊我。我都多少年没见她了,她早把我忘了!我跟她不亲不近,她喊我干啥!"

我说:"俊以,我没骗你。"

俊以说:"你说的话我不懂,谁懂你跟谁去说!你们都是挣工资的人,我跟你们耗不起。我地里还有活,你们要不在家里吃饭,我就不留你们了。"说完,扭身去了另一间屋子。

我和小葵一路都没有说话。这个结局有点儿出乎我们的意料。原本,我们想把俊以拉回来,然后还可以跟她一起去看婶子。让俊以认一个小时候的错,有这么困难吗?事实是,有。我从屋里出来,小葵正在跟姐夫吵嘴。小葵想给俊以请假，带她回家，说婶子有点儿不好。姐夫硬邦邦地一句话："家里离不开人。"小葵环视着院子说："啥离不开俊以？"姐夫说："家离不开她。"小葵说："有啥离不开的，家里又没有吃奶的孩子。"姐夫高声说："我就离不开她，你这是转着弯儿骂我吧！"

小葵狠狠说了句："有病！"

我拉着小葵走出了院子，姐夫冷眼看着我们，站在那里没动。

上了乡村公路，路上很安静，路两边长着整齐的毛白杨，呼呼地从我们的车窗前掠过。不说话，但脑子一刻也没清闲，我就是有点儿不甘心。指望不上俊以，那就不指望。写小说的人，脑子里多的是戏剧元素。这条路走不通，那就换一条路走，活人哪能让尿憋死！

来到罕村桥头，我一脚踩了刹车，我问小葵："想当主角不？"小葵兴奋地说："想！"

我详细说了打算。因为住得远，四虎奶奶已经很多年没有见到小葵了。我让小葵使劲想，最后一次见到四虎奶奶是啥时候。小葵歪着脑袋琢磨半天，说："怎么也有五六七八……年了。"我说："到底是当会计的，满嘴都是数目字。"小葵得意地笑，说有一次来看婶子，四虎奶奶跟一群老人靠墙根儿坐着，她从那里过，只是随口打了个招呼。我说："小葵，眼下四虎奶奶一会儿清楚一会儿糊涂。"小葵说："是清楚好还是糊涂好？"我说："有时候清楚好，有时候糊涂好！"

我把车停在家门口，跟小葵走进了四虎奶奶家的院子。大院子有些萧条和荒凉，一些生气似乎都被四虎奶奶带走了。二娘和三婶子正好从堂屋出来，我问："四虎奶奶怎么样？"二娘说："半天没睁眼眼，怕是熬不过去了。"三婶子有些激愤，压低声音说："多硬朗的一个人，被那个女人打败了！四虎奶奶就是想看花，她是生着法儿地不让看成，她就是没好心！"三婶子指点着张德培家的院子，一副咬牙切齿的模样。高高的院墙是红砖垒砌的，把这边隔开了一个世界。要说红砖没有正反面，可在我眼里，它们统统都排着队朝向张家，一副嫌贫爱富的嘴脸，看着特别堵心。二娘说："你们快去看看吧，好好开导开导她，她也许听你们的。"

我和小葵匆匆跑进了屋去，见四虎奶奶头朝里侧卧，枕了一只老虎枕头，盖着一条花线毯，身量小得就像个婴儿，眉头紧皱着，皮肤干涩得似乎失了所有的水分。

那个爱美的四虎奶奶，在风中凌乱。

我和小葵对了一下眼神，一人站在一边，靠在了炕沿上。四虎奶奶被段玉春打败了，打败她的其实是那段历史。没人在乎那段往事，是四虎奶奶自己纠结了，否则她不会喊我父亲和俊以的名字。我是这样想的。岁月似乎成了一眼井，走得越远，陷得越深。她看得淡眼前所有的事，可却无法看淡过去，即使已经风烛残年，那事关荣誉的一幕仍让她无法释怀。

她闭着眼睛就把世界关在了窗外，她陷在了混沌里。应该有人给她安一扇窗，让她的心房透亮。

我是这样想的。

我请小葵跟我演个对手戏。小葵问我："这样能行吗？观众只有四虎奶奶一个人？"

我也拿不准，可眼下又有什么办法呢？

我喊了声四虎奶奶，她扯起眉毛动了动，但没有睁开眼睛。也许是因为眼皮太沉，也许只是为了响应我的呼唤。她似乎使了很大的劲，也没能把眼睛扒开一条缝。我快速说："我是云丫。您知道谁来看您了吗？俊以来了。"四虎奶奶突然转了一下头，似乎想看清楚俊以在哪里。小葵赶忙说:"四虎奶奶,我来向您道歉了。"我说:"你道啥歉?"小葵说:"当年跟您和云丫去大洼里捡麦子,我在歪脖树下乘凉,看见一件水红衣服叠得整整齐齐放在那儿,我淘气,挖个坑把它埋了。我原本想临走的时候给它扒出来,再放回去,可却忘了。后来被人拎着锄头追赶,我害怕,没敢说出来。后来她们把您扣在嘎拉村,说您偷了衣服。我知道衣服不是您偷的,可我觉得您是大人,有事情就应该替我们扛着。这件事我后悔了一阵子,后来就忘了。我那时不敢承认这件事,是因为胆子小,怕挨打。我第一次跟您出去拾麦子就出了这种事,说出来我怕丢人。"

小葵背书一样把所有的话都说了出来,然后撑住炕沿看四虎奶奶的反应。

我说:"俊以,我看见你埋衣服了,但当时没意识到,还以为你蹲着拉屎呢。"

小葵说:"我当时还真想在上面拉泡屎。那件红衣服太抢眼,我太喜欢了。"

我说:"你没想偷回家来自己穿?"

小葵说:"咋没想,可颜色那样鲜亮,没处藏啊!"

四虎奶奶突然长长地抽噎了一下,眼角滚出了泪。我用手指抹了去,对小葵说:"俊以别说了,四虎奶奶都知道。回头我们去找段玉春,看她以后再胡嗫。"

四虎奶奶伸手抓住了我的衣角。

9

你不知道百岁老人的内心是怎样的一种曲折。我知道,我和小葵都知道。就像穿越了长长的黑暗，四虎奶奶终于把眼睛睁开了，丢掉的魂魄慢慢聚拢了。仿佛那些魂魄就发散在空中，主人一召唤，就扇动着翅膀回来了。我想把她扶起来，四虎奶奶却翻身自己下了炕。她仿佛才看见我们，问："你们啥时来的？"轮到我和小葵错愕了。我们几乎一起说："才来。"四虎奶奶自己去了趟茅房，茅房在前院，是黄泥筑成的，我和小葵等在外面，都有些不知道说什么。四虎奶奶行动自如，走起路来一点儿障碍也没有。茅房的形状就像一个"6"字，四虎奶奶刚拐进弯，小葵就迫不及待地想说什么，我嘘了一声。

那颗小小的头颅相跟着蹲下身去，我和小葵把脑袋凑到了一起。我们都无法掩饰脸上的笑意，就像撞破了一个巨大的隐秘，那个得意和开心啊！小葵小声说："难道是装的？"我知道小葵是指四虎奶奶栽的那两个跟头。如果第二次从车上栽下来没大碍，那第一个屁股墩难道也没栽坏尾巴骨？那她坐车去看花又是怎么回事？来不及分析，四虎奶奶从茅房里出来了。她边走边四下里查看，说："曲麻菜出来了，这里那里都是。我记得云丫小时候爱吃，采一些拿到城里吧。"我说："我下次来再采，等它长大一些。"小葵说："四虎奶奶就惦记云丫不惦记我。"四虎奶奶看了她一眼，说："小葵打小就不喜欢吃，你以为我忘了？"说得我心里一紧。我预备她下一句问俊以哪儿去了，可她没问。小葵说："现在城里人都喜欢吃曲麻菜，四虎奶奶，我也是城里人呢！"

四虎奶奶说："你没云丫有出息。人家是自己进的城，你是姑爷带进去的。"

我们爆笑。可不是，小葵嫁了个军人，随军改变了农民身份。

四虎奶奶用手胡噜一下头发，又闻了闻手，说："几天没洗澡，身上有味儿了。熏着你们了吧？"

我留意了一下大缸，那里的水还满满的。

我问四虎奶奶咋洗澡，又没有太阳能。四虎奶奶指了指屋檐下的各种塑料盆，大的小的，红的绿的，一共五个。我说我们帮您洗澡，四虎奶奶急忙摆手说："不行不行。我能洗，我总是一个人洗。"

我们悄悄退出了那所宅院。走到街上，两个人就笑疯了。

也许是因为春天是个好季节，就像四虎奶奶说的，四月很美；也许因为生命力太顽强；也许我和小葵的双簧起了某些作用，四虎奶奶穿戴干净，收拾利落出门了。她走出来那天，就像电影明星一样，整条街的人都朝她聚拢。她仰着小小的头颅，眯起眼睛看了这个看那个，眼前似乎都是陌生人。她甚至问满多"你是谁"，让满多很伤心。大家欢欣鼓舞，只有张德培家大门紧闭。段玉春说："他们全家都让四虎奶奶骗了，她从前是装的，现在还是装的。装着摔坏了尾巴骨，让她推着车去看花。装着不认识人，其实心里明镜儿似的。"段玉春的话，让大家更欢乐了。他们都能让四虎奶奶骗，没有比这更开心的了。小葵打电话当作新闻告诉我，她又回罕村了。原来婶子去世了。四翠一整天没见到婆婆，四下里去寻找，在大堤下的一个柴火垛里找到了。也有人说，婶子从昨晚就睡在那里，只是四翠一家都没有发现。我问："俊以有没有回去？"小葵说："俊以回去磕了个头，没等出殡就回家了。"我问："为啥走得那样急？"小葵说："那天正是谷雨，俊以要在谷雨种葵花。据说那天种的葵花高产。"我说："可恶，俊以啥时变得这么冷血了。"小葵说："她啥时血热过？"

小葵告诉我，有一次，小葵用自行车驮着她去镇上玩，俊以把脚塞进了车轱辘，脚后跟碾坏了一层皮。俊以抱着脚坐在大街上哭，说我的鞋啊！我宁愿把脚碾坏了也不愿意把鞋碾坏了。脚碾坏了可以长，鞋碾坏了长不上啊！

小葵学得惟妙惟肖，她说俊以哭的时候一点儿不结巴。

说起四虎奶奶，我们又是哈哈一通笑。小葵说："我难得同意段玉春，但这回真要同意她了。四虎奶奶是装的。只是为什么要装，让人想不明白。"

我想了想，说："能不能这样理解，她年龄最大，是村里的老人领袖。这样地位的人必须人格完美，容不得自己有瑕疵，哪怕这种完美是塑造出来的。"

我又说："哪怕自己以为在别人眼里有瑕疵，也会觉得没脸见人。"

小葵说："虚荣心。"

我说："好像还不准确。"

小葵说："要我说，她就是想拾掇人，然后一步一步给自己找台阶下。我冒充俊以是个台阶，她假装认不出满多，还是在找台阶。段玉春说得对，她就是一直在装。"

我说："她那么想看花，会在这个季节装摔伤？"

小葵说："这个季节才对啊！她想用这件事绑架张德培夫妇，证明自己重要，或者，告诉大家她当初没有选错人……总而言之，那颗跳了一百年的老心脏，谁能猜得透呢！"

小葵没有自圆其说。我说："她那个小小的脑袋瓜，即便是年轻的时候，也不会有这样多的智慧。"

小葵说："狐狸老了都成精，你以为人不会？"

我认同。是啊，她又知道那么多民间传说，她非常有可能从中吸取营养。

小葵说："再告诉你一件事你可写进小说里。"

"你说。"

"四虎奶奶又去看花了。"

"还有花？"

"我哥哥果园里的梨树开花了，二娘和三婶找到我哥，说让四虎奶奶来看花。我哥找了个双轮车，把四虎奶奶推了出来。"

"哦！"

"四虎奶奶身后跟着很多人。这一条街的男女老少来了不老少。"

"哦！"

"四虎奶奶很高兴，她在树林里看花的样子就像个小姑娘。"

"满多真是好样的！"

"还有一件大事呢。"

"快说。"

"张帅要在四月末给四虎奶奶做百年大寿。四虎奶奶从没过过生日，今年却要过百年大寿。你吃惊吧？"

"明年才是百年啊！"

"张帅说，就今年过，而且，就在四月过。"

"四虎奶奶是六月生日。"

"就在四月过！他们已经开始着手准备了，厨师都请好了！"

"还要请厨师？真是太意外了！"我开玩笑说，"没想到张帅人品这样好，这回你该不反对我把他写成好人了吧？"

10

我和小葵从来没有这么紧密联系过，几乎每天晚上都通个电话，把自己知道的消息告诉对方。张德培夫妇利用一天的时间把四虎奶奶的院子打扫得干干净净，礼仪公司甚至扎起了大气球。大红灯笼挂在了门口，上写"百岁老人，生日快乐"。我们猜测张德培夫妇这次巨大的转变,肯定是源于儿子。张帅在省城的大机关当副处长,他说什么,他们听。

无论怎样说,给四虎奶奶庆生,是全罕村的大事,值得所有人关注。

厨师率领班子进场地了。砌高灶,搭平台。在红砖墙上钻个洞,从张德培的院子里接通了自来水管,盘碗桌椅各就各位。小葵一惊一乍地说:"你知道他们准备了多少席面吗?五桌啊五桌!"小葵掰着指头从东往西数,小月家、二昆家、有福家、汇文家、长乐家,都有几口人。五张桌子,即便每桌坐八人,也能坐四十人。小葵有些不好意思地说:"云丫,你说张家会请我们吗?万一请了可咋办,万一不请可咋办?我都要愁死了。"

我说:"你有空回去?"

小葵说:"你没空?"

我说:"德培叔不欢迎我。"

小葵说:"管他!四虎奶奶欢迎就成。"

我还是有些犹豫。在这方面,我没小葵放得开。面子就是自己的脸,长成啥样其实碍不着别人,可就是自己在乎。打心眼里说,我不愿意见张德培这个人。

不管三七二十一,小葵提前住到娘家去了。她晚上给我打电话,说:"你麻烦真多,不参加四虎奶奶的寿诞,除非你小说不写这一折。反正你别指望我告诉你,这回打死我也不说。"

我其实每晚都给母亲打电话,德培叔请您了吗?母亲说,还没。后来说,没有啊。再后来,说邻居住着还等人家请?到时自己过去就是了。

正日子到了，我一早就把电话打了回去，听得出，家里嘈杂，不只母亲一个人。我说，这回德培叔总该请了吧？母亲爽利地说，不请也去。婶子大娘都是看着张帅长大的，吃他一顿也应该。

我问家里还有谁。母亲说："二娘、三婶，都在这里候着呢。"我笑着说："可真够早的，你们是不是开会了，在会上达成了共识？"

母亲说："还真是这样。一个人去，肯定不好意思。大家一起去，就是给张德培长脸了。预备了那么多桌没人去吃，你德培叔会难堪。"

放下电话，我却觉出了蹊跷。德培叔是一个特别会办事的人，而且能把好事办得圆满超值。给四虎奶奶祝寿，他应该提前很多天下通知，路上碰见不算，要敲这一条街人家的门，郑重其事地请，连小孩子都不放过。这才像张德培的为人。

难道他真的在等大家不请自来？他葫芦里到底卖的是什么药？

不管卖什么药，我都有点儿坐不住。就像一个巨大的谜面，里面的谜底足够诱人。何况我还想看一眼老寿星，虚一岁也是百岁了。这样的场景也是经年不遇，罕村两千多口人，也只有四虎奶奶能活这么久。

心动不如行动，杂七杂八的东西开始往包里塞。车上了马路就开始飞，其实是我的心在飞。路上接到了小葵的电话，小葵说："嘿嘿，什么情况你准猜不到，我就是不告诉你。"她不告诉我，我也不告诉她。我悄悄地进村，打枪地不要。

街筒子里都是车。放眼望去，各种闪着金光的车都比我的车高档，一直堵到我家门前了。我只得把车停在最后，跟前面的那些车组成了一支车队。我狐疑地往家跟前走，看热闹的人很多，居然有警察在维持秩序。再一细观瞧，还有人扛着摄像机。

钻来钻去的都是左邻右舍的孩子。扫一眼才发现，母亲没有在人群里，三婶和二娘也没在人群里，只有满多在边角处站着，倚着墙，伸着脖子在看。四虎奶奶家的院子里热气蒸腾，往来穿梭的都是生面孔，他们穿着洋气、举止优雅，在这片土地上行走，就像羊群里的骆驼一样。没有看见四虎奶奶，我索然无味，先回了家。母亲又在择小葱。她说："小葵刚走，你就来了。你干啥不跟她约好一起来？"

我笑了笑，找个板凳坐下，跟她一起择葱。外面有音乐的声音传了过来，母亲说了句："吵死了。"

我认真地掐去了黄色的葱叶和根须，小心地看了母亲一眼，说："张家原本就没打罕村人的牌，是我们自作多情了。"

母亲说："谁想到他们会来这一出，让不亲不近的外人来做生日，他们图什么？"

我说："张帅也许有他的想法。"

母亲说："对，张帅是来拍电影的，有人扛着机器么。这回四虎奶奶要上电视了。"

我不想谈这个。张帅不是在拍电影，四虎奶奶也未必能上电视。这些我懒得说，我把择好的小葱戳齐，说："我们吃葱花饼？"

母亲说："吃葱花饼。"

我给小葵打电话，邀请她过来一起吃。母亲做的葱花饼是一绝，外焦里嫩，香飘一条街。小葵抱怨我电话打得晚，她已经在回城的路上了。"张家又出幺蛾子，这样的庆生宴请我也不去。你去吗？"我没有回答她，因为张家不会请我。小葵又说："这对你写小说倒是有好处，谁会想到这么个结局。谁都没想到。"我心说，这算什么结局，不过是张帅心血来潮，带领同事回家踏青，顺便给四虎奶奶过生日，顶多显摆一下自己给百岁老人买钙片。这都没什么。母亲做饭，我说出去看看。

母亲说："有啥好看的，你别往跟前凑，大家对张家都憋着火呢。"我说："也不知四虎奶奶今天高不高兴。"母亲叹了一口气，说："哪由得了她。"我说："不知张帅为啥选择今天祝寿，四虎奶奶的生日还有两个月呢。"母亲说："还能为啥，四虎奶奶闹了两次悬儿，他们害怕了。"我心里咯噔了一下，是谁等不及了？

张德培从自家院子里挑着水桶出来了，满满的两桶水，悠悠地晃进了四虎奶奶家。摄像机在身后一路尾随，镜头忽高忽低。有人搀扶着四虎奶奶从堂屋走了出来，就像演戏一样，四虎奶奶穿了件大红的唐装，头上戴顶红帽子，脸也映得红彤彤。她让过张德培，坐在了气球下摆着的一张椅子上。张帅抱着一束花，拿着一个纸盒子匆匆走了过来，像刚刚见面一样，响亮地说："奶奶生日快乐。我又给您买钙片了！"

周围的人热烈鼓掌，四虎奶奶却像个不谙世事的孩子，东瞅西望。

女主持手拿话筒走了过去，躬着腰背在四虎奶奶的面前。"奶奶，今天您的孙子给你做百年大寿，您高兴吗？"

四虎奶奶茫然地点头，说："高兴。"

又问："这些钙片好吃吗？"

四虎奶奶点头说："好吃。"

又问："孙子买钙片有多少年了？"

四虎奶奶眼神望着别处，似乎在看什么，又似乎没有什么能够入眼。她的额头在冒凉气，与焦躁的空气形成了对峙，彼此都不妥协。女主持又重复地问了一遍，四虎奶奶突然从椅子上站起身，推掉鲜花和纸盒，不耐烦地说："你是谁？你们来干啥？"

女主持有些无奈，说："我们来给您祝寿。"

张帅赶紧把四虎奶奶又摁进了椅子，说："您再坐一会儿，一会儿就完了。"张帅的深色西服口袋插一朵红花，他弯腰的时候，红花掉了下来，被旁边的一位女士捡起来，又插了进去。

张帅说："谢谢处长。"

处长是一个端庄得有些过分的人,一直拔着身板,在人群中显得与众不同。摄影师在身后,此刻她弯腰对四虎奶奶说:"老太太,我们这么老远来给你过生日,你高兴才对。张帅一家跟你非亲非故,却义务照顾你二十九年,自己的儿女都未必做得到。你的身体为啥这么好,吃掉的钙片得有一箩筐了吧?那都是张帅用工资买的。你就耐些性子再配合一下,回头张帅还给你买钙片,否则就不买了!"

四虎奶奶忽然尖声说:"我要上茅房!"

11

实在不忍心这样写,但事情就是这样。小葵的哥哥满多是个有心人,吃完晚饭以后,他转到北街来了。白天祝寿的一幕,在他眼里就是闹剧,虽然来的都是体面人,可他们在省城体面,满多不尿他们。满多是十亩果园的园主,家里有一辆大客车跑长途,还有一辆小汽车和一台拖拉机,拉货物带旋地,条件一点儿都不比这些城里人差。那些人的骄矜、虚饰和夸张都在满多的眼睛里,满多一直倚着墙头站在边角处,眼睛比摄像机还好使。张帅曾经拉他入席,使出了吃奶的劲儿,满多纹丝不动。他在这个角度,看不到四虎奶奶的脸,但能看到她的半个肩膀,大红的绸面衣服,反着太阳的光。有那么一瞬间,满多看到了四虎爷爷,裹着宽裆棉裤从堂屋走了出来,嘴里嚼着长杆烟袋。满多喜欢跟四虎爷爷聊天,几乎每个晚上都来串门。四虎爷爷在炭火盆烤黄豆和豌豆,砰地爆一下,砰地又爆一下,满多吃得嘴头都是黑的。他从没想到过四虎爷爷想让他养老送终,因为穷,因为家里房少兄弟多,他果断回绝。这里面有多少羞耻心多少自尊多少后悔,许多年后他仍在咀嚼。他在四虎奶奶的门前站了片刻,轻轻推开,院子里被暮色笼罩了,但那片狼藉依然刺眼。四虎奶奶还在院子里的一把椅子上坐着,垂着头,佝偻着身子,帽子落在了脸上,像是睡着了。满多喊了两声,四虎奶奶没动静。他掀开帽子,见四虎奶奶双目紧闭。用手去摸额头,人像冰一样冷。这一惊非同小可,他身上所有的汗毛都直竖起来。但他没言声,把院门按原样带好,匆忙离去。

百岁老人的死不比寻常,村里成立了治丧委员会,书记赵海青是主任,他还有另一个身份,是满多的连襟。扯白布,买纸钱,打幡抱罐,都是满多一人承担。其余的零碎活,则由小组成员分担。满多戴着高高的孝帽里出外进,泪水几乎把鼻子冲掉了。罕村人从不知道满多还是一个那么爱流泪的人,他在自己的果园造了一方墓穴,把四虎奶奶囫囵个地埋掉了。

这一点,谁都办不到。国家提倡火葬,不火葬就装棺入殓不允许。村里人说,满多办了件大好事。

满多对众人说,四虎奶奶爱看花,这样到了来年四月,就不用再求人了。他的果树园子有梨花、苹果花、山楂花,一茬接一茬,让四虎奶奶看个够。大家都知道他是在影射段玉春,四虎奶奶摔的那一跤,表面无大碍,可有没有脑震荡,有没有伤着五脏六腑?谁知道呢!

满多忙碌的时候,张德培和段玉春成了局外人,羞愧和悔恨几乎要了他们的命。那样多的活计,他们哪样也插不上手,所有人都对他们板着面孔,仿佛是他们谋害了四虎奶奶一样。他们暗暗抱怨儿子张帅,非要搞这样一个祝寿活动。张帅跟着同事回了省城,任务完成得很圆满,张帅很高兴。时下公款吃饭卡得紧,他们变通了一下,从省城买了半成品,到乡下来加工,既让大家饱了口福,又成功地举办了一次传统教育活动。这些内容,要刻录光盘成为学习资料。张帅的命运,是喜剧的命运。当年他曾经非常想住四虎奶奶的房,因为那才是属于他的家。但四虎奶奶一天健在,这房就不属于他。眼看"属于"无望,他才发奋读书。他买来钙片放到办公桌上,却有意忽略了房子这个道具。他只说邻家的孤寡老人,爱吃他买的钙片,自己吃,还偷偷送给村里别的老人。而自己的父亲,已经给这位芳龄挑了二十九年水。这样一个故事,变成了单纯的助人为乐,很能打动人。

张德培和段玉春累成了两摊泥,客人走了,他们开始呼呼大睡。等他们知道消息,四虎奶奶收拾停当,已经躺在门板上了。纸钱满天飞,有关他们的评议也像纸钱一样飞舞。雕花的棺木被放进了棺罩,被拖拉机突突拉进了墓地。街上一下就空了,像亘古的蛮荒一样,整个世界上都荒无人烟了。张德培战战兢兢地在街上走了一个来回,太阳很大,他却冷汗淋漓。他非常想哭一场。这场葬礼原本他应该是主角。就像一个很孬的接力手,接力棒传错了方向,把到手的胜利果实拱手送人。走到四虎奶奶的门前,他吃惊地发现,那两扇木门上落了好大一把铜锁,他进不去了。

头天祝寿转天丧葬,很多人都不愿意接受这个现实。四虎奶奶到底是怎么死的,成了人们最大的猜想。满多无疑最有发言权。他说四虎奶奶是气死的。有什么根据呢,因为四虎奶奶的嘴角有一抹血迹,那血甚至喷到了帽子上!满多没有让那顶帽子陪伴四虎奶奶,他作为证据藏了起来。满多对村里人说,四虎奶奶虽然是老寿星,但她一直坐在角落里,甚至没吃一口饭。午后,庆生的队伍撤了,厨师们也回家了,院子里一片狼藉,到处都是油腻。四虎奶奶是一个多爱整齐干净的人啊,看着这一院子的垃圾,不由气火攻心。然后,满多又小声对人说,生日哪能提前过,这不是咒人死吗!

张德培夫妇缩在家里很多天不敢出门,确实有公安来过了,询问百岁老人死亡之前的情况。他们哪里知道呢。院子里五桌席面一起开，吵嚷声、碰杯声直飘到漫天云里。酒过三巡，便有人唱歌，功放机开到最大，震得树上的榆钱彼此碰撞。他们和四虎奶奶坐在一桌，却一直身形朝外，欢乐的场面足足地吸引着他们，他们片刻也不曾把目光放到四虎奶奶头上。他们一直在看儿子，张帅敬别人酒，别人敬张帅酒，他们眼里的儿子成熟稳重而又受人尊敬。后来酒席到了尾声，大家东倒西歪告别，那位女处长甚至跟段玉春拥抱。这一天真是幸福，比过去所有的日子加在一起都幸福。可幸福真就那么容易破碎，送走客人他们直接回了自己的家，想转天再来打扫战场。

谁知一觉醒来竟是天翻地覆。

12

罕村声势浩大的签名活动是谁发起的？小葵说："反正不是我哥。"我说："怎么就不能是满多呢？"小葵说："北街只有你家没签名，你劝劝大娘。"我没劝，我劝也不管用。签名的目的是剥夺张德培对四虎奶奶宅院的继承权。理由是，他除了挑几担水并没有做更多的事。相反，有许多例子说明，张家并没有善待四虎奶奶。

母亲对张德培素无好感，这回却旗帜鲜明地支持张家，让二娘和三婶都非常有意见。母亲说："张德培手里有字据，那上面有四虎奶奶的手指印。"三婶说："那又怎样？当初是老书记从中撮合，可老书记已经死了。"二娘："如果四虎爷爷在世，不会答应张德培的要求，他对张德培不放心。说来讲去，还是张德培把四虎奶奶骗了。四虎爷爷去世一个月他就把协议签了，四虎奶奶是一个好糊弄的人。"

这件事的最终结果出来了，由公家出面对张德培宣布了处理决定。

决定里说，不追究他的刑事责任，但对四虎奶奶的宅院不享有继承权。张德培当即面如死灰，一头撞死的心都有。母亲忧心忡忡说，张帅在城里当处长也不管用，强龙难压地头蛇。张德培一辈子算计别人，这口气他怎么咽得下去。

母亲越来越料事如神。一年以后，张德培查出了肝癌晚期。又过了一年，满多用铁丝网把院墙封了起来，养了足有上百只狗。从此，整个一条北街都弥漫在狗吠中。那种凄切惨烈的程度不亚于屠宰场，那些狗实在是太喜欢撕咬了，

今年四月花又开了，大家都在念叨四虎奶奶。

补血草

我在新疆的土地上行走，为什么总听见有人在哭——哭的原来是风。

——摘自 2017 年 10 月 2 日新浪微博

1

请好了假，屯屯回家换了套新衣服，打车去了城北的储蓄银行，在三楼办公室见到了桂行长。桂行长打发掉了所有的人才姗姗走过来，这期间已经过去了一个多小时。屯屯一直不安地看着他处理公务，脸上满是打搅了人的歉意。桂行长却始终没有看她。坐到了屯屯的对面，桂行长撕开小包装袋封口，小心地把茶叶倒进紫砂壶里。屯屯注意看着桂行长的手，洁净，修长，像个绘画或弹琴人的手。他的手比他的脸年轻很多，当然，他的脸也不老，只是不如他的手年轻。

屯屯在喉咙里喊了声哥哥，叹气样的，吹动了空气中浮尘。

"哦？"似有感应，桂行长抬了一下头，镜片后的眼睛在她脸上停了大约 0.02 秒。

"今天怎么有空过来？"桂行长说得心不在焉。他端过来一盏茶，说这个是顶级金骏眉，朋友刚从福建捎来的。"你尝尝，喝得惯吗？"

"好喝好喝。"屯屯蚊子样地应道。嘴唇遇到了烫茶，都还没怎么喝到嘴里。香气氤氲得鼻孔直痒，她忍住了一声喷嚏。

"你别紧张。"桂行长说，"你紧张的样子就像个小姑娘。"

"我是老姑娘了。"屯屯笑了下,白牙齿一晃,又不见了。说好的不紧张,其实还是紧张。屯屯抖了下肩膀,紧张似乎是浮尘,能够轻易抖落掉。"我请好假了。"屯屯说,"我要回北疆。"

桂行长意外地看了她一眼,问:"什么时候走?"屯屯说:"马上。夜里八点多的火车。"桂行长看了一下表,说:"怎么不坐飞机?从北京飞乌鲁木齐只要四个小时。"屯屯说:"我习惯坐火车。"桂行长说:"不是高铁?"屯屯说:"坐高铁要到兰州倒车,麻烦。"桂行长说:"埠城到北京火车站还要一个多小时——我找人送你。"屯屯说:"不用。我回家收拾一下东西,然后就去长途车站,到北京还好早呢,来得及。"桂行长自己喝了口茶,似乎再无话可说。视线落在了茶盏里,泗了会儿,桂行长抬起头来说:"家里有什么事吧?"

屯屯呼出一口长气,望向窗外。一大片白云在天空中急急行走,像鹅群一样。其中一只"鹅"明显脱离了队伍,在旁边浮游。屯屯说:"我爸想我了,他最近身体可能不大好,一直喊我回去。"屯屯小心地瞥了一眼桂行长,上次见他的时候是年节后,屯屯来送北疆的土特产——薰衣草精油、马肠、烤鸡蛋、葡萄干、胡杨林里长的蘑菇,几乎都是吃的。精油是女人用的,屯屯不说,桂行长自是明白。他说:"这么沉,你把北疆背来了?"

就是那次,屯屯告诉他,父亲得了直肠CA。发现的时候是在秋天,父亲说啥也不愿意做手术。后来是趁他昏迷的时候把手术做了,他便血便得已经不行了。想来桂行长是知道的,他没有问CA是什么。能当行长的人,天下的事没有什么不知道的。在屯屯眼里,他就是个天神一样的人物,无所不能。她看他的目光都是景仰。他当时这样问了句:"精神……好吗?"省略了主语,他只关心精神。这让屯屯不以为意。

屯屯笑着说:"他想吃补血草,说我采的才管用。我知道他就是想哄我回去，想吃补血草，谁采还不一样呢！"

"补血草是什么？"桂行长开始变得专注。

桂行长去过新疆不止一次，南疆北疆都走过。他喜欢新疆的石头，和田玉、哈密玉、蛇纹玉、玛纳斯碧玉……那些坚硬的温润的生命和光泽，能让一颗心盈满水分……可他没听说过补血草，从没有人告诉他。

屯屯说："补血草是一味中药，又叫黄花矶松和金匙叶草，有止痛、消炎、补血的功效。自从做了那次大手术，他总发脾气，说手术把他做坏了，说自己缺血。他捏着手腕说，因为没有血，血管像奎屯的河床一样，都瘪了。"

这些是妈妈在电话里反复告诉她的。但屯屯留了个心眼，省略了"妈妈"两个字。

"其实他就是瘦的。"屯屯皱了一下鼻翼，那里堆起了细碎的皱纹，把几粒细小的雀斑埋葬了。屯屯是一个玲珑细瘦的女人，小小的个子，典型的瓜子脸。谈起父亲，她的紧张消弭了，就像说一个淘气的孩子。"我今天从这里路过，顺便上来问问你，可有什么要捎的，或者，给小北带点什么？"

小北是桂行长的儿子，明年就要高考了。

屯屯的两只眼睛一眨不眨地看着桂行长，心里却在想这是个倒霉催的理由。想问这句话，电话里就能问，何苦大热的天跑上楼来。

"没有。"桂行长果断摇头，"他什么也不缺。你路上注意安全，到乌市告诉我一声，到奎屯再告诉我一声。"

屯屯心里一阵凉一阵热，鸡啄米似的不知点了多少下头。她把包襻儿放到肩上，站起了身。"那我先走了。"屯屯说，"哥放心吧。"

冲口而出，两人似乎都有些不自在。过去屯屯叫他桂主任，后来叫他桂行长。几年前的晚上，遇见他们一家三口在一起散步。桂行长对儿子小北说,叫姑姑。妻子立马说,叫阿姨。屯屯僵住了,只是笑了笑。错过身去几步远,就听桂行长的妻子说:"阿姨是官称……你怎么随便跟人套近乎。"屯屯在路边的灯影下尾随他们走了几十米,桂行长说:"她是下属。"妻子说:"下属就更应该有分寸。"桂行长低垂着头,一副莫可奈何样。她完全可以不遇见他们,是她想遇见。她想近距离地看看小北长什么样。事实是,当时小北站在树影里,她没看清。桂行长的妻子走路呈外八字,屯屯从小就知道,这样的走法是吃官饭的命,她是保险公司的副总,她的父亲曾经是埙城炙手可热的人物。桂二奎之所以能当行长,据说与其岳父也有关系。这些屯屯都是听同事说的,屯屯在邮政部门上班,管分拣包裹。那里女人成堆。女人成堆的地方八卦就多,没有什么秘密能瞒人。当然,屯屯的秘密除外。

桂行长走到办公桌前,拉开抽屉,拿出一个信封,立起来贴放在一个纸袋的内壁。

正好秘书敲了下门,推开了一道缝。"桂行长,人都到齐了。"

桂行长说:"让大家再等几分钟。"

秘书应了一声,小心地关上了房门。桂行长把纸袋递给屯屯,说:"茶叶你留下。"屯屯希冀地看着他,等他说下句话。他的话却说完了。屯屯的脸像小姑娘一样涨得通红,她觉得今天的自己很可疑,倒好像是专门为信封来的,那个信封很鼓。屯屯抱着纸袋往外走,羞愧得走路都要跌跟头。

她没有回头。感觉中,他在门口看自己,然后,急急地推开了对面会议室的门。

2

屯屯的新衣服，其实就是一件雪纺连衣裙，上面开紫色的花，有点像补血草。在网上看见这件衣服时，屯屯心里一动，一刻都没迟疑，第一时间放进了购物车里。这大半年，屯屯的耳朵简直被磨出了茧子，妈妈总在说补血草，因为爸爸总怀疑自己的血管空了。"你出去看看，补血草出芽了吗？长骨朵了吗？开花了吗？"用补血草的花沏水，喝下去能直接流到血管里，变成O型血。这是爸爸做梦时，一位长着白胡子的长者告诉他的。从此，他就一心一意等。妈妈每次说起这些，屯屯都要抹一回眼泪。妈妈是河东狮吼脾气，发起来地动山摇。不知什么时候改了性情，一句话来回说，一回比一回示弱。眼下是七月，北疆奎屯的七月，该是补血草在北坡上大面积开花的日子，爸爸却说妈妈采来的补血草不管用，"你让小美来，她采来的才管用。"

"大姐二姐呢？"

"你就回来一趟吧！你爸说了，别人谁采也不管用！"

"我爸怎么样了？"

"他最近一直在医院里，几天不想吃喝，老说小美该回来了！"

"你把电话给我爸。"屯屯对着手机说，"爸你要好好吃饭，听我妈的话，听大夫的话。我明天就去请假，争取能早一点儿赶回去，给你采补血草。"

听筒里却没有父亲的声音。屯屯又喊了两声："爸，爸！"

妈妈说："你听不见他说话，他声音小得像蚊子。"

"你让他吃饭呀！"屯屯着急。

妈妈说："你还不知道你爸的脾气？犟驴，你就随了他！"

屯屯喉头一哽，把电话挂了。

眼下屯屯倚在靠窗的位置上,感受着列车的风驰电掣。从北京到乌鲁木齐,屯屯怀疑她几十年坐的是同一辆车。林木,灯火,黑黝黝的旷野成了一条线,在屯屯的眼前惶急地闪过。对面卧铺的女人一直在打电话,哇啦哇啦说着家长里短。坐下,站起;站起,又坐下。收了线,她开始自言自语。被单旧,毯子薄,枕头一股汗油味。说一句,看屯屯一眼,她是想跟屯屯结成同盟。这是个耐不住寂寞的女人,有些肥胖,却长着削薄的嘴唇。头上是稀疏的发卷,泛着晦暗的光。屯屯不想接她的话,是因为屯屯需要安静地回味一些东西。从埧城到北京一路奔忙,途中大巴出了点意外,剐蹭了一辆小车的屁股。紧赶慢赶上了火车,似乎还没站稳,列车就呜的一声开始鸣笛。

一颗心终于安稳,屯屯把行李安顿好,脱了鞋子,把脚收到铺位上,整个身体呈"之"字形。两只胳膊趴在小方桌上,专心致志地看窗外。

"天黑了。"女人的搭讪是在表示不满。那意思是,漆黑摸瞎的,能看见个啥?

屯屯充满歉意地回头笑了下,又恢复了拒绝交谈的姿势。

"茶叶你留下。"她心里依然叫他桂行长,这是一个郑重的称呼。

那,信封给谁?这话他没有交代。如果也给屯屯,他没必要说"茶叶你留下"。

是有话外之音的。

那信封里,不多不少是一万块钱。从柜上新取的,紧实实地拦着封腰。屯屯掀起来看了看,都是连号的。

屯屯假装从那里过,却在楼下打了电话。接着,又去了趟洗手间。摆弄一下头发,擦掉额上的汗水,又扑了些粉。她不想那么潦草地面对他。

对了，之前她还特意穿了条新裙子，虽然他既没注意屯屯的穿着也没注意她的脸。

屯屯磨蹭的这一段时间，他却有了精心准备。是精心，屯屯很笃定。准备了，却没有多说话。他知道屯屯的爸爸得了直肠癌。这么多年，屯屯从不轻易找他。这次登门，他想屯屯应该有要紧的事，而不是像她说的，只是从这里路过，问给小北捎点啥。

"到乌市告诉我一声，到奎屯再告诉我一声。"他这样说，不是出于关心，而是因为歉然。屯屯的紧张让他不忍。她紧张，他也不舒服。

这句话，却像架飞机在屯屯的脑子里轰鸣，似乎还应该有弦外之音。是不是……到医院再告诉他一声？

这让屯屯振奋。她的胳膊肘支在跷起的二郎腿上，两只拳头顶着下巴，在隆隆的火车声中对自己说："这一趟，去得值。"在这之前，屯屯为去不去见桂行长简直伤透了脑筋。其实，每次去见桂行长都会伤透脑筋，包括给他送北疆的土特产。屯屯会想，他需要吗？他回家怎么解释？他会轻视这些东西吗？这些土特产，都是屯屯花大价钱买的，因为都是市面上最好的，色泽、大小，每一朵蘑菇屯屯都会反复比较和挑选，一点儿霉斑都不许有。人家不让选，屯屯就往上加钱，直加到人无话可说。这事在屯屯心里有点神圣，不容许有丝毫瑕疵。然后便是千里迢迢背了来，像背着一个巨大的情感包裹。每次从新疆回来，她都要带这带那，干果、水果，甚至密封的牛羊肉。有一次，她带来了足有三十斤烟熏的小羊排，给他放到办公室就走了。屯屯刚到楼下，他的电话就追了来，粗暴地说："你干啥带这种东西？！埧城也能吃到新疆的牛羊肉……你费那瞎劲干什么！"屯屯想说话，却没提防抽了一下鼻子。三十斤，放到瘦小的屯屯身上，光是上车、下车、上楼……他知道自己的话重了，叹了一口气，让屯屯别走，晚上一起吃个饭。屯屯贴着墙根走，胆小得像只偷油的耗子。

后来，屯屯的婚姻解体了。离了婚的屯屯有几年没有回新疆，也就有几年没有见桂行长。虽然同在一个邮政系统，却仿佛彼此毫无牵连。储蓄银行有了自己的办公楼，就像跟邮政分家了一样。屯屯租住在城北的建设公寓里，与华府小区隔了一条小马路。屯屯经常到华府小区里散步，那里花草繁茂，还有健身器材。每次从七号楼前经过，都要往上看一眼。七号楼是单独的一栋别墅，宽大的玻璃窗上倒贴着鲜红的"福"字。阳台上晾晒着衣物。朦胧的灯光里，映衬着一副暖洋洋的生活图景。屯屯经常举着头一望就是半天。她不走，月亮也不走。她形单影只地站在那儿，就像别有企图。

她见桂行长需要理由，从北疆回来，就是最好的理由。

那是他第一次请屯屯吃饭。在埙城最高的一家旋转餐厅。坐到上面，能环视城市周围的夜景。还有人说，这里能看到首都天安门。他点了最贵的一只龙虾，剥出的肉全部放到了屯屯的盘子里。他给屯屯道歉，说不是不喜欢她的东西，相反，他很喜欢，只是不想屯屯那么辛苦。交通这么便利，新疆有的东西，埙城也有。几千里的路程，受那个累不划算。

"我又不是走了来的，哪里就累死了。"屯屯有些负气，情不自禁地用手背去抹眼睛。他稍一示弱，屯屯的情绪就有些鼓胀。"当年我走了来也没有觉得多辛苦，一切都是我心甘情愿的！"

"你从新疆走了来？"他有些难以置信。他把纸巾叠得方方正正让她擦鼻涕眼泪，惊愕地听她讲出了第一次出疆的经历。

这些经历，屯屯从没对任何人说起过。她决意要出疆，誓死不回头，都是十八岁那年的事。一九八八年的夏天，高中毕业的陶小美从奎屯出发，来到了乌市。离开奎屯是她小时候的信念，走着离开也是信念之一。这都是她计划好的一部分。在乌市的电业局给黄板打了个电话。黄板是埙城人，在乌市附近的驻军当兵。这一年他复员了。屯屯就是接到了他复员的消息，才义无反顾地要来埙城。他们是笔友，开始交往的时候，屯屯就知道了他的家在遥远的地方，那里或多或少与自己有些关系。就因为知道他是埙城人，屯屯才肯与他交往。

电话里，黄板却说不认识她。

陶小美说："我是新疆奎屯的，奎屯，你当真不记得奎屯了？"话没说完，就呜呜地哭了。

黄板赶紧说："奎……屯屯，屯屯我想起来了。屯屯你想来就来玩几天吧！"

陶小美当即决定做个新人，给自己改名叫屯屯。

后来她才知道，黄板在部队喂猪，闲来没事就找青年杂志的征友启事，像她这样的笔友，黄板有五个。难怪黄板每次写信要用复写纸，连称呼都不换，抬头称：我的。落款称：你的。既亲密又暧昧，能把人撩拨得心神摇荡。

那些信，屯屯外出割草都要带在身上。戈壁滩空旷辽阔，落日又大又圆。在夕阳底下看那些信，美丽的句子像补血草的花朵一样芬芳迷人。

屯屯从乌市走到北京用了四十三天。她扒过煤车，坐过邮车。其实，她有钱买车票，可她越来越享受这个状态。长到十八岁，这是第一次走这样长而有意义的路。这样的长途奔袭，不是为了自己，而是为了心中一种神圣的隐秘。这样一条路，一直在她的梦里。从脚肿到磨就了一副铁脚板，有时两三天都吃不上一顿热乎饭。她在北京甚至没工夫停留。京东的一个地方叫埙城，她打小就知道这样一个地方。离埙城三十里，有个村庄叫罕村，是他们的祖籍地，上学填表要填的地方。爸爸就在那里长大，一九五六年支边，他跟新婚三天的妻子来到了北疆。那个新婚三天的妻子，却不是屯屯的母亲。

就因为那个人不是屯屯的母亲,爸爸自打从罕村出来就再没回去过。有一次他去北京出差,拐到了埧城,却没有回罕村。

他从不提有关罕村的任何事。他的故事极其神秘。

从陶小美记事起,父母之间的战争就永无休止。妈妈嘶吼着让爸爸滚,滚回埧城,滚回罕村。这两个地名,就像长了翅膀在屋子里乱飞乱撞。两个姐姐把头藏到被子里,屁股可笑地撅到了外边,像两只圆溜溜的西瓜。妈妈熟练地一把扯下她们的裤子,巴掌就像拍在生瓜蛋子上,能把两瓣屁股拍肿。陶小美只有五岁多一点儿,不怕死样地双手背后贴在门板上,两只大眼睛乌溜溜地看妈妈。"将来长大了,我一定要滚回埧城,滚回罕村。你们等着瞧吧!"

草房的屋檐下坠着一尺长的冰凌,爸爸蹲在墨黑的屋檐底下抽烟,头上悬着一排冰锥做的利器。屯屯真怕那些利器落下来,戳破爸爸的脑袋。

那天她梦见爸爸死了。从梦中哭醒,她从妈妈的被窝里爬进了爸爸的被窝。爸爸把她抱在怀里,叹息似的说:"我不会死。我死了,谁给我打幡呢。"

再长大一点儿,她才知道这话有多重。

打幡的人应该是长子。再退一步,应该是儿子。从内地来新疆谋生的夫妻占大多数,他们的第一件事,就是要造一个儿子出来。这是信念。在西部举目无亲,一定要造一个儿子出来给自己打幡。否则,死都合不上眼。

新疆离内地千里迢迢,来的时候下了火车坐汽车,下了汽车坐牛车,摇摇晃晃在戈壁滩上走了七昼夜。他们很多人出来就没想再回去。

她和黄板同居了。黄板的父母死活不同意这门婚事。屯屯初次上门时,就像个要饭花子。鞋子开裂了,头发长短不齐。上衣甚至扣错了纽扣,湿答答地贴在后背上。黄板也用排斥的眼光看她,等她从洗澡屋里出来,换上干净衣服,黄板的眼睛就直了,说:"你是新疆的古兰丹姆吗?"

"戈壁滩上的一股清泉,冰山上的一朵雪莲……"黄板走到哪儿唱到哪儿,中魔了一样。

等于来个不要钱的媳妇。黄板的父母终于想通了,"媳妇家里远,就不能有事没事回娘家,能省很多麻烦和钱物。"屯屯的婆婆账算得很仔细。

这场婚姻维系了七年,以黄板的出轨而告终。

黄板经常问:"你跟我过日子总是心不在焉,你到底有啥心事?"

或者,黄板这样说:"你到底因为什么从新疆走到埙城,我没有那样大的魅力吧?"还有:"你为啥总不怀孕?"

黄板的话风越来越飘,眼神越来越轻佻,屯屯就知道他们该结束了。她不能等着人家往外轰,屯屯自己离开了。

屯屯从来也不敢告诉黄板,她不想生小孩。小孩不在她的人生规划中,她从小就没规划过要做母亲。她对母亲这样的角色很排斥。十九岁那年她怀了一次孕,自己去外县偷偷流掉了。躺在肮脏的小旅馆里,苹果绿的窗帘晒成了白菜帮子色,上面画满了地图。她一个人悄悄地流眼泪,是因为委屈和孤独。这种委屈和孤独却没有人可以倾诉。哭够了,去洗手间换卫生纸,她凝视了很久那些暗红的血块,然后果决地冲掉了,对着镜子梳好头发,扶着楼梯下楼。那时她刚应聘到邮政局当投递员,每天骑一辆"二八"式男款自行车,跳上跳下时就像在演杂耍。她负责城区西部的报刊投递,曾经把来自台湾的一封"死信"投活了,那一家人绣了锦旗送到了邮政局。

到年底,她被评了先进,转了正。

3

一幢水泥铸的大筒子房,投递组在东头,分拣组在西头。她有时闲着没事会去分拣组转悠,拿张报纸一边走一边假装阅读。有一回踢到一只邮袋上,栽了个大跟头。一直没看到桂二奎的身影。一打听才知道,他当了主任,去楼上办公了。

桂二奎皱起眉心看屯屯,他一直觉得屯屯不靠谱。她在他面前总紧张,心里有鬼的人才会那样。屯屯身材娇小,模样可人,一副永远长不大的样子,既像无脑,又像无心。年轻的时候,整个一副不良少女的模样。夏天穿极短的短裤,指甲涂宝石蓝,从不穿袜子。第一次见屯屯那年,他也在邮政分拣包裹。搬动一个大邮袋放到手推车上,一抬头,梳着荷叶头的小姑娘站在他面前,说:"你跟我爸长得一模一样。"

他从没见过她。卷曲的黄褐色头发,根根带着弯钩。鼻头和眼神都是尖的,有一种热切的东西在神情里,那么想和你贴近或吸附。他警惕地问:"你是谁?"她说她是罕村的,可口音明明是外乡人,习惯说一口儿化音。"我都不用问,一眼就看出你是桂二奎儿。"她那时跟他说话一点儿都不紧张,一派天真烂漫。

院子里还有其他人在干活。桂二奎警惕地四下看了眼,把她领到了大门外。

"你爸是谁?"

"和你通信的人,他叫陶子晟。"

桂二奎一听就明白了。

三年前,有个人来寄包裹。刚一进邮政局,工作人员就把嘴巴张大了。"桂二奎,你来办理业务。"有人故意把他叫到了前台。包裹是寄往新疆的,单子上写的是衣物。那人有些饶舌,主动说他有三个女儿,她们全部喜欢内地的服装，为满足三个女儿的愿望，他跑遍了整个埧城。桂二奎客气地接待了这个不寻常的顾客，不时地看一眼他的脸。自己戴眼镜，他也戴眼镜。他们都有些夹鼻，口是方的，有厚嘟嘟的嘴唇。发际线都有些高，亮出圆鼓鼓的额头。他们的身材居然也一致，都像蚂蚱一样有两条又瘦又细的长腿。他们看着对方，就像看着一面能推进或退回岁月的镜子，那里是多少年前或多少年后的自己。桂二奎莫名有些激动，手情不自禁地抖。为了掩饰，他把两只手插到绿色制服的方兜口袋里，使劲抓住了里子。他们身边逐渐有人围拢过来，顾客把他拉到了外面，在外窗台上用一条卷烟纸写下了自己的通信地址。又撕下了一条卷烟纸，把二奎的地址写下了，装进了自己的衣兜里。然后开始了小心翼翼的通信。他们的通信没有违禁内容，谈的都是学习和工作，但都写得很长，他们有话说。有一回互寄照片，正好被妈妈发现了。

"天杀的啊，陶子晟，我让你欺负了一辈子！啊！啊！我不活了！"

妈妈的叫声比刀子还要尖锐，在家属院的上空响彻。跟爸爸结婚时她是初婚，是响应支边号召来建设边疆的。同乡给她介绍陶子晟这个人，除了大几岁，有文化，脾气好，还多才多艺。都是来援疆的，还挑什么呢。后来她才知道，他不单结过婚，还有不止一个儿子。他不告诉她，除了想隐瞒，还因为这伤口太深太痛，他不想回首。可这算什么理由。许多年，她都认为是爸爸欺骗了她，骂他陶骗子。再加上总也生不出儿子，她对待自己，甚至有些苛刻。有一回，她发癔症，一剪刀就把陶小美的头发剪掉了。因为太擦近头皮，剪刀尖甚至戳破了耳轮。鲜血倏地顺颈项流了下来，陶小美一抹，胳膊都是红的。陶小美吓傻了，她以为自己的耳朵被剪掉了。"你咋就不是个带把儿的！"妈妈气恨恨地骂，"你不知道他想儿子想疯了？"其实她自己也想儿子，她死了也要人打幡。大美和二美都描述过，妈妈怀上小三时，整天横草不拿、竖草不捏，油瓶倒了都不扶。她笃定这回是个儿子,迈门槛想好了才迈左脚。喝醋,一点儿辣味也不吃。肚子稍大一点儿,她就说儿子在她的肚子里练武功。生产的时候她说啥也不进产房,说怕。医生护士都以为她怕疼,说你都生两胎了,再生顶多像母鸡下个蛋。可只有家里人知道,她是怕再生个丫头。

妈妈把照片摔在炕上,问三个女儿认不认识这是谁。三个丫头都惊呼:"太帅了,这是爸爸年轻的时候!"妈妈恨恨地说:"这不是你爸,这是你爸的私生子,他们居然偷偷来往!可怜我这么多年一直蒙在鼓里,我恨不得杀了他!"

"我有哥哥?真的喔!"陶小美不识时务,激动得眼冒贼光,嘴巴一张,流出了一泡口水。

妈妈见不得她这样,狠狠地扇了她一巴掌。一颗龋齿像珠子一样从嘴里蹦了出来,带着黑尾巴。

粮食局大院住了五六十口人,有维吾尔族、回族、哈斯克族、蒙古族。有个人总像影子一样在院子里飘,戴一顶白线帽。她在外边的屠宰场工作,有一回拿回来六个小羊拐骨,对陶小美说,你要吗?那羊拐骨不单洗净了,刷白了,甚至被包了蜡衣,晶莹剔透。哪个小姑娘能拒绝这个诱惑啊。陶小美把羊拐骨拿回家,把妈妈气疯了。她逼着陶小美把羊拐骨还回去,说不还回去就永不许她吃饭!陶小美抽抽搭搭地往院子的东南角走,雪落得没了脚脖子,鞋窝里是透骨的凉。她的眼泪没等淌下来就变成了冰豆子,自己都感觉像受难的女儿国公主。大宝和二宝正在堆雪人,他们一个比陶小美大,一个比陶小美小,可他们都是男孩子。雪人戴了一顶毡帽头,鼻子上顶了一块西瓜皮,但分明是笑着的。西瓜一准是夏天吃剩下的,滚落到床底下,冬天扫除时被发现了,但它们依然不坏。陶小美家里也发现了一只大肚子西瓜,滚得像煤球一样黑,但切开一看，瓤是红的，甘甜。

陶小美把六只羊拐骨出其不意地丢到雪人怀里，撒腿就往回跑。

大宝二宝都是小白帽的儿子。陶小美从小就知道关于他们的隐秘，他们都是小白帽抱养的孩子。要再过几年，陶小美才从大美的嘴里知道了"爸爸有两个媳妇"，第一个媳妇就是小白帽。他们一块从内地来新疆，因为不生育，爸爸把她休了。她常年偏头痛，便用兔毛毛线织了顶小白帽，一年四季戴在头上。

桂二奎一直努力避免见到屯屯。他当主任以后的第一件事，就是把屯屯调到了下面的一个邮政所。他不愿意探究有关屯屯的一切，看上去，她坦率得毫无心机。桂二奎有些怕与她打交道，那女孩就像一个巨大的漩涡，稍有不慎会让自己人仰马翻。他跟陶子晟一直在通信，你来我往，不亲密，可也不疏远。他们就像一对普通的老少朋友。从不谈屯屯这个人、罕村，以及与家族和自身相关的种种，他们只谈工作、学习、风物。比如，傻石林、奎屯河大峡谷、百葡庄园、巴音沟乌拉斯草原。他甚至早早买了相机学摄影，把那些风景照成黑白相片，虽然模糊一片，但他会注上长长的文字说明。

在陶子晟的心目中，家乡的所有指向就是桂二奎这个人。桂二奎代表天、地、村庄以及万事万物。而遥远的北疆，是桂二奎心中若有若无的惦记，时间长了会想写一封信，诉说工作中的种种事情。但也只是想写一封信而已。

一点点红酒，屯屯的脸就晕上来颜色。有酒盖脸，她忽然很放肆。她说："你为什么叫二奎，不是因为有大奎你才叫二奎，是因为你也出生在新疆的奎屯。奎屯，你当真一点儿都不知道吗？"她没想到这个话题会让桂二奎难堪。他的脸瞬间变成了紫猪肝。他的家庭很诡异，母亲像个菩萨整日礼佛，父亲则像个仆人整天侍弄庄稼。父亲看母亲的眼神总是怯怯的，像个犯了错的孩子。家里有一块旧羊毛毡毯，母亲当蒲团用。上面是繁复鲜艳的各色图案，一看就是西域背景。有一次，父亲在屋檐下想用柴刀砍羊毛毡，刀举了起来，母亲在门口出现了。母亲清冷的眼神只一瞥，父亲马上现出一脸讪笑，拿到河里洗了。他十几岁的时候才偶然知道自己出生在新疆，满月就从新疆回来了。大奎长他三岁，对新疆毫无印象。村里当年有许多人去新疆谋生，他的父母也去了，但耐不得那里的干燥和寒冷，又回来了。

这些，他都是听村里人说的。他甚至暗暗庆幸父母当初的选择，假如父母不回来，就不会有他现在的生活。

直到那次父亲生病。他记得很清楚，他三十五岁那年，是一九九七年。国家有大事，他家也有大事发生了。父亲因为阴囊肿物住院，他的高中同学在这里当医生。手术完了，同学拉他到僻静的地方告诉他："你父亲先天阴茎畸形，不会有性生活，更不会生育。"

他至今都记得同学怜悯的眼神，看着他像看稀有动物。

他悄悄给自己验了血，血型告诉了他所有的秘密。他这才知道，他与新疆的关系复杂了。

他居高临下地看着屯屯，一点一点收起了对她的怜惜。桂二奎说："难怪你总也长不大，你太任性了。人生就是过日子，你从新疆走到埧城，仍然没长一颗过日子的心。"

屯屯僵住了。

桂行长嘲讽说："你不生一个自己的孩子，将来靠谁？"

"反正不会靠你！"屯屯突然爆发了，双手捂住脸，哭着跑走了。

4

牵起嘴角,屯屯轻轻扯出一个笑,随之眼泪就落了下来。这眼泪有宽慰,更多的是委屈。这些年的委屈如果打进包裹,能从内地一直铺排到新疆。信封就放在随身携带的布包里,用手一摸,就能摸到那块硬朗,像小块砖头一样。她拿出了手机,想给姐姐们发个微信,都想好了说什么,"我叫他哥了。"这是第一句。"哥给爸捎钱了。"这是第二句。脑里翻涌了半天,到底没有发出去。家里人知道她回来,但她没有说自己的具体行程。妈妈人老了,却越来越耐不住性子,她怕妈妈把姐姐打发到乌市来接她。或者知道她下午到奎屯,她连中午饭都不让大家吃,"一定要等小美回来一起吃!"妈妈对她越来越好了。

"你和桂二奎是怎么回事?"黄板知道她从新疆回来给他带东西,黄板以为她是给领导送礼,这可以理解。后来又觉得不像。黄板的眼神有了越来越深的怀疑。有一次,他在屯屯的本子里发现了桂二奎的一张正装照片,蓝西服,紫条格的领带,背景是红的。是从宣传橱窗里揭下来的。那次黄板打了她。黄板喝了酒,下手非常狠。他抓住屯屯的头发往墙上撞,让她交待与桂二奎的关系。他甚至怀疑屯屯与桂二奎有私生子,因为她那么热忱地给人家孩子送吃的。屯屯就像个女英雄,一声不吭。打死都不吭。

她想,秘密是我的,决不告诉任何人。黄板也不行。我是为了桂二奎才来埙城的。桂二奎没答应我之前,我什么都不能说。永远都不会说。否则传个满城风雨,桂二奎没法做人,事情就更没有指望。况且即便说出来,也只能落个笑柄。我被嘲笑没什么,决不能让人嘲笑桂二奎。他是做行长的人,以后还要做更大的官,他要脸面。

"你为啥改名叫屯屯?"黄板在一家公司做装卸工,身上的一点儿文气早没了。他在部队的时候爱看书爱写信,警句格言抄了一本子,专门写信时引用。后来,就光想喝酒了。

"你原来叫什么美来着?"

屯屯仰面看着屋顶,一把头发还在黄板的手里攥着。头皮跳了起来,眼前金星乱冒。她从来也没恨过黄板,没有黄板,她就不能在埧城落脚。黄板帮助她实现了最初的愿望。黄板松了手歪在了床上,她赶紧去给他端洗脚水。泡脚可以醒酒。他的脚臭得吓人。

"你就是不待见我,连名字都不稀罕给我起。姐姐漂亮是大美,二姐差一些是二美。为啥要叫我小美,我有那样差吗?"

屯屯离开新疆时跟妈妈有一顿恶吵,她从小就对陶小美的名字深恶痛绝,因为同学们总借此嘲笑她,管她叫"臭小美""小臭美""美小臭"。连老师都恶意喊错她。那是她第一次撒泼,也是最后一次。谁也想不到,这个温顺乖巧的三小妹吵过这一次真就不辞而别。三个月以后才写信来,说她来了埧城,却不肯写详细地址。接到信以后,爸爸曾到埧城找她,却没有找到。爸爸给罕村打了个电话,叔叔不在家,是婶子跑到大队部去接的。证实这孩子确实到过罕村,只是不叫小美,叫屯屯。屯屯在婶子家的炕沿上坐了坐,就走了。婶子抱怨大伯哥当年休的妻是村里的大户,现在仍有半个村庄的敌人,他们一家子的日子都不好过。"你把人家带到那么远的地方又甩掉,换作是我的女儿我也不依。"

屯屯去了桂长河家,带了两包点心。

桂长河就是桂二奎的父亲。

"奎屯最早的名字叫哈拉苏,"司机有些卖弄,他把屯屯看成了外地的观光客,"你知道哈拉苏是什么意思吗?翻译过来就是黑色的泉水。奎屯有肥沃的黑土地,有数不清的黑泉水。"

"我想采补血草。师傅，你知道北坡还有补血草吗？"

司机一下闭上了嘴。

下午六点的阳光还很明亮，北疆的阔大似乎要让人眦裂眼角，天地无垠。干燥的感觉从到达乌市就有了，嘴唇是皱的，眼睑是皱的。拇指肚像小钢锉一样，立起来一层毛刺。师傅却说他不知道什么叫补血草，北坡现在是一片工业园区，专门织一种羊毛毯，出口东南亚。据说泰国大皇宫里的地毯就是出自奎屯人之手。屯屯描绘了半天，师傅总算明白了，说就是那个紫花棵子，路边到处都有。

果然在树丛下看见了一片紫色，像云霞一样迷人。司机点着了一支烟，看着屯屯像支箭一样射过去，扑下身子采草。屯屯先是弓着腰背，后来又蹲下身去，人变成了花丛的一部分。她小心地采那种盛开了的植物。读高中时，采补血草曾经是勤工俭学的一个项目，大家要背着筐拿着镰到遥远的野外去找，一天才能割一筐。这些补血草晾干以后搭乘火车去内地，她们认真猜测过服用这种药物的人都是谁，会不会有国家领导人。除了能补血，它还能消炎，用于神经痛、月经量少、耳鸣、乳汁不足、感冒，外用治牙痛及疮疖痈肿。那天，她背着筐去找同学，同学的父亲认真地打量着她，说："你是陶子晟的女儿？"看屯屯点头，同学的父亲迟疑说："你爸爸其实是个好人，就是太可惜了……"

爸爸当然是好人，什么叫太可惜了？他会画画，会拉手风琴，都是来新疆以后自学的。他还会打珠算，在粮食局做了很多年会计，一星儿差池都没有。母亲无论如何打骂，他从不还手还口。可为什么要被强调"其实是个好人"呢？屯屯那个时候无论如何也想不明白。

采补血草的速度降了下来，目光也越来越挑剔，屯屯专门拣那些长得高的、模样漂亮的采。司机摁响了喇叭，屯屯才发现自己远离了国道足有五十米。因为视角广阔，五十米就像被叠加了，让眼睛觉得不够用。

那辆现代出租车像个玩具一样在地上匍匐。屯屯抱着一抱花朵回来了,脸上都染了花粉的颜色。司机问这回去哪儿,屯屯答,沙湾街294号。

"奎屯有十八家医院,你这是要去人民医院。送花的人不少,给病人送野花的还真少见。"司机看了一眼倒车镜,有些饶舌。

"爸爸在几楼?"

"死丫头,你是不是已经到医院了……四楼靠拐角的那个屋子,我们包了一间病房。"

楼道里很安静,消毒水的气味在空气中弥散。一扇房门打开了,大美和二美刚要往外冲,屯屯已经站到了门前。妈妈在窗前坐着,爸爸在床上躺着,吊瓶里的液体还有一瓶底,输液管垂下来,连着爸爸的左胳膊。听见动静,爸爸把头歪了下,却没有睁开眼。

"你是一个人回来的?"妈妈问。

"他没和你一起来?"大美问。

"你还真给爸采补血草了,爸喝不动的。"二美说。

"爸爸怎么这样了?"什么也顾不得,屯屯把补血草塞给二美,奔到了爸爸的床前。爸爸骨瘦如柴,两颊塌陷成了坑。曾经好看的手瘦脱了形,小臂连着手背,就是被一层皮包裹。如果装些肉,就变成了另外一个人的手,是桂二奎的。脑子里电光忽地一闪,身上起了鸡皮疙瘩。屯屯小时候就喜欢被那手握着,柔软、细腻、天生就不喜欢干农活。就是因为不喜欢干农活,国家号召支边,说到那里就可以有正经工作,爸爸才带着新婚的妻子义无反顾地来了。屯屯急忙翻包,拿出了那个信封,鼓鼓的一个信封放到了爸爸的手心里,又把他的手指扣在上面。屯屯附在爸爸的耳边说:"这是哥哥给你的。整整一万块,都是连着号的。哥哥的意思是说……"

爸爸的眼球骨碌一下，突然睁开了。紧跟着，有两滴混浊的泪淌了下来，在干燥的皮肤上虫儿一样爬行，又倏忽不知去向。爸爸的眼神在聚焦，像是从深远的洞穴里射过来，终于照见了屯屯。屯屯忍着悲痛又说："哥哥让我告诉你，他虽然不在你身边，却像这钱一样，跟你连着血脉……"

爸爸张着嘴喘气，图钉一样盯牢了她，眼神里却别有深意。失望，失望，还是失望。只是说不出，或者，不想说。

屯屯脑子里轰地响了一下。她明白了爸爸的意思。他是想哥哥能来，给他打幡。这是他一辈子的愿望。他们都以为屯屯这次能把人带来。他们生活在同一座城市，在一个系统工作，有着比别人更近便的关系和联系，他怎么可能不来呢！哪怕作为一种心照不宣的关系来送亡人一程，也是个安慰。这样的想法谁心里都有，但谁也不说。屯屯一直觉得还有时间，爸爸只想喝她采的补血草，爸爸是在撒娇。她一点儿也没想到事情已经迫在眉睫。屯屯跪下了身子，额头抵在了那捆钱上，五内俱焚。真的是五内俱焚。她想，她其实没有能力带回这个哥哥，可她一直不说，不肯说。全家人都误会了，都误会了！这有多害人！屯屯羞臊得恨不得找个地缝钻进去。当年她千里迢迢去埙城，原本所有的努力都为了这一刻。这一刻她想象过千百次，可没有一次是今天这样的！这一刻提前到来了，她却没有防备！可如果不提前到来，还会有机会吗？他只肯出一万块钱！一万块钱！想起在他办公室的一幕幕，他们彼此之间客套、迂回、隔膜，屯屯哪里还有指望！屯屯连哭声都没有，她觉得，她不配！爸爸吧唧一下，嘴张开了，却没有合上。他扭过脸去，把手抽了抽，没抽动，但屯屯感觉到了。这一万块钱安慰不了他。倒退些时光也许能安慰，现在却不行。他的眼里都是空茫。窗外铺天盖地飞舞着黑色的蝴蝶，急不可耐地往窗上撞。如果破窗而入，他的世界就黑了。而眼下，他甚至希望黑暗早些到来,他再也经不起波折了。

屯屯冲出了病房。她设想过爸爸憔悴瘦弱成这样那样,却没想到他已然弥留,生命随时可能终止。所谓的用她采的补血草补血,不过是妈妈的一个谎言。他们内心的愿望鬼都知道,可谁都不说。他们就那样遥遥地注视着她,希冀堆得像天山一样高。

那样高的天山足以把她压垮。

屯屯在楼道的尽头失声痛哭。大美追了过来,摇她的肩膀,逮着间隙说:"你给他打个电话吧!"

屯屯拼命摇头。这样的事情当面都不好讲,电话里又怎么讲清楚。

大美失望地说:"爸爸得了癌,你也不告诉他?你怎么这么废物啊!爸爸一直不闭眼,不是在等你,是在等他儿子……我们都以为你们已经相认了,妈妈甚至说,这次只要你回来,就一定能把他带回来。那时爸爸还能说话,问带得回来吗?妈妈说,带得回来,一定带得回来!"

只有家里的男丁才能打幡。许多年前父亲就说过,如果在家乡,还有远门近枝可以倚靠,在这偏远的北疆不行,没有儿子打幡,做鬼都不安生。

屯屯哭得撕心裂肺。她恨自己迟钝,也恨自己缺少勇气。她在桂二奎面前越来越缺少勇气,似乎她的勇气在十八岁的时候都用尽了。她越来越觉得莫可奈何,她走不近他。即使把整个北疆背给他,她仍然走不近他。这次给的一万块钱,让她高兴了一路。揣度桂二奎的心理以及种种可能,都是屯屯高兴的理由。现在看,却是封堵了她的嘴。也许还有另一层意思是了断——就这样吧,你以后不要再来找我了,我已经忍无可忍。当年她兴冲冲地跑到了那座叫埧的城市,是想一头扎进去,最终把这个哥哥认下。然后,有朝一日荣耀地带回北疆。她能为家里做的就是这个,她为这个目标一直在努力,她也一直这样暗示家里人。没想到,几十年过去了,她仍是孤零零的一个人,岁月什么也没有为她留下。

5

还没进村,天已经黑了。内地与新疆有两个小时的时差。桂二奎隔着时空盯着那辆行进的列车。他判断得不差。屯屯在乌市给他发来了短信,上写:哥,我到乌市了。

查奎屯与乌市衔接的那列火车,按时间推算已经进站了,却一直也没等来屯屯的回复。他坐立不安。心想,屯屯是忘了还是手机丢了?会不会她下车了却把手机掉在了车上?或者,她要见到家人才向他报平安?对了,她还要去采补血草。她肯定先去采补血草了。手机摆在桌子上,不时跳动几下。一看不是屯屯,电话他通通不接。他心中郁闷,浮躁难挨。还有半个小时才到下班时间,他从内部的小电梯下楼,从车库里开出自己的那辆吉普车,直奔外环。

"大哥,我今天下乡了,一会儿从家门前过,你让嫂子给我熬一碗粥。"

大奎在电话里慌忙地应,问他还想不想吃别的,他说不想。

屯屯不会有事。他坐立不安,表面是因为牵挂屯屯,其实还有更复杂的原因。他心跳得很不规则,新疆那个叫陶子晟的人,眼下生死攸关。肯定是生死攸关,否则不会几千里地让屯屯回去采补血草。补血草当然救不了命,这很明白。就像……自己与北疆毫无瓜葛却同样心神不宁一样。只是,真的毫无瓜葛吗?

自从意识到陶子晟可能跟自己有渊源,通信就戛然而止。这种感觉很奇怪。过去的意识是朦胧的、不确定的。可以出于好奇或新鲜,一封信从邮筒里发出,辗转来到陌生的地方被阅读,像回复一样让人期待。

来信带着北疆瓜果成熟的香味，或冰天雪地的寒冷。这次吃了狍子肉，下一次，半扇猪肉不知被什么野物瓜分了。他们从内地带去了养猪的习惯，挖好大一个坑，长和宽各有三四米，一人高，猪无论怎样蹿跳也出不来。下面放一个食槽，承接剩饭剩菜。家属院外有林业部门的苗圃，里面长很多野草，谁随便扯上几把，就够了猪一天的伙食。有时大家都扯，猪会用野草铺个炕，那可是个聪明的小眼动物，一杠一杠的抬头纹里都是智慧。它冲人哼哼的时候，会发出类似少年儿童的腔调。年猪杀掉，一部分用伊犁盐腌制，大部分则埋在雪堆里，那可是个天然的大冰箱，整个冬天都不会化。只是某一天夜里忘了关门，半扇猪肉全不见了。碎屑逶迤很远，杂乱的脚印戳在深雪里，令你分不出是豹子还是熊。

他的信，永远只是一页。只一页就够了。朦胧的不确定的感觉就应该这样被对待。后来情形变了，桂长河因为阴囊肿物进行了手术，这个从没让他感觉亲近的人，从那天宣布不是他的父亲。他彻底蒙了，天塌了一般。关键是，这种感觉无人可说、无处可诉。公园有一个石子砌的八卦图，他就在那上面疯狂地走，从黑到白，从阳到阴。他紧抿着嘴唇，汗水从嘴角汹涌而过，脖颈变成了溪流。从远处看，就像一团雾气，他被自己蒸腾了。他不知道自己是谁，是怎么回事，从哪里来，要走向哪里。这个想法就像个魔，在他的心底汇成了巨大的呼啸。他还能接到从新疆寄来的信件，他不回。慢慢地，他也不写了。

这个话题是羞耻，不只涉及生命，还有性。因为医生同学告诉他，父亲那种情况不会有性生活。那么问题来了，母亲在新疆到底发生了什么，那个人是谁，跟"那个人"到底是怎样一种关系，怎样一种关系才是他能接受的。他几次要问，几次又都忍下了。有一次，母亲数说屋里臭味的来源，是因为父亲总不洗澡。父亲的恶习就是常年不洗澡，一辈子不洗澡。他说洗澡会洗丢东西。就像过去有人说照镜子会丢魂一样。

有一天他突兀地问母亲："年轻的时候,你为什么不同他离婚?"

他不敢看母亲。他怕母亲想他所想,不好回答。可母亲边纳袜底边说:"我是他家买来的。当初就说好了,我这一辈子,换他家两斗小米子。家里后娘养了三个孩子,靠这两斗小米子度饥荒,才没饿死。"

袜托是木头的,装在袜子里。大头朝上立在炕上,母亲把袜托搂进怀,就像搂着一个婴儿。在袜底完整敷几层旧布,然后密密麻麻穿针走线,等于给袜底护了铠甲,才经踩磨。小门小户的日子就像白纸糊窗户,针鼻大的窟窿就漏斗大的风。

他还能说什么呢?有时候他甚至想,离婚母亲也带不走他和大奎两个孩子。带不走怎么办?总要留一个给不是爹的爹。母亲不会这么干。

母亲得了脑血栓,栓了口腔。这就是命运的安排,让她的舌苔僵硬得像块木板,只能从喉咙深处发出呜呜声。命运封存了她所有的秘密,再不给人刺破的机会。最后几年父亲一直在照顾她,给她洗澡、梳头、换干净的衣服,推她到外面晒太阳,把肉和菜切碎了给她熬糊糊,把鱼和虾的肉煮成粥。对她就像对一个婴儿,居然把她养得白白胖胖。他偶尔回家,母亲会比比画画表达自己的心满意足。他心酸地想,也许这就是命。母亲多半生的付出就为了这时候得到补偿。所谓的圆满,大概就是指这样一种残忍的结局。

他和妻子是大学同学。他运气好,同学聚会时被人戏称驸马。他也一步一步从普通营业员走上了高位。当初妻子家里不同意这门婚事,甚至闹到了断绝关系的地步,是他动用了很多心思赢得了这门婚姻。就是现在,他去岳父家也要进厨房择菜洗菜。拖把从来不用,要用小毛巾清理每一块地板。家里不能有浮尘,否则岳母的气管受不了。这些他不是非干不可,而是姿态。位置越高,姿态越低,这是必须的。现在回头看,所有的付出都是值得的。虽然妻子从不跟他回罕村,可他不在乎。大奎盖房的时候,所有的费用都是他出,条件是给他留出一间房,候着他告老还乡。这不过是个借口,妻子心里明镜儿似的,只是不跟他计较。家里的大事小情通通都是他出钱,大奎出力。妻子从来不管。在他们那种家庭,活出人来不容易。母亲三年前往生了。在他的坚持下,拿条毛毡包了母亲的骨灰,没有跟父亲埋在一起。父亲埋在了村里的河套地,母亲则被他带到了城里的墓园。他知道这件事在村里饱受诟病,甚至让大奎觉得没有颜面。他有话语权,可他什么也不说。他在心底想,桂长河,你不能来世还和母亲在一起。这种想法能让人发疯。除了娶母亲时付出了两斗小米子,还付出过什么,他甚至不能给母亲一夜欢爱!

母亲去世以后,他很少回罕村。他不回来,就像罕村不存在一样。他情愿这个罕村不存在,好让自己变成孙猴子。他在埧城顺风顺水,他珍惜在埧城的荣誉、地位、事业、家庭,不希望被外来因素打扰。

可是,有一个屯屯,就隐藏在城市的某个角落,时不时地冒出来,毫无征兆,把这种平静打碎。

就如此刻。

"老家有点事,如果晚了我可能就住在乡下。"他给妻子发了个短信。

只要涉及老家,妻子从来什么也不问。这是种高贵的沉默。父亲母亲去世,妻子都没来奔丧。她有合适的理由,比如,已经出差了,或者将要出差了。乡间烦琐的丧俗让妻子望而生畏,比如哭丧、行跪拜之礼,还有宴席上油腻的碗和乡邻挥舞的筷子。他当然明白。结婚前,妻子只跟他回过一次罕村,一桌饭菜她不吃,她只吃煮鸡蛋,自己剥皮。但妻子给婆婆买貂绒皮衣做补偿,彼此给彼此台阶。这些都很重要,可以得过且过或欲盖弥彰。她心里只有他这个人,而没有他身后的背景。仿佛他就是孙猴子,真能从石头缝里蹦出来。

关键是，她心里有他，他已经满足了。他没有理由多要求她什么。

薄雾自天外而来，在杨树的枝头打着晃。左右两侧的沟渠浓绿成行，在黯淡的天光底下，像水墨画一样。黑暗遮掩了树叶上的浮尘、沟渠里的垃圾、路上的泥泞以及远处的一只狗。狗不时地狂吠，他却只闻其声。白天下了些小雨，空气中有一种被溅起尘埃的土腥气。他甚至查了远在西域的那座城市，那里经常是万里无云，日照充足，天蓝得要命。年降雨量十六毫米，却要蒸发三千毫米左右。土地和植物常年处于焦渴状态。年平均气温只有6.5度，奎屯在和硕特蒙古语中有"寒冷"之意，离天山五十公里。一条奎屯河由十八条支流汇合，发源于依连哈比尔尕子山……

还有什么？

这一切怎么荒谬得如此熟悉而亲近？

他自嘲地笑了下，心头却是暖的，似乎有一股活泉在奔涌。他摇了摇头，给自己点着了一支烟。他平时不吸烟，因为妻子不喜欢，但车上会备一盒，心情烦躁的时候吸一支，会感觉通体舒泰。然后拼命漱口，嚼口香糖，确信一支烟的能量消踪灭迹，他才会回家。他从不惹妻子生气，他是模范丈夫。眼下他在罕村粗糙的水泥桥上，推开了车门。一只脚踏到地上，另一只脚踩在车框的边缘，像个出租车司机一样，弓起腰背，冲着夜色喷云吐雾。抽了一支，又抽了一支，又抽了一支。他有些醉了，是的，醉烟。头是痛的，眼前迷蒙，有轻微的眩晕感。他从没连着抽两支以上，嗫得腮帮子都是酸的。他在想他为什么要回罕村，见到大奎说些啥。是的，他是有话想说的。是不是要说呢，有没有说的必要，他其实一直在犹豫。或者，说出来有没有意义？有的，他对自己说。大奎是长兄，长兄如父，他该知道实情。或者，他应该给个主意，下一步怎么做，做些什么。这么多年，大奎一直不知道他跟北疆有联系。最早是通信，后来是吃从北疆带来的马肠和蘑菇。他从没告诉过大奎。他又看手机，屯屯还是没有消息。屯屯不会再有消息了，他深深地吸了口气。因为她不知道他其实也惦念。回想过去的几十年，他一直在怠慢她，有意识的，下意识的。甚至把她分到下面的小营业所，条件简陋，只有三个营业员。后来那个营业所被取缔，屯屯才重新回来。屯屯一直是个普通职员，干最脏最累的活儿。她第一次带东西来，战战兢兢，甚至不敢接他的眼神，倒好像她是来乞讨的。他从没体恤过她。他不愿意见到她，她遇见的从来都是冷脸。他只请她吃过一次饭，在旋转餐厅十八层，听她谈完经历，他说她没长一颗过日子的心。"你不生一个自己的孩子，将来靠谁？"她捂着脸哭着走了。又一次来，就像不计前嫌一样。他羞愧地想，这话说得自私而又刻薄，实在不该从自己的嘴里说出来，倒好像是屯屯想靠他一样。

如果真……靠他，这有什么不应该吗？

村庄在一条河的臂弯里，三面环水，通往村庄的路上空无一人。小的时候，他每天都在这条通天路上走，割草，拾柴，上学，赶集，看人的白眼，遇到人从不打招呼。便有人说他随爹，桂长河就从不跟人打招呼。"他就像一条夹着尾巴的狗。"他上小学四年级写作文时这样形容桂长河，受到了老师的严厉批评。"他即便真是条狗你也不能这样写。"老师说完就笑了。老师是女的，笑容就像腐烂的大肉花。"要写出他的高大和不平凡。"

"他没有高大和不平凡！"他赌气地大声反驳，引来了哄堂大笑。

记忆中，他很少叫那个男人什么。他看他的眼神总充满鄙薄，从小到大都如此。他就像个地拨鼠，整天钻到地里。天不亮就走，天不黑不回。脸上敷一层黑油泥，嘴唇是紫桑葚的颜色。眼白大眼球小，灵活转动时更像鼠类。他身材矮小，生了个枣核脑袋，与相貌堂堂的他背道而驰。他曾听村里人说闲话，桂长河怎么生得出桂二奎那样的娃？羞耻的感觉似乎与生俱来，他不清楚这其中有什么因果。独记得小时候的眼神，总仇视地看着他。那时他还在读初中，有一天，他路过菜园时听见有人说话。"你吃了吗？吃的啥？我吃的是蚂蚁缠大象，你知道什么叫蚂蚁缠大象吗？"篱笆墙上爬满了豆角秧，他好不容易扒开了一道缝，见他正在用一根木棍逗弄水垄沟里的癞蛤蟆。

"啥叫蚂蚁缠大象？"他好奇地问母亲，母亲也不知道。他便知道他在说疯话。

有一次，同村有个同学说"你爸爸爱跟蛤蟆说话"，被他痛打了一顿。事后他想，同学如果说"桂长河跟蛤蟆说话就没事了"，他是听不得"爸爸"两个字。"爸爸"不能跟蛤蟆说话，蛤蟆不能跟爸爸平起平坐。

他觉得戳心窝子。

他把手机扔向副驾驶，拿起来又查看了一下，心里一阵烦乱。这个屯屯，一把年纪了还是个不靠谱。他驾车朝村里走，电话突兀地响了，他赶忙接听。是哥哥大奎，问他到哪儿了，说粥早熬熟了。他说，已经到家门前了，开门吧。

6

大奎结婚早，已经是有孙子的人了。大奎在他面前总是不知怎样表达亲近才好，给他拿各种吃的，就像对待个小孩子。大奎爱看书，是乡村的文化人。一个梢间里都是他收存的各种图书和农具，像个农展馆，乱糟糟的。几千册书随意堆放着，许多都是课本和各种实用手册。大奎爱书成痴成迷是出了名的。饭后一家人都在屋里看电视，大奎隔窗喊："小点儿声。别看电视剧，看点儿有知识含量的！"说完看了二奎一眼，这话是说给他听的。他其实不管他们看什么。大奎解释说："我喜欢看长学问的。昨天看有关新疆的节目,说有一种树木叫胡杨,三千年不死,死后三千年不倒,倒了三千年不腐。这要是人多好。"他谦逊地看了二奎一眼,补充说:"人生一世,草木一秋。"

二奎心里咯噔一下,想,这难道是感应?大奎从来就不是个悲观的人,从没听他发过牢骚。他平板、务实、憨直,有一点儿小虚荣。就一点儿,不多。他想起了屯屯带来的东西,薰衣草精油、马肠、烤鸡蛋、葡萄干、胡杨林里长的蘑菇。对,就是那种蘑菇,有股年深日久的草木香,特别对他的胃口。他经常在水里发几朵,自己炒一盘。素炒,加一点儿红辣椒点缀。红辣椒也是奎屯的,封在一个袋子里。还是几年前屯屯拿来的,夏天怕生虫子,二奎把它放在冰箱一角冷冻。每年秋天,奎屯都是晾晒的红艳艳辣椒的颜色。他在网上看到过照片,红辣椒掀起的波浪把人都淹没了。妻子不知道这些蘑菇和辣椒来自哪里,他也从不请她品尝,从不提起屯屯这个人,以及与之相关的事。他知道她不关心。薰衣草精油他送给了女下属,他不送给妻子,因为他不想撒谎和解释。他们兄弟偶尔坐在一起,谈发家致富,谈左邻右舍,谈村里的人和事,从没谈过新疆以及与新疆有关的风物。因为这不构成一个话题,从没有因缘谈起。

今天是有些特殊了,新疆的胡杨居然做了开场白。

他只喝了一碗粥。那碗粥顺着喉管缓慢进入消化食道,似乎随时都想反流。他们坐在晾台上,屁股底下每人一把藤椅。藤椅是他屋子的标配,他知道,只有他来才会搬出使用,平时会被大嫂擦拭得干干净净。藤条编的小圆桌上摆着茶水瓜果,有些瓜果就是园子里的出产。小黄瓜只有手指头长,若不是他来,他们不舍得这么小就摘。他拿起一根黄瓜咬了一口,顿时满口生香。嫂子从堂屋取来小板凳,刚要坐下,被大奎轰了进去。"你进屋看电视,我跟二奎说事情。"大奎素来把兄弟看得重,甚至重过老婆孩子。熏蚊子的火绳冒着青烟,黄瓜花、豆角花的香气在空中弥散。他给二奎的茶盅里倒了茶，二奎看一眼门框上悬着的电灯，大奎赶紧站起身，把灯拉灭了。二奎打小就不喜欢太亮的灯光，他嫌晃眼睛。他喜欢朦朦胧胧。

二奎抬眼望天，一枚巴掌大的小月亮钻入了云层，像多半块害羞的玉米饼。小的时候经常看着这块玉米饼出神，舔着上嘴唇想，不知怎样才能吃到它。几颗细小的星星明明灭灭，像是还没考虑好，该不该跳出来值勤。

"你知道你为什么叫大奎吗？"二奎觑着眼问，脑子里却想起了屯屯说过的话，"你不是因为有大奎才叫二奎。"

"知道，奎屯生的嘛。"大奎回答得简朴，却吓了二奎一跳。"打小连小学老师都说，咱村很多人走新疆，有几家子到了奎屯。桂大奎、桂二奎都是新疆奎屯的产物。"大奎努力想把话说得幽默。

"你还记得什么？"心里却在想，他为什么从来都没跟我说过。

"入学时咱爸想给改名，找后街的老五叔起了桂长金、桂长银两个名字。但咱妈不让，她说我这一辈子啥都听你的，这件事打死也不能依你！咱爸也是偏人，跟妈这一通吵。你那时小，就会抱着妈的大腿哭。我可是记得真真的，妈正在拉风箱，顺手抄起一把菜刀架到脖子上，那刀刃割着了皮肤，血都冒了出来。咱爸吓坏了，扎到了姑姑家，三天没敢回来。有时我还会想起，改个名字的事，不知她为啥动那样大的肝火。桂长金、桂长银的名字其实也不赖。"

"你没问过她？"

"没问。我猜……她可能是为了纪念。"

"纪念……奎屯？"

如果真是为了纪念奎屯，奎屯应该是有值得纪念的人和事。桂二奎叹了口气。

他又想抽烟了，摸了摸口袋，烟放车上了。大奎原来比他知道得多，这是个意外。他从来也没有把自己的名字跟奎屯联系在一起。虽然屯屯说起过，可那次有酒遮脸，他没有当真。乡间叫"奎"的人很多，未必都与什么有牵连。他想，该谈一谈陶子晟了。他此次来，就是想谈谈陶子晟。奎屯的陶子晟，在他心里隐匿了很多年。那年来到邮局给女儿们寄衣物，却把大家都惊乍了。他和桂二奎两个人互为翻版，能一眼让人看出隐秘。当然，邮局的人不会那样想，大家都当新闻传播。现在他躺在病床上，等着女儿给他采补血草，这分明是个幌子。这个叫屯屯的女人，就生活在埙城，像个卧底。当年从新疆奔了来，一卧就是很多年。毫无缘由地带这带那，用一句书面语言，就是加强联系。不管你愿不愿意，她就是要加强，其实是强……加，看似柔弱拘谨的她，执拗得有些过分。直到这次，去奎屯之前还专门来辞行。她哪里是辞行，分明是通禀。我来告诉你情形，一个得了直肠 CA 的人喊我回去。几千公里之遥，不到关键时刻怎么可能喊她？采补血草只是借口。就因为猜到了她是来通报消息，桂二奎才准备了一万块钱，连号的。这是他特意吩咐的，隐喻若有若无。这些元素里都是故事，大奎听得懂吗？他会不会被吓着？

"有件事我一直没有告诉你。"大奎忽然变得诡秘。他往前拉了下椅子，浓重的夜色被他扯开了，脸像浮雕一样明晰了些许。大奎是一张团圆脸，扁平，有一点儿抹去特征的混沌，不像二奎棱角分明。桂二奎没来由地紧张，自己是来诉说秘密的，没想到大奎也有。

"你知道咱爸咱妈当初为啥去新疆吗？"

因为穷。所有的人都是因为穷。也有人是因为远大理想和抱负，想建设边疆保卫边疆。但罕村的人不是。吃不饱，弟兄几个挤在一间屋子，娶了媳妇却分不了窝，只能在中间拉一块布帘。新疆天大地大，能施展手脚。还有一份稳定工作，按月拿工资。当年就是这样宣传的。

"我告诉你,别人是因为穷,咱爸咱妈不是。后院园子里埋了几缸小米子,专门为度荒年用。咱爷爷是个大神,能运筹帷幄,决胜千里。"

这些桂二奎恍惚记得。爷爷在大户人家当过账房先生,积攒每一分钱给家里储存粮食。那年月小米子是好东西,能让坐月子的女人奶水充盈。后来那些小米子挖出来,早发霉了,顺便做了肥料,那一园子白菜长得肥硕壮观,爷爷总挑出去偷偷去卖,被联防的人追得挑着担子跑。

"你没觉得,咱俩长得不像?"

二奎大吃一惊。

大奎缓缓说根由。母亲去世后,留下一个上锁的抽匣,大奎打开,都是母亲保存的老古董、各种票据、存折。其中有个存折是一九五八年存入大乡信用社,定期三个月,现在已经取不出来了,因为没有底案。几样首饰、工分簿、账单。还有一张毛头纸,四方的,写仿影的那种。展开一看,却是一纸文书,密密麻麻的满是毛笔字。"你知道上边写的啥?"

二奎惶惑地摇头,他想到了卖身契。母亲就卖了两斗小米子。

大奎更加诡秘,说是一纸契约。"亏得我平时爱学习,连蒙带猜读得懂繁体字,契约好像与咱们的身世有关!"

什么叫好像!

二奎抖了一下,凉气一下浸入了身体,像是哪里接通了一个孔,让冷气长驱直入。他握紧了拳头,禁不住要打摆子。生命难道是被一纸契约规划好的?

二奎粗暴地打断了他:"说内容。"

大奎仰脸望天,回忆道:"双方遵守自愿之原则……桂家都许以合法身份。如果生两个以上……女方不得与男方发生任何勾连……"

"一个就允许?"二奎低吼。他觉得大奎吞了字,这里面有常识错误。

"你说详细点！"

"年深日久，很多地方粘到了一起。字根本看不清楚。"

"契约呢？"

"烧了。那东西丢人，我怕让晚辈看见。"大奎变得可怜巴巴。

"哎哟！"二奎痛心疾首。他想，母亲把契约一直保存着，在早，是自己孩子在桂家合理合法的凭证。后来一直没销毁，分明是想留给他们看。母亲是个仔细人，不会因为疏忽而忘掉——自己难道跟大奎真的不是一个父亲？

"上面到底是怎么说的？"二奎简直要给他作揖了。

大奎却越发说不清，他紧张得直冒汗。

"你那屋子存了那么多破烂儿，就不能存下与自己相关的？！"二奎怒不可遏。

大奎一下红了脸。那屋旧书和农具是荣耀，让他在乡村显得与众不同。二奎以前没表示过不同看法，今天却叫它们破烂儿！

"下面签名的都有谁？"二奎阴沉着脸问。

"黄连荣。桂长河。桂田。上面都按着手指印。"大奎说得胆怯，伸出食指朝虚空摁了下。

二奎舒了口气，莫名地拍了下大腿。黄连荣是母亲。桂田是爷爷，在桂二奎八岁那年就死了。他依稀记得爷爷的清癯模样，胡子只有稀疏的几根，是黄的；总是一副阴鸷相，从不在眼睛中间看人。桂二奎觉得他就像奴隶主，一家人都是奴隶。他穿黑大褂，喜欢背着手走路。抽烟时烟袋杆高擎着，下面坠着烟荷包，显眼地钉着一粒翡翠扣子。顿顿要喝酒，锡酒壶要放在茶缸里用热水温。小碟咸菜旁有几粒花生米，用香油、醋腌制过，扑鼻香。

喝过酒，他就往铺盖卷上一躺，两只膝盖弓起，一条架到另一条腿上，很响地打鼾。

还记得那是个小的三间瓦房，小格子窗都是四方块，过年糊上新的毛头纸，窗子便像安了玻璃一样亮。其余时间便是年深日久的颜色。烟道从炕上过，每一个缝隙都冒炕烟，熏得席子和被褥都是黑的。煤油灯也冒黑烟，放在小躺柜上，能照亮整个太师椅。爷爷蜡黄着脸在那里坐上一晚，两只鼻孔都是黑的，像猪鼻子一样。

那一晚的情景二奎能够想象。父亲坐在炕沿，母亲倚靠在门口的墙上，半个屁股虚坐着。爷爷在太师椅上挺着身子，架起两条胳膊。旁边的桌子上放着笔墨纸砚，砚台的切口上停放着一支吸满墨汁的毛笔。账房出身的爷爷会摆足架子，要不他也是个煞有介事的人。按时间推算，那应该是一九五五年的冬天，刚有支边的信儿。村里许多青年跃跃欲试。家家虽分了土地，但那时的年轻人像现在一样，对远方有着不切实际的幻想。其实主要还是因为穷，缺吃少穿，十几口人挤在一栋房子里。桂家不缺粮食和住处，但桂家的难处说不出口。媳妇八岁用两斗小米子换了来，十三岁圆房。桂田比谁都清楚他的儿子桂长河生不出一儿半女，要想桂家有后，只得想别的法子。要想不丢人而又少是非，最好到外边去，越远越好。

去新疆的想法一定是爷爷桂田的主意。他眼界开阔，大开大合。

母亲那年十八岁，已经是个有想法的少妇。这纸契约约束的是双方，但显而易见，保存在母亲手里，是个撒手锏。怀孕生产都是女人的法定义务和权利，但前提是，你的孩子得有来路，孩子能不能被善待，取决于母亲的性行为是否合理。

"你那时为什么不告诉我？"沉默良久，桂二奎还是发泄了一下。被大奎蒙蔽的感觉很受伤，大奎有事从不瞒他。

大奎忸怩着说："觉得不是啥好事，告诉你也嫌丢人。何况……"

大奎迟疑了。

二奎的脑子动了一下,猜出了他咽下的半句话,无非是因为"两个人长得不像",让他心有挂碍。他们都是从同一个娘的肚子里爬出来的,至于父亲是谁,大奎未免太杞人忧天了。

"今天为啥又说了?"二奎面露嘲讽。

"与胡杨相比,我们都是渺小的人。"大奎坐规正身子,振振有词。那一刻,大奎简直像有神仙附体,口气和表情都带了居高临下和悲天悯人。

二奎站起了身,他一刻也不想在这院子停留。大奎的这一面让他看不入眼。他从很多年前就看不入眼。大奎的嗜书如命、一些小的聪明和计谋、属于乡下人的自命不凡,以及随处表现的虚荣和浅薄,都让他难以容忍。他真的怀疑,他们的血管里流的不是相同的血。但大奎说得不错。与植物相比,人类都很渺小,哪怕是一棵草,还能野火烧不尽。只是,他觉得没有必要再跟他理论下去。月亮移出了云层,洒下几缕清辉。二奎借着月光星光盯看了一眼大奎。他们长得不一样,脾气秉性不一样。小的时候大奎就有些女气,爱哭鼻子,爱穿有颜色的衣服。也就是说,陶子晟与他没关系……不知为什么,他暗松了一口气。想起屯屯说过的补血草,也不知现在采到了没有。心慌的感觉突如其来,他摇晃了一下,情不自禁地捂住了胸口。

"你怎么了?是不是不舒服?"大奎关切地探过身来。

二奎没有接话茬,而是不动声色地舒缓了自己,他想到了远在北疆的病人,也许这是心灵感应。

他的心像是被什么挖了一下。

"这畦西红柿长得不错,是沙瓤吗?"他往菜畦边上移动了下脚步,是为抽身在做准备。

面前黑乎乎的，其实啥也看不清楚。

"还不知道呢。"大奎忐忑地接话，"要等红了才知道。"

"时间不早了，我得回去了。"

大奎赶忙问："你今天有……事儿吧？"

"没事儿。"二奎边说边利索地往外走，"我就是路过，来看看你和大嫂。"

7

屯屯伸了一个懒腰，奎屯的早晨就醒了。她惺忪好一刻，才想起这是睡在老房子里。老的土坯房，有一种干燥和舒爽。指尖碰到手机，心跳了一下，却没有动。昨晚妈妈炖了一只鹅，屯屯吃得有些不知饥饱。筷子不时挥动，除了吃，她不知道该干什么。一家人都看着她。大美、二美和两个姐夫。二美嫁到了克拉玛依，姐夫是维吾尔族人。大美就住在家属院旁不远处的楼房里，那里爸妈其实也有房，可他们不去住。老房子有大院落，可以种很多蔬菜。政府一直说拆迁，但一直没动静。当年他们从内地带菜种，一茬一茬培育，种子像人一样，早把这里当成家了。

屯屯知道一家人都看着她。

妈妈说："小美……"

屯屯说："我改名了，我叫屯屯。"

妈妈赔着笑说："我总忘。屯屯好听，小美……"

一家人都觉得，屯屯应该给二奎打个电话，把爸爸的情况说清楚，他实在是坚持不了几天了。如果二奎能在他活着的时候来看一眼，爸爸就能瞑目了。否则，现在他死都会很勉强，所以横竖不咽这口气。屯屯在埧城这些年，多亏二奎照应。否则她人生地不熟，怎么可能生活得好，还能谋到工作。屯屯是唯一能跟二奎说上话的人，是陶家所有的指望。"你现在就打，让我们都听听，看看他怎么说。"大美把屯屯的手机从包里取了来。屯屯接过，又放进了衣兜里。"他这两天忙，过两天再说吧。"

"爸爸还能活两天吗？"二美越来越不满。她连续值了几天夜班，心情很烦躁。

大美说："怎么活不了……他让小美捎来那么多钱。"

大美的意思是，屯屯说的是实话。

妈妈说："你哥会来的。我做梦都梦见了。"

顿了顿，屯屯说："他不会来了，你们死了这条心吧。"

妈妈突然叫了起来："你说什么？"

屯屯心一横，说："桂二奎不会认你们的，你们就别做梦了！"

妈妈讪笑了一下，她觉得小美是在说笑话。

妈妈早已转变了对哥哥的态度，包括对爸爸的前妻灯碗。灯碗是小白帽的小名，她的大名谁也记不住。她的偏头痛好了，但小白帽还戴在头上。按理应该叫她大宝妈二宝妈，可因为大宝二宝都不是她亲生的，大家都愿意叫她小白帽。年前爸爸做手术，灯碗去医院探望了，拿了一盒子糕点。她比爸爸大三岁，但远比爸爸健康。她立在病房门口，没有往床前走，只说了一句话："你好好养着吧。"就回来了。妈妈做什么好吃的都会给她端一碗，有时自己也咕囔："你爸要是当初不跟她离婚，恐怕就不会得这种烂病。"

有一天，庆贺二美生日。屯屯和两个姐姐喝果子酒，都喝得有些高了，胡乱说："我们的生命来得多么不容易啊，这个世界上，差点儿就没有我们姐妹三个了。"

大美说："如果爸爸不跟小白帽离婚。"

二美说："如果妈妈不跟爸爸结婚。"

屯屯说:"如果二奎一家不走,这个家就是一家四口。爸爸、小白帽、大奎二奎两个哥哥。"

大美问:"如果那样,二奎还能当行长吗?"

二美说:"不当行长也能当局长。"

屯屯说:"是雄鹰在哪里都能高飞。"

姐妹三个聊得高兴,喝得也高兴,都把自己放倒了。那是爸爸手术后最高兴的日子,医生说,手术很成功,半年以后陶师傅就跟从前一样了,打球、骑马、弹琴,样样行。爸爸参加了一个俱乐部,经常骑马到很远的地方。

没想到半年以后成了这样。妈妈说是她的错,如果不手术,情况也许会更好。大美和二美都说,爸爸心事太重了,活得好好的,总想死后打幡的事,好人也会抑郁的。

妈妈马上沉了脸。打幡的事也是她的心病。

屯屯把脸埋进碗里,她想,都是自己无能,才落得眼下这个局面。自己不去埧城,爸爸就不会指望。每次来,爸爸都要偷偷打听二奎的情况,问二奎对她好不好,有没有请她吃过饭。屯屯夸张地说,很好啊,经常请我吃饭,每次都去高档餐厅吃龙虾。爸爸笑得特别幸福,仿佛为当年的错误找回了安慰。十八层旋转餐厅那顿饭,吃得不愉快,却被屯屯借用了很多年。屯屯经常对自己说,爸爸的病,你也有责任,年复一年地让他空指望,他多受了许多煎熬。喝了一碗肉汤,屯屯放下碗,说:"我去熬补血草。"

都说不用熬,熬了也没用。屯屯不理。熬出来的补血草装进罐头瓶里,是深红的颜色,真像血浆一样。屯屯不顾一家人的劝阻,还是跑到了医院。她想,我横竖也得把补血草喂给爸爸喝,不管管用不管用,我都要喂给他,否则不是白回来一趟嘛!大美的女儿佳佳充当临时陪护,她的男朋友在这里上班，说好的今天他们值一夜。看见小姨进来，赶忙闪了出去。爸爸的手臂露在外面，冰似的凉，屯屯给他放进被单里。补血草倒进碗里一些，屯屯用汤勺舀起，对爸爸说："你的血管里没血了，老神仙说，喝了这些就能把血补回来。来，张嘴。"汤勺凑到爸爸的嘴边，爸爸嘴唇动了动，但没有张开。屯屯说："你喝一点儿，我跟你说哥哥的事。"爸爸嘴唇颤动两下，真的张开了。屯屯小心地把补血草倒进爸爸的嘴里，顺嘴角流出了些，但非常明显，爸爸有一些吞咽的动作。屯屯说："我一会儿就跟他联系，让他过来看你。你高不高兴？"爸爸微微点了下头。屯屯说："我不知道你病得这样重，否则我会带他一起回来。"爸爸扯动眼皮，努力想睁开眼睛。屯屯注视着这一切，那颗心突然坚定了。

屯屯在呼市给桂二奎发了信息，没得到回应。屯屯想，人家只是客气一下，并不是真的关心你。到了奎屯，因为一直想到哪里去采补血草，就把发信息的事忘了。

"他如果真关心，怎么就不能主动联系我呢？"私心里，屯屯有得寸进尺的想法。

"他不行了，就剩最后一口气。可他想见你。你能让他见你一面吗？这样他死也甘心了。"这样几句话，修改了好几遍，该表达的想法和感情，客气又不失亲昵，还得很严重，否则，不足以引起重视。屯屯在路灯底下连续敲了很多个流泪的表情，想了想，又点了发送位置，显出的是奎屯人民医院。

"我在医院，人不行了。"屯屯又加了一句。

屯屯仰着脸看天，一颗玻璃球大的星星钻出来，眨了下眼，又没了踪影。屯屯觉得自己就像那颗星星一样，无所适从。或者，她总是无所适从。不管是在埙城还是在北疆，她都是一个无所适从的人，身边有亲人，却走不近、靠不上，那真是无可奈何啊！这颗星也许就是爸爸，以这种明灭的方式提醒她。屯屯很焦灼。等了足有十分钟。这十分钟真是漫长得让人无法容忍。没有消息。还是没有消息。她一咬牙,把电话拨了出去。"您拨打的电话已关机。"她反复拨,拨了几十次都不止,手机键都快要被摁掉了。"他这是故意的。"屯屯一边摁键,手一边哆嗦,"他一定知道我会打电话才关机的。他不想被打扰。"可是,他有理由接受打扰吗?没有。没人告诉他,他是谁,与远方的陶子晟有什么关联。他不知道,或者,他可以假装不知道。我们谁都没有勇气告诉他真相。真相,被厚厚的历史尘埃湮没着,有时候,我们甚至惧怕这一点。因为里面包裹的是不堪、耻辱、丑陋,抑或阴谋、变态、暴虐、疯狂。再想不起比这更极端的词了。屯屯就像晚秋灰败的一棵芨芨草,在清凉的月光下往家里走,直走得泪流满面。她觉得,自己犯了战略性错误,她一直胆小、谨慎、虚妄地对待桂二奎,等待他觉悟。自以为是步步为营,其实是给了他逃避或隐遁的理由。所以,他送给她一万块钱甚至都不说用项。他分明是不愿意介入其中!他用钱画了一条河,把屯屯以及与屯屯有关的一切隔到了彼岸。没有比这更阴险的了。试问,以后屯屯还能再去找他吗?屯屯情不自禁要打摆子,她觉得,自己被耍了,回来时一路的兴高采烈是因为自己蠢。她以为,他们之间的关系是澄澈的,是不言自明的,其实哪里有这么简单!想起了自己的这半生,二十年最好的年华都给了守候,今天的局面却是如此令人不堪,她赌气地关上了手机,也关上了与他的信息通道。她越来越不敢想明天会怎样。父亲躺在病床上,一家人都眼巴巴地看着她。他们不知道,她在埧城用了二十年仍然无法走近他,跟他说话还要紧张。屯屯觉得自己快要死了,浑身连一丝力气也没有。"就让我死在爸爸前边吧!"她边走边嘟囔。终是不甘心,走到家门口,又打开手机看了一眼,她彻底绝望了。屯屯想,我们不是一个时空的人,我们是过错而不是错过,我们之间的距离比新疆到埧城还要遥远。

血缘也是一条河流。就让这条河流终止吧!

白色的纱绷子罩着餐桌上的盘碗,屯屯揭开看了看,有她爱吃的糕点、绿豆汤和煮鸡蛋。屯屯揉了揉肚子,昨晚的鹅肉汤都还在胃里,她吃得实在是太多了,眼下一点儿胃口也没有。屯屯重又把纱绷子罩上了。

几件衣服挑拣了一下,仍是穿了那件长着补血草的连衣裙。这件连衣裙,隐约代表了一种心境和象征,穿在身上能有些许安慰。奎屯的太阳可真明亮,通透得就像一面镜子,光芒四射。妈妈和姐姐一早就去医院了,说好的让屯屯睡到自然醒。屯屯眯着眼,在偌大的院子里走了一圈。这里一共有十一排房,五十几户。现在留下的住户不到三分之一,都是老弱病残。许多屋脊都坍塌了,上面长着各种各样的草。小的时候,屯屯串过二十几户人家的门子。从内地来的,她只没去过小白帽家。妈妈经常说小白帽的是非,让屯屯对她一点儿好感也没有。小白帽住在最后一排,离水房很近。她嫁了一个安徽人,那人去登天山时跌断了腿骨,成了跛脚人。后来他们收养了两个儿子,大宝十七岁那年用荆条筐去屠宰场背马肉,回到家来自己煮,吃完通体是黑的。原来马肉沾了荆条就成了剧毒,老家的人都知道,但大宝不知道。二宝开一辆红色的出租车,在外面买了房子,很少回老院子来。建家属院的热闹场面,屯屯还记得。家家挖坑土,脱土坯。爸爸赤脚踩泥窝窝,那些泥浆要掺上一定数量的麦草才有筋性。四个框的器物叫坯模子,把那些拌好的泥浆塞进模具里,用拳头杵紧实,再把坯模子小心朝上一端,一块坯就像毛豆腐一样落在地上。横几排竖几排,亮得像一片水塘。奎屯的太阳很快就把坯的表面晒干,屯屯放学时,和姐姐们一起把土坯一块一块搬起来,搭"人"字形,晒另一面。待完全干透,就可以造房子了。热火朝天的场面留在了记忆里,长长的一条街上只看见几个寥落的老人。年轻人不喜欢老房子了。他们喜欢带电梯的洋房,宽大的露台架在半空,或者移一些土在阳台上养花种草。从这点来说,内地和边疆的年轻人都一样,他们亲近土地的方式更像是隔靴搔痒。

可当年这院子里的味道多迷人啊。维吾尔族人把炉子砌到外面,烤馕,南方人做甜点,北方人做水饭。一对哈萨克族的夫妻经常提来猎物,有一次,他们居然扛来一只金狐狸,三角脸贴在后背上,就像睡熟了。塬城来的人从家乡带来了各种各样的种子,他们听说这里的土地广博,种子可以随便丢进地里。高粱有黏高粱、笨高粱,谷子有大黄米、小黄米,还有各种各样的蔬菜种子,把园子种得像开博览会一样。记忆最深的是冬天的雪,一早醒来,大雪封门。爸爸赶紧搬来木梯,去房上扫雪。大团的雪落下来,在屋檐底下堆得像小山一样。大美跟妈妈用推车往外拉,二美用木锨往外推,屯屯则跟着爸爸爬到了房上,她从小就胆子大。结了冰的房草又湿又滑,爸爸还在扫雪,发现屯屯已经像鸟儿一样飞到了空中,噗地落到了雪堆里。雪粉喷溅而起,被风旋起几米高的雪瀑。房上的爸爸吓坏了,赶紧从木梯上下来,屯屯已经从雪窝子里爬了出来,连睫毛上都是雪粒子。她蹦跳着说:"太好玩了!太好玩了!"大美、二美也不甘示弱,争相爬到房顶,姐妹三个就像跳水运动员,依次往下跳,左邻右舍都跑出来看热闹。爸妈哭笑不得。后来,爸爸受这次"跳房子"的启发,在外面修了块有落差的滑雪场。

水房还在西北角矗立着,圆溜溜的像个炮楼,上面长了数不清多少种植物,葱绿的叶子挤挤挨挨,有的像巴掌大,有的像指肚小。一棵柳树居然长得有小孩胳膊粗,旗杆样地在上晃。冬天到这里挑水是个危险活儿,冰凌冻得有一尺厚,经常有人摔得人仰马翻,把骨头摔劈摔断。屯屯带领学雷锋小组来做好事,专门扶装满水的水桶,防止外溢。结果是,水都洒到了自己的棉鞋上,棉鞋冻成了冰蛋子,回家让妈妈好一顿骂。

8

"裙子可真是好看呢,这花是补血草吧?"

屯屯扭回头去看,椿树底下站着灯碗姨,掐着一把韭菜打量她。因为妈妈的缘故,屯屯小时候几乎没跟她说过话,她们背后都叫她小白帽。妈妈经常嘲笑她的矮身量、蒜头鼻。年纪轻轻就是少白头,一个髻绾到脑后,用网子罩着,走路一颠一颠,像箍着个小煤球。在妈妈眼里,她一无是处。屯屯也觉得她一无是处,说话嗓子尖细,像踩了猫尾巴,走路瞅脚尖,跟谁都不打招呼。可她有一股蛮力,下手抓住羊的两条后腿,手腕一翻,膝盖一顶,刀尖对准羊的颈项,放血连一根羊毛也不沾。其实她的身量没有那么矮,鼻梁也算周正,就是鼻头略微大一些。她姓姚,罕村姚姓是大户。当年嫁到陶家也是贪图陶子晟的模样人品,带到新疆来这么一丢,就把她丢背过气了。跟陶子晟一样,她打出来就再没回过罕村。

除了路途遥远,年轻的时候都觉得没脸回去。

她比陶子晟大三岁,可看上去哪有大三岁的样子啊。她看上去那么结实、精干,两只脚踩在地上,看着就有根。说实话,她也不像妈妈说的那么不堪,妈妈纯属埋汰她。屯屯朝她走去,她把韭菜放到一个石墩上,走出了椿树的阴影,手搭着凉棚看一眼,惊叫说:"是小美啊!听说你爸喝到了你采的补血草?"

屯屯叫了一声"姨",问她听谁说的。她说:"早上出去买早点时遇到了你妈。你妈说二奎也回来?"

屯屯含混地应了声。

她马上问:"他啥时来,是坐火车还是坐飞机?"

屯屯只得说还没一定,心下也奇怪她怎么会对二奎感兴趣。问她想做啥饭。她说包素馅饺子。"老家的伏天韭菜是臭的,奎屯的韭菜是香的。"她的话更像是别有深意。"二奎走的时候才一个月零八天,"她说,"那年的奎屯六月飘雪。"

这是在说往事还是在说气象?她的话,屯屯不想听,便岔开了话题。问她是不是吃韭菜鸡蛋馅。她也意识到了屯屯心不在焉,寥落地说:"小美,中午在这儿吃吧。"

屯屯说:"等会儿要去医院,爸爸的情况很不好。"

灯碗说:"他就是在等二奎。大家都知道,他就是在等二奎。"

屯屯的心里抽动了一下,赌气似的说:"二奎要是一辈子不来呢?"

灯碗不满地发出一个鼻音,说:"你爸这辈子,就这么点念想,你们怎么就不帮帮他,让他了了心愿?他心里苦。"

屯屯奇怪地看了她一样,心说当年是他抛弃了你,你倒不说自己苦。

屯屯想走,灯碗说:"你到我家坐坐,我给你看样东西。"

屯屯迟疑了一下,但没挡住好奇心。她想会是什么东西让她看……突然想,灯碗心里应该有秘密,她当年是当事人啊。

屯屯跟随灯碗走进了家门。锅灶,火墙。因为没有后窗和后门,屋里暗得影影绰绰。这房子早先建成什么样现在还是什么样,墙壁黑黢黢的,贴着两张门神画,也落满了灰尘。不像屯屯家里,隔断打通,辟出专门做饭吃饭的地方。后窗装上玻璃,房间变得通透。每年都刷房子,墙壁总是雪白。那个跛脚丈夫早就去世了,她这些年过得有多恓惶,看一眼这房间就知道。

炕边是块毡子,有着繁复的图案。屯屯小心地坐了上去。灯碗说,这毡子还是当年你爸买的。他去乌鲁木齐开会,买了两块花毡,另一块送给了二奎的妈。

这话是什么意思？屯屯皱着眉头想。那时妈妈甘绒花还是黄花闺女，与这件事情不搭界。花毡如果几十年不清洗，灰尘大概能落豆腐厚。好在这块花毡还是薄的。屯屯使劲想罕村的桂长河家，他家有高门槛、土坯炕，屋里整齐洁净，被子叠得像豆腐块，但记忆里没有这块花毡。

"他妈年轻的时候一定是美人。"屯屯搜索着记忆。她就见过二奎妈那一面，不冷不热。自家婶子说，那是个凡人不理的主儿，"她以为自己是菩萨。"婶子鄙夷，"常年吃斋念佛。"

"长得是不差，比你妈好看。"灯碗抓了一把沙枣给屯屯，没注意屯屯皱了一下眉头。

"我爸是咋跟她扯上关系的？"屯屯假装问得随意，其实她心里特别好奇。眼下爸爸躺在病床上，这些不雅之事似乎也轻淡了。爸爸的作风问题让妈妈数落了一辈子。屯屯也奇怪，爸爸为啥跟人家生了两个儿子而又没跟人家结婚。"他傻子一样让人骗了。"这话妈妈只敢偷偷地说，"他让人家骗了，他又骗了我。"

"这话不该我说，回家问你妈。"灯碗的声音有点儿冲。

"我妈不知道。"屯屯的口气也硬了起来。

"她知道。跟你们成心装不知道！"

屯屯无言，有点儿后悔跟灯碗进到这屋里来。看来和解只是表面上的。妈妈经常送来好吃的也没能温暖她，也许她这一辈子太孤寒，也许她始终没有原谅那个带她来新疆的人。她在这里没有一个血亲，却要在这寒冷的地方待一辈子。

换了谁都不会轻易说原谅。

屯屯的心里柔软了一下，想妈妈为什么来送吃的，无疑，人都老了，有些事能够放下了。但以妈妈的心性，她无疑觉得自己是站在高处，虽然一辈子也谈不上幸福，但与灯碗比，她是胜利者。胜利者容易有姿态，况且爸爸需要她这种姿态，妈妈自己也需要。

妈妈甘绒花是一个会"作"的女人。当年是文艺女青年，被人敲锣打鼓送来的。妈妈打小父母双亡，跟舅舅舅妈长大。国家号召支边，她第一个报了名。舅妈哭哭啼啼劝她不要去，说新疆那么远，坐火车都要半个月，去时容易回来难。甘绒花刚强地说，好儿女四海为家，你没听广播里说吗？舅妈劝不了她，去邻居家借了十个鸡蛋，想煮熟了让她在路上吃。甘绒花却不愿意等，自己背着铺盖偷偷地跑了。甘绒花分到了离奎屯一百多里的农场，说是农场，却连一棵庄稼也没有。没有卫生纸，来月经了自己烧草木灰装到布袋子里垫下体。冬天开垦芦苇地，跳进淤泥里清淤，冰碴直往鞋里灌。夜里就睡在芦苇湖里，身下铺着茅草。几根棍子四角一支，上头盖些芦苇就是草房，很多人指甲盖都冻掉了。她跟爸爸认识三个月就结婚了，因为奎屯比农场条件好，火墙能让人夜里睡觉冒汗。

甘绒花结婚前是一个人，结婚后是一个人。如今老了，大概又变成了另外一个人。大美曾经对屯屯说："妈妈有时惦念二奎，比惦念你还强烈。"

屯屯眨眨眼，记忆中不是这样的。她问："为什么？"

大美拍了她一下，说："你以为只有爸爸想打幡的事啊！"

"她添什么乱啊！"屯屯不满。

"您想让我看什么？"屯屯有些坐不住了，她心里虽然有些柔软，但她不喜欢这个年老的女人。她的略带鹰钩的鼻子像一只隼，眼神也泛着凌厉的光。这屋里有一股不洁的气味，也许就是她身体散发出来的。

灯碗打开柜盖，拿出来一个铁盒子。大概许久没有打开过，她搂在怀里开得很吃力，有指甲摩擦的凄厉声。到底还是打开了，里面是一个蓝布袋，有点儿像小时候见过的烟袋荷包，封口处系着白线绳，那线绳已经是老旧的颜色了。她把线绳解开，把口松一松，倒提着往炕上倒，一个一个滚出来的，居然是羊拐骨。

屯屯目瞪口呆。

那六只羊拐骨落在炕上，彼此撞击时发出清脆的声响。它们摆出各种各样的姿态，各个温润如玉，安静得像只小猫，却支棱着耳朵。岁月没从它们身上行走过，它们还像初始那样清秀洁净。屯屯吃惊得眼珠差点落下来："这是……"

灯碗用手一划拉，六只羊拐骨悉数被她抓到了手心里。她摩挲着说："你……忘了？这是当年我在屠宰场收集的。那样多的羊拐骨，要怀孕的母羊水色最好，还得是前腿。羊大了不行，小了也不行，一样大，'耳'清晰，等了好多天才遇到合适的。用毛刷刷干净，用开水煮去油污，埋土里去腥膻，然后又用蜡油包起来，这模样才好看。那时小姑娘玩的羊拐骨都漆红油漆，像从血锅里捞出来的。有天我下班，正碰上你因为羊拐骨哭鼻子，要借别人的玩，人家不让。我就想，我要给你找几个最好看的羊拐骨，让你在小伙伴面前有面子……没想到你不要，还没一刻钟就还了回来，扔在了雪堆里。二宝气得拿回家来哭，说连个黄毛丫头都瞧不起我们。我说，她不是瞧不起我们，她是听了大人的话，将来有一天她长大了，就会懂得我们的好意。"

屯屯心潮起伏。这一段话包含了多少油盐滋味啊。那些遥远的记忆只剩下了一些轮廓，被她一提拎，慢慢就凸显了边缘。那六只羊拐骨就像心头肉一样，让她多么不舍。可她惹不起家里那个"朝天吼"，说如果不还回去就永不许她吃饭，屯屯怕她说到做到。她小时候就怕挨饿。

"你还要吗？"

还用说？虽然都忘了怎么玩。屯屯使劲想，一个"耳"代表什么，一个"平"代表什么,记得玩法有多种,却一个也想不起来。难道自己也老了?可这不会损害她对这些羊拐骨的感情,屯屯忙不迭地说:"我要,我当然要。"

灯碗把它们重又装进布袋里。

屯屯谨慎地说:"上一辈的事我搞不懂。可我知道,我爸对不起您。"可心里在想,我爸若对得起你,这世界就对不起我了。

"不是。是我对不起你爸。"

屯屯又被惊住了,她的样子平和诚恳,屯屯不禁问:"您能仔细说说吗?"

她叹了口气,拍着那块毡子说:"当年二奎就躺在这上面,睡了八天,每天都睡十几个小时,醒了就睁大眼睛看屋顶,从来不哭不闹。二奎出月就被她妈抱了来,说这个孩子姓陶不姓桂。我早早备了一只羊,让二奎喝羊奶。二奎小时候可好看了,两只大眼滴溜溜转,嘴唇红得像抹了胭脂。刚出月的孩儿,就嗬嗬地会跟你说话。可谁想到他们又变卦呢?那晚下大雪,你爸去农业站开会去了。二奎妈穿着一件皮袄进来,浑身上下都是白的,脸也是白的,像一只野狐狸。她进门就扑通跪下,雪抖落了一地。她说这孩子不能姓陶,得姓桂,否则桂家人会剥了她的皮。我问她是咋回事,这事儿是立了字据的,她和你爸生两个儿子,老大姓桂,老二姓陶。大奎都三岁了,你爸终日提心吊胆,怕她生个闺女……二奎妈哭着说她是卖给他家的,这事她做不得主。他去哪儿,她得跟着去哪儿。他让她干啥她就得干啥,否则将来遭罪的是孩子。他说回老家,她就得跟他走。他说得把两个孩子都带着,她就得过来抱……否则,她的命不打紧,还有大奎呢……他得有个安身立命的地方……说完就砰砰磕头。只几下,脑门就流血了。她用袖子一抹,脸就成了血葫芦。我在屠宰场杀羊,可我怕人的血,看见人的血我就哆嗦……她抱孩子的时候我动也没动，就那么眼巴巴地看着她把孩子揣进皮袄里，走了。"

"你爸开会回来看见孩子没了，简直疯了，一拳就把我杵到了墙旮旯儿。带人骑着快马一直追到乌市，也没见着他们的影儿。他以为是我不愿意照看别人生的孩子，故意把孩子弄丢了。'你连牲口都敢杀，我不信你抢不过她！'我是抢得过她。后来我一直想，真要动起手来，她抱不走这孩子……可她是孩子的妈呀。你爸一辈子也没解开那个疙瘩，他就是觉得我把他儿子弄丢了。"

"真是不怪您。"屯屯痴痴的，像在说梦话。她想起自己曾经怀过的一个孩子，那一定是个儿子，四十天，才像一粒葡萄大，在邻县的小医院把他弄丢了。那年她才十九岁，根本没有做母亲的打算。如果把他生出来，会送给别人吗？哪怕那个人是亲生父亲，也不行，绝对不行。屯屯心里忽然一阵钝痛，她对眼前的女人有些肃然起敬。那个雪夜发生的事改变了很多人，满脸是血的母亲要抱婴儿。若真撕扯起来，孩子说不定会摔到地上，会把二奎摔成脑震荡。那样，生活就走样了。

屯屯情不自禁地笑了笑，伸手握了下她的手，那手像鸡爪子一样瘦。

"二奎啥时回来，小美你告诉我一声，我想看他一眼。"

二奎不仅是爸爸的儿子，也是她的儿子。屯屯点点头，却不愿说二奎根本不可能回来。没有比自己更失败的人生了。坐在这女人面前，屯屯发现自己连她都不如，鼻子一酸，眼睛就湿了。把布袋抓在手里，屯屯赶紧起身告辞，女人着急地说："我话还没说完呢……二奎的妈，其实有可能跟你爸结婚……"

"他们结不了。"屯屯微笑着说。

"一家人都在找你,你怎么在这儿?"走进来的是二宝,一副胡子拉碴相,头发长得遮住了脖颈,油汪汪的,似乎很久没洗了。

屯屯一下蹦了起来,问:"我爸咋了?"

二宝连忙摆手,说:"不是你爸咋了。是你姐,大美,打你电话总关机。说这都晌午了,不会睡到这么晚。是不是又跑了?我正好在医院门口拉活儿,她打发我回来看看,你家里没人,我就寻思来家里先看看,没想到你在我家。"

屯屯这才把一颗心放下了,摸了摸口袋,手机还在床上。她没有瞅二宝,她瞅羊拐骨。二宝一看就知道是怎么回事,说:"你拿它干啥,又不会再玩。"

屯屯把羊拐骨收起来攥紧了,说:"姨,我走了。"

二宝说:"我送你。"

屯屯说:"不用。"

屯屯先回家拿手机,顺便把羊拐骨放进了行李箱,似乎是把年轻时的一颗心也放了进去。那颗心一直不安稳,放进去,就妥帖了。她平静地打开了手机,查看信息,只有大美的几条留言:睡醒了吗?起了吗?吃了吗?

"我还就不信了,没人打幡就不死人了。"屯屯自言自语。她用两只碗扣住鸡蛋,骨碌骨碌地摇,把皮子很快都摇散了。

她两口就把鸡蛋吃了,噎得直伸脖子。屯屯用最快的速度喝了几口绿豆汤,吃了块点心,她得赶紧去医院。鸡蛋皮子和点心渣子用纸包起来,丢进了垃圾箱。出来发现二宝的车就停在了门口。屯屯想绕过去,二宝下车拉住了她,把她塞进了副驾驶。

二宝的车很脏,一股烟油味汗馊味。屯屯摇下了车窗玻璃,那玻璃有些故障,咯吱咯吱响。

"有点毛病。"二宝看也不看她。

屯屯偏头看着窗外。出了家属院左拐两百米就上了大马路，奎屯发展得很快，很多现代化的建筑拔地而起。马路的对面是繁华的商业街。过去这里是所中学，左右都是林地。屯屯放学的时候就像一只警觉的兔子，看准了才往家跑。不知有多少次，她在晚上放学的时候被二宝堵住，二宝把她逼到了坎下的林地里，让她跟他谈恋爱。有一次，二宝强行亲她的嘴，被屯屯一巴掌推开了。屯屯奔跑时，被二宝扯到了衣襟，一溜扣子都不翼而飞。这样的丑事都是屯屯在暗夜里自己消化，从没对别人提起过。

"我也去过埧城。"二宝给自己点着了一支烟，看见屯屯皱眉，又在车帮上摁灭了。"你不信？你走以后我整天担心，怕你出事。后来我从家里偷了点钱，坐火车到了北京，然后又坐汽车到了埧城。在西关的早点铺子喝了碗羊肉汤，那味道跟奎屯的比差太远。这件事我跟谁也没说过，我在城门洞子里住一宿，就回来了。埧城也没有什么好，两条街，几分钟就走到了头。城西有座庙，我从那里过，没进去。我想去罕村，又懒得去。我妈都不回去，我去算怎么回事，人家也许都不认我。城门洞子里不走车，夜里住的都是流浪的人。我妈经常说，我们家跟你们家肩膀头不一般高。那时我不认，后来明白了。"

"我们有啥可高的？"屯屯丢了一句。

"你们一家彼此都是亲人。跟我们家不一样。我们家谁跟谁都不是亲人。"

"爹妈也不是？"

"爹妈也不是。"二宝朝窗外吐了口痰，目光盯紧前方。

"你不要这样想。"

"从小大家都这样说。"

"我从来没这样说过。"

"所以我喜欢你。小美,你比别人心眼少,单纯。我那时是真的喜欢你。所以你出走我很难过,我那时还想,你是因为我的原因才离开家的。"

屯屯不说话。那时她出走的原因复杂,但肯定不是因为二宝。她不喜欢他,可也不怕他。她不喜欢他纠缠,就像不喜欢吃某道菜,见了就想绕着走。她可是从没想过二宝去埙城找她。

"你的孩子好些了吗?"

"脑瘫的孩子就那样。不过现在自己能走了。"

屯屯心中涌起悲悯。他们的苦难都是病孩子造成的。他和灯碗姨的关系没处好,可灯碗姨的工资卡在他手里,常年支付孩子的医药费。

"我想听你说一句心里话。"二宝说。

"啥?"

"你离家出走,跟我有关系吗?"

"没有。"屯屯轻轻叹口气,"我为什么走,全奎屯的人都知道。"

9

一束花先送进来,然后是一张脸,戴眼镜,厚嘟嘟的嘴唇,有些夹鼻,大脑门锃亮。大美跳起来的同时,妈妈突然喊了一声:"陶子晟!"然后就捂住了嘴。妈妈剧烈地摇晃着爸爸说:"陶子晟,快醒醒,你的补血草来了啊!"

二美惊慌地喊:"回血了,回血了。护士,护士!"

护士跑过来梳理了针头和输液管,说:"你们看着点,这么多人,还让病人动。"

大美冲过去抱住了二奎，使劲地摇，泪花迸溅，却无语凝噎。二奎还木讷着，他没有准备迎接这样隆重的礼节。他刚一探头，她们就知道他是谁，而他有些拿不准。

她们都在抹眼泪，一屋子眼泪纷飞。他不好意思面对这些女人。把花放到床头柜上，他有些惶惑，自己似乎走进了一个激动的王国，而这种激动似乎与他有关，又似乎无关。他赶忙凑到病人旁边，双手支在护栏上，俯下身子端详。他需要确认，这个叫陶子晟的人，身份朦胧而又暧昧。大美搬了把椅子让他坐，搀扶了他一下。触到胳膊上的手有一种黏稠的凉，像贴了块膏药。病人在均匀地呼吸，脸颊赤红，眼皮偶尔跳动，像是在装睡。他的手、小臂、被单下的胸脯、脖颈以及整张面孔都十分消瘦。皮肤底下都是小虫，一刻不停地啃噬。他甚至能听到那些小虫子畅快的呼吸声。他把病人的手抄起来，握住，就像握住了一把柔软的植物。根子植入血管，触须四下延伸。他们就这样声色不动地结成了一个整体，粘连、交织。他不知道说什么，他还是不知道说什么。他只见过陶子晟两次。第一次陶子晟去邮局寄衣物，惊乍了所有的人。那时他还懵懂。第二次是三年以后，陶子晟请他在附近的小饭店里喝了酒。四只眼睛看着彼此，彼此落在彼此的眼里，也在心里。隔膜而又戒备。甚至，连书信里的常温都达不到。他们的话题很小心，从不碰触彼此，以及与彼此相关的历史，甚至不谈罕村。他们小心地维护着这一点点陌生，仿佛是块糖果，稍有温度即化。陌生才是安全的，他扎了藩篱，阻挡他可能来的情感侵犯。事实证明他多虑。他比想象的要可靠和安全。他乐意成全二奎，一个父亲，愿意成全自己的儿子。

今天他终于主动走近了陶子晟，没有想象得那么难。他从罕村出来的路上就一直在打腹稿，他要去看他，送他一程。他知道，这是陶子晟渴望的，也是自己此生唯一的一次机会，碰触和亲近血缘，机会转瞬即逝，永不再来。为此，他特别害怕失去。原本他还觉得这是他和大奎两个人的事，可那个人突然变成了自己一个人的父亲，更让他觉出了紧迫和惶恐。原定好的会议简化了议程，一些约会临时取消了。他一边在文件上笔走龙蛇，一边吩咐秘书备车，订飞往乌鲁木齐的机票，越快越好。然后订一辆商务车连夜去奎屯，我要在车上休息。奎屯最好的宾馆订一套房，这些已经不用他交代了。秘书回复说，那里甚至有一家邮政宾馆最好的房子在等待他。他在上午九点四十到达了边疆这座陌生的城市，阳光通透，碧空如洗。他南疆北疆走过很多地方，却从没到过这里。过去，他一直选择绕过这座小城，是因为心里有些东西像丝麻一样缠绕，让他不得安宁。如今那些不安宁的因素都自动消失了。他洗了个澡，换上干净的衬衣，委托前台小姐订了一束花。一切准备就绪，他开始联系屯屯。这么多年，他都没主动联系过她。私心里，他是有些愧疚的。他甚至有些紧张地想，第一句话应该怎样表达才不失分寸，是先问病情，还是先问补血草？或者，自己也跟她去采一些？昨晚，满屏流泪的表情让他大吃一惊。他以为自己来晚了，看了信息才明白，屯屯的话说得客气而又节制。"他不行了……你能让他看看你吗？"

可是，"您拨打的电话已经关机"。好在屯屯发了位置，他没怎么费周折，就找到了医院和病房。

迷乱、兴奋、流泪、无措，确认彼此的身份，放下紧张和盲从……故事终于从高处跌落，病房恢复了常态。他像个普通的陪护一样倒了一次尿袋，洗了一次脚。大美烫好的小毛巾被他接了过来。有些热，他摊开来透了透风。一家人都看着他的手，酷似父亲的那双手，能弹琴和打珠算，灵动而修长。一张脸，背影，回头时调膀子的那个动作，都是年轻时的陶子晟的翻版。他的注意力都在病人身上，从额头到耳轮、眼窝、鼻翼、下巴都小心地擦拭，像擦一件珍贵的瓷器。这些事情他做起来得心应手，仿佛对方不是弥留，而只是睡着了。岳父住院的时候这些活计都是他干，远比做儿子的要尽心。今天，他终于为自己的父亲做了一回儿子。甘绒花两手撑在椅背上，似乎想站起来，但一直没站。她老了，胖而油腻。二奎的眼神一直避着她，但能感觉到她内心的不平和、不安稳。她总想表达什么，可却羞于出口。她的眼神凌厉，偶尔发出的声音具有一种覆盖功能，这样的人跟岳母一样，都具有一种掌控和欺凌别人的欲望。只是，这些欲望遇到更强大的对手会弱化，弱化到无。

他不好意思看她。她却不错眼珠地看着他，心中装满了复杂的情绪，那些无所适从的、亦远亦近的想法混乱交替。她跟两个女儿不一样，她跟他没有任何关联，可她这一生的不幸都跟他有关。自从她知道丈夫不止有一次婚姻，知道他有儿子并私下来往，就强烈地感受到了不均衡、不对等。被忽视、被忽略、被轻慢、被蔑视的种种情绪随时迸发，一直血拼到老，到这个男人被病魔击倒，她才回了头。以往的岁月其实并不完全像她想象的那样不堪，她人为地添加了许多作料和养分。可惜她醒悟得太晚了。这间病房因为他的到来有了喜庆和庄严，似乎一切都跟原来大不同了。医生和护士经常借故进来看看，重点看他。他无疑是经看的、体面的，有着成功人士通常有的自信和气场。绅士、礼貌，言不高声，但站在那里就有一种分量。

"护士，没液了！"二美的叫声素来都是委婉的、柔弱的，眼下却有了几许张扬。

小护士的鞋跟有点儿响，哒哒哒地一路敲了进来，进屋就说："嘿，老爷子终于醒了。"他正在烫小毛巾，一回头，陶子晟的一双眼睛睁得大大的，一动不动看着他。小护士熟练地挂好输液瓶，问："认识吗，他是谁？"陶子晟清晰地说："我儿子。"甘绒花喜极而泣，大声说：

"他这一辈子不敢说儿子两个字,现在胆子终于大起来了!"

"哥,你要请我吃饭,我想吃海鲜!"大美说得张扬。
"你请了小美那么多次,也该请我们了。"二美说得诚恳。
"好的,想吃什么随便说,我请你们。"二奎语调平和,他很快认知了自己的哥哥身份。
"羞不羞,哥哥大老远来的,你们不请他,倒让他请你们。"甘绒花的声音听起来就像煮熟的糯米。
"哥哥就应该请妹妹,谁让他是哥哥呢!"大美已经有些撒娇了。

屯屯小心地推开病房的门,被一屋子的喜气洋洋弄得不知所措。一个高大的背影背对着她,她知道,他来了。刚才路过护理站,护士说,十八床的儿子一看就像个当官的。她就明白了。她并没有感到多少意外,他来与不来都是一种存在,她想通了。她的一颗心稍稍沉了沉,嘴角宽展了一下。令她意外的是,他们的氛围那么好,完全就像一家人。这是怎么回事?她错愕的样子让大家更发笑了,仿佛这不是在病房,而是在戏台底下。二奎把手伸到被单里,正在给爸爸做按摩,回头朝她笑了下。她喊了一声"哥",却像嘴里发出来的一个"嘘"声。她还是有些拘谨。走到床前看了看爸爸,爸爸仍然闭着眼。她走到墙角坐在一张凳子上,这样谁的视线也不遮挡。妈妈说,刚才你爸醒了,一眼就认出了你哥。大美二美也争先告诉她刚才的景况,大美附耳过来说:"护士问爸认不认识这个人是谁,老爸清晰地说,我儿子!"耳朵潮乎乎地痒,屯屯赶紧用手揉了揉。其实她关心他有没有喊爸,大美不再往下说,她就知道了,他没喊。大美是一个藏不住事的人。

妈妈敞开嗓门说:"你哥才是你爸的补血草,你哥一来他就醒了。"
"他等了哥哥一辈子。"

"他一辈子的心思都在哥哥身上。"

"如果不是因为跟灯碗离婚,他说不定会追去罕村。"

"灯碗是谁?"桂二奎躬起腰来问。

甘绒花说:"这些就像档案一样,早就解密了。二奎你也不要难为情,你的身世全奎屯人都知道。灯碗是你爸的前妻,不生育。是当年你爸从老家带出来的。你出生以后满月就被抱到了陶家,说好的送给陶家当儿子。你在灯碗的被窝里睡了八天,你妈后悔了,又把你抱走了。"

二奎一下住了手,这里好像没有陶子晟什么事。

"也把你的童年抱走了。"大美调侃了句。她把哈密瓜切成小块,用牙签扎着送到了二奎的嘴边,二奎躲了一下,接受了。

屯屯把这一切看在了眼里,补充说:"你是爸爸跟桂家妈妈生的孩子。原本说好了,老大姓桂,老二姓陶。那晚天降大雪,桂家妈妈趁着爸爸开会把你抱走,一直抱回了罕村。爸爸散会骑着快马追到了乌市,也没有追上。回来爸爸跟灯碗姨离了婚。他们两个一辈子再没回罕村。"

"你听谁说的?"大家几乎一起问,问完病房一下静默了,屯屯有些不安。那段历史远比这喧嚣和热闹,只是从没有人正面谈起,这要让人发神经的。只是此刻那个人已经听不见了。他短暂的清醒后,又陷入了深度睡眠。二奎愣住了,他想起了大奎和他嘴里的那纸契约。母亲跟同一个男人生了两个孩子,大奎误会了。二奎舒了一口气,他情不自禁地握了下陶子晟的手,他甚至把陶子晟的手回弯过来,让陶子晟握着自己。

"我们小时候有多少好玩的事啊。"大美善于打破沉默,接着自己刚才的话茬说,"哥你在内地根本体会不到。从房子上往雪堆里跳,噗地一下,雪没头顶,出来连眉毛都是白的。爸给我们每人做一个冰船,从坎上往下冲,呼呼带着风声,像在海里冲浪一样。"

"你爸心灵手巧,就是一辈子抬不起头来。"

二奎有些尴尬,可还是问了句为什么。

甘绒花说:"因为没有儿子……没有儿子死了没人打幡,从内地来的人都讲究这个……我又生了三个丫头,肚皮不争气啊……你被抱走的事,成了全奎屯的笑话。那时候的奎屯就像个村子,好事不出村,坏事一个时辰就都传遍了。他在单位也出了名,大会小会挨批判,写检查,每次有运动就先运动他,让他交待作风问题,女同志都不敢找他说话……若不是他打得一手好算盘,怕连会计也当不成了。"

甘绒花说得哽咽。她想起了自己,她一辈子也因为这个原因跟他过不去。

"可我们小时候很幸福。"二美慢声细语地说,"那个时候生活水准低,大家都只顾一张嘴。可我们家有书报看,记得有《儿童文学》,有《少年文艺》,有《大众电影》。小伙伴都爱往我们家跑,连老师都知道爸爸妈妈有文化。有一次,爸爸从呼市回来,居然带来一本书叫《绿化树》,爸爸还没看,我们都抢着看完了……那个作家叫张什么来着,很有名吧。"

大美说:"那时我们已经长大了。"

二美说:"我是说,这些哥哥都没享受着。"

二奎静静地听着这些,心中涌动着一种奇怪的感觉,仿佛他原本就是她们的哥哥,从来没有分开过。

"液怎么停了?"屯屯吃惊地站起身。她们的热闹她插不上嘴,她记忆中的童年生活不是她们说的那样。也许是因为年龄小,她把胆子吓破了。那颗飞翔的槽牙带着血的红线,她夜里经常梦见。

二奎缓缓地站了起来,垂下了头。他感受到了从这具躯体里渗出的丝丝凉意，皮肤不再润滑，而在逐渐僵硬。"他去世了。"他说。

10

"我知道你当年为什么离开奎屯，不像别人说的那样是跟小兵蛋子私奔。你是为了不丢这个哥哥，才千里迢迢回去守着他。"二美看了一眼二奎，在屯屯的耳边悄声说，"你到底把他守回来了。"

屯屯被孝衣包着头，扭过脸去，一下捂住了嘴。

陶子晟的葬礼按照家乡罕村的仪式举行，送葬的队伍排起了长队。长幡被二奎高举着，像一面旗帜。幡有白幡、红幡、花幡、杠幡。杠幡就是把幡放到棺材上，意味着后继无人，自己的幡要自己顶。打白幡证明你至少有儿子。奎屯从来也没人打布幡，他们打的都是纸幡，二奎别出心裁，请人定制了布幡，两边是亡人的生卒年月，中间是名字，在奎屯的天空底下，猎猎地飘。过十字路口的时候要烧纸，屯屯跪在二奎的身后，看他点燃了纸钱，火光跳起来，二奎小声说："爸爸，一路走好。"

屯屯满脸是泪，一下就哭出了声。

爸爸葬在了南山坡下，周围是大片的补血草，开得让人异常宽慰。墓碑上写的是"第一代支边人陶子晟先生之墓"，这也是根据二奎的要求定制的。二奎说，爸爸是为建设边疆来的，理应把"支边"两个字写上。甘绒花本能地想反对，她觉得，这太过仪式化了，不像家人立的碑。可看着大美、二美都围着哥哥转，她还能说什么呢？

屯屯翻到了黄板的电话。十几年过去了，也不知他有没有换号码。"你知道我跟桂二奎是什么关系吗？他是我亲哥哥。"屯屯发了条短信。

时间不长,手机铃音响了。黄板说:"哪天我去邮局找你。"

屯屯说:"我辞职了。"

这话冲口而出,屯屯心里一动。她是觉得她不需要埧城了。

黄板问她辞职准备去哪里。

屯屯说,还没想好。"我想去随便一个地方。"

屯屯把黄板删了,然后关上了手机。

代后记｜一表三千里

乡间的一些俗语，你刻意时是想不起来的。但行文到关键处，它跳出来的频率简直充满了加速度，让你毫无防备而又欣喜莫名。"一表三千里"即是。客观地说，我撞见它的概率很小，几十年间，也不过两三次，都是在父母或乡邻们的口中不经意间的表达，充满了无奈或莫可名状之感。大概就是表述时语式、语感、语境的独特而繁复，它悄悄在我的大脑皮层下植入，到我发现并使用它，时间竟过去了那么久。我发誓，这是我第一次在小说《青霉素》中使用它，有种欣喜并妥帖的感觉，而且隐隐有些激动。

重点当然是那个"表"字。于是作为词条百度搜索了一下。没想到对它的解释非常简单。外表、中表、里表。这是前三条。"里表"是我总结和概括的，与表达和表述有关，所谓把内心里的东西"表一表"是也。外表就不说了。"中表"这个词我是第一次接触，当然一方面是我学识有限，单从字面绝看不出这代指亲戚。表兄、表姐、表弟……不知缘何用个"中"字，大概是取了远近亲疏的距离。但，绝不能涵盖"一表三千里"中那个"表"本质中的词性和诗性，有种决绝的意味和孤寒的表情。内里不单含了长短，还有讥诮、鄙夷、庸常、甘苦等杂七杂八，恰如经常食用的麻辣香肠，有种民间特有的风味，几乎是浸润了所有属于乡村的不可调和的情感和元素。要多近有多近,可要多远也有多远。

我经常想会起"一表三千里"这句俗话。其实它只在一部小说里出现了那么一下,并不显得怎样紧要。但在我的心里,它显然不像文字表面那样简单。有那样多的情愫值得斟酌,那样多的意绪值得回味。那种属于情感张力的大开大合,焉知不是种天地无垠的境界。便想人与人之间的关联,实在有趣得紧。物理的、化学的、生物的;甜的、辣的、咸的,都构成了人生的基本属性,像细胞一样不可或缺。不禁慨叹发明这话的是个通透之人,在伦理纲常面前洞若观火,毫不为亲缘的假象所蒙蔽。在小说中,这话是形容两家人游离而又彼此牵扯的状态,但在日常中却有种难以为继和迫不得已。恰如走上一条断头路,明明前边风景无限,你却觉得无从依倚。

没有比这种感觉更具欺骗性。

几部小说都是写人与人之间的关联,作用或反作用。疏离或紧密,都像雨滴种满沙滩,表面若无其事,孕育些什么,岂是人能料得齐全。《四月很美》的故事堪称古老,令人动容的是百岁老人对美的追求。《补血草》温情脉脉,实在是在书写过程中发生了太多意想不到的事。《东山印》纯属偶得,但故事和人物都在心中隐匿太久。《灰鸽子》中的一对残疾夫妻最具象征意义,他们的生活更像行为艺术。人物的紧密或疏离,既有家人的,也有邻里的;既有经济的,也有政治的。若问心与心有多远,大概三千里都很难囊括。便想起《红楼梦》里有句话:一番风雨路三千,把骨肉家园齐来抛闪。当然这三千未必是那三千,但从物理意义来说,它们折射的也许是相同的层面。套用一句民间俗语来谈创作,这才是我的初衷和打算。

还想说的一句话是,在文本里,距离就是距离。它与产生美的元素毫无关联。

如果悉心一些，读者会发现所有的故事都有相似或相同的生活场域。它们都发生在罕村或埧城，那是我的一亩三分地，有属于我的元素符号和背景。一条大堤，三面环河，只有南面是条通天路。或一座四四方方的城池，有明代建的鼓楼，有辽代建的木结构寺庙。这些氤氲着历史气息的文化和氛围，都让我入迷，然后像栽秧苗一样把故事植入进去，让人物随着自身的节律行走。生活的诡谲和神秘在书写中褪去层层帷幕，呈现出原始的质地。我有属于自己的城市和村庄，这是不是可以引以自豪呢？

一座村庄或一座城市的故事真是很难讲穷尽。它的沟壑纵横的褶皱中隐藏着太多的文学的因子，于千百次回眸中被我呈现出来，才有了这样一本书。这是我热爱它们的其中一个理由。

我们不在乎遥远，我们只在乎距离。

2020年5月31日

星声集

出品人	刘文飞
选题策划	刘文飞
责任编辑	刘文飞

复 审	席芳婷
终 审	蓝爱仁
书籍设计	张永文

| 印装监制 | 赵勇 |
| 宣传营销 | 有度文化·刘文飞工作室 |

投稿邮箱 | luwenfei0223@163.com

微 博 | http://weibo.com/luwenfei0223

微信公众号 | YOUDU_CULTURE

毕淑敏

女，1964年生，现为北京作家协会专业作家协会签约作家。已发表各类文学作品三百五十多万字，作品多次获奖各种奖项。

曾获庄重文文学奖、百花文学奖、解放军文学奖、北京文学奖、昆仑文学奖、绮丽奖、北京文学奖和《北京文学》奖等多种奖项。

代表作品

长篇小说

《红处方》
《补天石》

中篇小说集

《我的故事从何说起》
《生命十年》
《女蕊向天》
《边缘人》

散文集

《爱情让女人多长几根羽毛》